고창근 소설집

욕망에 관한

작은 이야기

2020 문학마실

이 도서의 국립중앙도서관 출판예정도서목록(CIP)은 서지정보유통지원시스템 홈페이지(http://seoji.nl.go.kr)와 국가자료종합목록 구축시스템(http://kolis-net.nl.go.kr)에서 이용하실 수 있습니다. (CIP제어번호 : CIP2020032334)

고창근 소설집

욕망에 관한 작은 이야기

고창근 소설집

욕망에 관한 작은 이야기

2020년 8월 15일 발행

2020년 8월 20일 1쇄 펴냄

지은이-고창근

펴낸이-고창근

펴낸곳- 문학마실

출판신고번호-제 511-2013-000002 호

주소-경북 상주시 구두실길16-1(인평동)

전화- 010-9870-0421

전자우편-sgamm@hanmail.net

ISBN 979-11-89480-01-1 (03810)

— ----------------------

값 10,000원

＊ 잘못된 책은 바꾸어 드립니다.

이 소설집은 경북문화재단 2020년 「지역문화예술활성화지원사업」지원을 받아 발간
하였습니다

작가의 말

　몇 년 동안 단편소설을 '욕망' 이라는 주제로만 썼다.
　보이지 않고 잡히지도 않으면서
　늘,
　인간과 함께 존재하는
　욕망.

　소설집을 묶기 위해 그동안 발표한 것을 다시 읽어보니 기분이 묘하다.
　읽을수록 욕망이 모호해진다는 느낌이다.
　다시 말하면,
　욕망을 제대로 모르니
　도대체,
　인간을 모르겠다는 것이다.

　인간이 무엇인지
　인간 속에 또 다른 인간이 있는 느낌.
　속에 있는 놈이 원래 인간인가.
　눈에 보이는 놈이 원래 인간인가.

욕망은
아름답지도
추하지도 않다.

욕망은
살아있음을
증명하는
숨이다.

그러기에 욕망은 함부로 쓸 언어가 아니다.
소설집을 내면서 조심스러운 이유다.

2020년 8월 주막듬에서
          고창근

차례

가을 노을빛, 욕망

 내가 여기 왜 왔지?

 춘식은 자리에 앉으며 당황해서 주위를 둘러보았다. 마치 누군가 자신이 잠잘 때 번쩍 들어 이곳에 데려다 놓은 것 같았다. 올 생각도 오고 싶은 마음도 없었다. 그런데 문득 정신을 차리고 보니 자신이 식당에 있었다. 주방 쪽으로 눈길이 슬며시 돌아갔다. 아무런 기척도 없었다. 춘식은 두 손을 주머니에 넣은 채 벽에 걸린 텔레비전을 보았다. 아니, 보았다기보다는 생각을 하기 위해 고개를 들었는데 맞은편에 있는 텔레비전이 보는 사람이 없는데도 시끄럽게 떠들고 있었다. 가야 한다는 생각과 달리 엉덩이가 떨어지지 않았다. 무슨 용건이 있다고. 춘식은 텔레비전에 머문 시선을 거두지 않은 채 속으로 중얼거렸다. 이미 옛날이었는데. 인제 와서 무슨 할 말이 있는 것도 아니고.

 하느님께서 말씀하셨습니다. 믿는 자 나와 함께 할 것이요 구원될 것이니 항상 하느님을 믿고 따라야 우리는 영원히 죽지 않고 살 수 있는 곳 천당에 갈 수 있습니다.

춘식은 천당이라는 말에 눈을 크게 떴다. 계속 시선을 두었지만 사실 텔레비전에 전혀 신경 쓰지 않았던 터였다. 하얀 가운에 보라색 비로드를 부착한 목사가 설교하고 있었다. 목사 뒤에는 삐쩍 마른 예수가 십자가에 못 박혀 있는 형상이 보였다.

영원히 죽지 않고 살 수 있는 천당이라.

춘식은 텔레비전에서 눈을 떼어 고개를 숙이며 속으로 중얼거렸다. 가야지, 아무도 없을 때 가야지. 춘식은 또다시 슬그머니 주방 쪽으로 눈길을 돌리려다 큰 결심이라도 한 듯 입을 굳게 다물며 일어서려는데 한 사내가 물컵을 들고 앞에 서 있는 게 보였다. 갑자기 하늘에서 사내가 뚝 떨어진 것 같았다. 사내는 물컵을 탁자에 놓았다.

"요 앞에 쓰레기 버리러 가느라 자리를 비웠네요. 뭘 드릴까요?"

50대를 갓 넘겼을까, 머리숱이 별로 없고 그나마 대머리인 사내가 미안하다는 표정을 지었다.

"저, 그러니까."

춘식은 순간 말문이 막혔다. 애초부터 오려고 마음먹은 것도 아니고 또한 나가려던 참인지라 말까지 더듬었다.

"그럼 천천히 주문하세요."

사내는 공손히 말하곤 홀 중앙에 있는 난롯가로 갔다. 그제야 춘식은 식당 내부를 둘러보았다. 허름하지만 꽤 깨끗한 인상을 주었다. 탁자는 여섯 개가 있었고 벽에 걸린 메뉴판에는 씨레기 해장국부터 순댓국까지 열 가지가 넘는 메뉴가 적혀 있었다. 메뉴판 옆에는 속옷만 입은 여자가 소주병을 들고 있는 달력이 바람이 없는 데도 가늘게 펄럭이는 것 같았다. 바닥은 시멘트 바닥인데 깨끗하게 물청소 되어 있었다. 손님은 하나도 없었다. 저녁 시간이면 손님이 있을 법도 한데 하나도 없으니 오히려 춘식이 미안한 마음이 들었다.

지랄.

자신의 그런 생각이 마음에 들지 않았다. 이제는 다 지나간 일이다. 춘식은 신발로 바닥에다 가로로 세로로 줄을 그었다. 어쩌자고 왔는가. 생각할수록 기이했고 울화통이 올랐다.

형님, 어제 형수님 봤습니데이.

한 달 전 아니, 두 달 전인가 직장 동료이자 고향 후배인 박씨가 아침에 출근하자마자 다가와 속삭이듯 한 말이었다. 그때 춘식은 아침부터 무슨 지랄 같은 말이라는 듯 박씨를 바라보았다.

분명하다카게요. 이 두 눈으로 똑똑히 봤다카게요.

박씨는 그럴 줄 알았다는 듯 말을 이었다.

긍게 어제 야근하고 집에 가다 해장이나 한잔할까 싶어 두리번거리는데 씨레기 해장국 판다는 가게가 있질 않겠소. 그래 들어갔더니 글쎄, 분명하다카게요.

20년도 더 지난 여편네였다. 춘식은 더는 묻지 않았다. 그나마 죽지 않고, 식당이라도 하니 병들지도 않고 살아있으면 만족 되었다. 하지만 박씨가 그곳이 어디라고 뒤따라오며 말했을 때도 귓전으로 흘러들었다. 당연히 다 잊었다. 아니다. 다 잊었다고 생각했다. 하지만 술만 들어가면 박씨가 가르쳐준 식당이 마치 단골집이라도 되는 듯 눈에 선하게 들어왔다. 자신이 사는 곳과 그리 멀지 않은 곳이었다. 그 앞으로 몇 번 지나가기도 했었다. 식당 옆 전파사가 있고 그 옆에 미장원이 있고 그 옆엔 철물점이 있고…… 환장할 일이었다. 가보지도 않았는데 그 주위의 풍경이 눈에 자세히 그려졌다.

야당은 유례없는 청년실업과 비정규직 양산 그리고 많은 자영업자의 몰락 노인들과 빈곤층의 자살 증가 등 민생을 파탄시키고 경제도 파탄시킨 책임을 묻는 선거가 ……

여당은 이번 선거에서 청년들의 일자리 창출, 노인들의 기초연금 확대 등을 공약으로 내세우기로 했습니다.

갑자기 텔레비전에서 목소리가 튀어나왔다. 주인 사내가 텔레비전 채널을 돌린 모양이었다. 선거철이라 그런지 텔레비전만 켜면 정치 얘기였다. 춘식은 메뉴판으로 눈길을 돌렸다. 마땅히 먹고 싶은 게 없었다. 그렇다고 소주만 마실 수는 없었다.

"여기 소주 하나 하고 술국 하나 주세요."

춘식의 말에 사내는 주방을 향해 말했다.

"술국 하나."

그러자 방문 여는 소리가 들리더니 곧이어 수돗물 소리가 났다. 주방 옆에 골방이라도 있는 것 같았다.

"우선 들고 계시면 빨리 가져오겠습니다."

사내는 소주와 잔 깍두기를 내놓았다. 춘식은 아무 말 없이 잔에 소주를 따라 단숨에 입에 털어 넣었다. 주방으로 고개를 돌리고 싶은 마음과 나가고 싶은 마음이 갈등을 일으켰다.

허!

두 잔을 연거푸 입에 털어 넣고 나니 갑자기 헛웃음이 나왔다. 20여 년 전에 집을 나간 마누라 년이 보고 싶었단 말인가. 죽음을 앞두니까 마음이 약해졌다는 말인가.

허!

또다시 헛웃음이 터져 나와 황급히 잔에 술을 따라 입에 털어 넣었다. 반은 흘러 소매를 적시고 가슴께로 흘러내렸다. 내가 죽고 나면 사람들은 무어라 말할까. 죽기 전에 누구나 죽음을 암시하는 행동이나 글을 남긴다는데. 춘식이라는 사람은 죽기 하루 전 어느 식당에 들렀는데 그 이유를 파악 중입니다. 이렇게 떠들까. 그러면 후배 박씨가 나서서 그 식당 여주인이 전처였다고, 매일이다시피 개 패듯 마누라를 팼다고, 그래서 이혼당했다고, 그렇게 말할까.

"이것 좀 드세요."

주인 사내가 오이무침을 담은 접시를 탁자에 내려놓았다. 아마도 안주는 먹지 않고 술만 마시고 있는 걸 지켜본 것 같았다.

"행복하게 지내시오?"

춘식은 말을 해놓고도 놀란 표정을 지었다. 그런 말을 할 작정이 아니었다. 아니 아무 말도 하지 않고 소주 한 병만 마시고 나갈 참이었다. 그런데 행복하다고 묻다니. 술기운일까. 춘식은 스스로 민망함에 다시 술을 따라 단번에 입에 털어 넣었다.

"사는 게 뭐 그렇지요."

사내는 두 손을 만지며 머뭇거리다 말했다.

"아니, 그러니까, 지금 사는 게 행복하냐고요."

술기운일까. 자꾸만 말이 의도와 다르게 나왔다.

"그냥 뭐. 사는 거지요."

사내는 제대로 답을 못해 송구스럽다는 표정으로 엉거주춤 서 있었다. 술국 나왔어요. 주방에서 가늘면서도 약간 쉰 듯한 목소리가 흘러

나왔다. 춘식은 자기도 모르게 주방으로 고개를 돌리려다 다시 애꿎은 소주병을 들었다. 맞다. 저놈의 목소리. 쉰 듯한. 살아오면서 한 번도 큰소리를 내지 않았던 것 같은 목소리. 사내는 주방으로 가서 김이 솟아오르는 뚝배기를 들고 왔다.

"우선 안주 좀 드시면서."

주인 사내는 여전히 송구스럽다는 표정으로 말했다. 술국은 양이 많았다. 순댓국에 머리 고기를 많이 넣었다.

"한잔하시겠소?"

춘식은 주인 사내를 올려다보며 말했다.

"그러시지요, 손님도 없는데."

사내는 주방으로 가서 소주 한 병과 소주잔을 들고 왔다. 주방에서는 아무 소리도 들리지 않았다.

"제가 한 잔 따라드리겠습니다."

사내는 자리에 앉자마자 두 손으로 춘식의 잔에 술을 따랐다. 자신의 잔에도 따르려는 걸 춘식은 소주병을 재빨리 낚아채어 사내의 잔에 따랐다.

"안주 좀 드시고."

사내는 술국에 청양고추와 새우젓 다지기를 넣고 숟가락으로 휘저었다. 우유 같은 국이 뻘겋게 물들어갔다. 사내는 숟가락을 춘식 쪽으로 놓았다.

"한잔합시다."

춘식이 잔을 들자 사내도 덩달아 두 손으로 술잔을 들었다. 춘식은 단숨에 마셨고 사내는 반만 마시고 잔을 내려놓았다.

"안주 좀 드시고. 빈속에 마시면 속 베릴 텐데요."

안주를 먹지 않으면 금방이라도 울음을 터뜨릴 것처럼 말했다. 허, 또 다시 춘식의 입에서 가벼운 헛웃음이 나왔다. 길어도 하루, 짧으면 몇 시간 후 자신의 몸은 주검으로 발견될 터였다. 그런데 빈속에 술을 마시면 속 버린다고 걱정하다니. 허, 또다시 헛웃음이 터져 나왔다. 사내는 그런 춘식의 모습을 보며 자신이 말을 잘못했나 싶어 손을 잡고 사과라도 할 듯한 표정을 지었다. 춘식은 사내의 그런 표정에 아랑곳하지 않고 사내의 잔에 술을 따르고 자신의 잔에도 술을 따랐다.

"행복하게 지내시오?"

춘식은 또다시 불쑥 튀어나온 자신의 말에 놀랐고 사내는 말 없이 자신의 잔을 들었다.

"누군들 행복하겠느냐 마는요. 그래도 삼시 세끼 먹고 사는 것만으로도 다행이지요."

사내의 말에 춘식은 질문도 그렇지만 답 또한 마음에 들지 않았다. 듣고 싶은 말은 무엇일까. 행복하다는 말? 살기 힘들다는 말? 여편네는? 그러니까 당신 말고 여편네가 행복하냐고 물었던가.

"그렇지요. 삼시 세끼 밥 먹는 것만으로도 다행이지요."

춘식의 체념한 듯한 말투에 사내가 물었다.

"퇴근하시는 중인가 보죠? 일성 반도체?"

춘식의 놀라는 표정에 사내는 처음으로 얼굴에 미소를 띠었다.

"저도 한 20여 년 물장사 밥장사하다 보니 대충 사람 볼 줄 압니다. 허허."

사내의 말에 춘식은 대꾸도 하지 않고 술을 들었다. 술국은 식어서

위에 기름기가 끼기 시작했다.

"아직 원인을 모르지요?"

춘식은 대답 대신 고개를 끄덕였다. 오히려 회사 내 사람들보다 바깥 사람들이 언론이나 소문을 통해 더 많이 알 터였다.

"내일은 누가 죽으려나."

사내는 한숨 섞인 말을 하곤 술잔을 입으로 가져갔다. 나요. 나라면 믿을 수 있겠소? 춘식은 속으로 중얼거렸다. 그러자 양쪽의 입꼬리가 위로 올라갔다. 이제는 국내뿐만 아니라 세계적으로 관심이 집중된 일이었다. 왜 그렇지 않겠는가. 반도체의 한 회사에 매일 한 사람씩 죽어 가는데. 사원이 수만 명이 된다 해도 매일 사원이 원인도 다양하게 죽어 가는 데 대해 국내뿐만 아니라 국제보건기구와 UN에서도 전문가가 파견되어 조사를 벌이는 중이었다. 죽은 사람을 보면 직업병이랄 수도 없었다. 교통사고를 당한 사람, 산에 가다 추락사한 사람, 잠자다 죽은 사람, 평소에 질병을 앓던 사람……. 하지만 한두 명도 아니고 가족도 아니고 같은 반도체 회사에 근무하는 사람 중에 매일 한 명씩 죽으니 이상한 소문만 돌 뿐 대책도 없었다.

"근데 죽는 사람은 안다면서요?"

사내가 무심히 물었다. 이미 몇 년 동안 계속 죽어왔고 이젠 텔레비전에서도 거의 다루지 않으니 오히려 별 얘깃거리가 되지 못했다. 차라리 키우던 개를 학대해 구속된 사람이 화제가 되었다.

"이유 없는 무덤이 어디 있겠소."

춘식은 말해 놓고 자신의 말에 놀랐다. 이렇게 멋있는 말을 하다니. 사실 그 문제에 대해선 이미 일반 사람들처럼 회사 내에서도 별 얘깃거리가 되지 못했다. 명확하게 백혈병처럼 겉으로 회사의 문제가 드러났다면 모르지만, 표면상으론 회사와 아무런 관련 없는 죽음이었다.

"그래도 죽은 사람은 꼭 흔적을 남기니 말이요."

사내의 말에 춘식은 대꾸하지 않고 술을 입에 털어 넣었다. 그랬다. 죽은 사람은 예감했는지 평소에 하지 않은 행동을 했다. 특별한 날이 아닌데도 부모의 집을 찾는다든지, 평소엔 자식에게 데면 하게 굴던 사람이 갑자기 전화를 걸어 건강하라든지 공부 열심히 해서 좋은 데 취직하라든지, 몇 년째 연락을 안 하던 친구한테 전화한다든지. 며칠 전 춘식이 아는 사람은 죽기 하루 전 키우던 개의 목사리를 풀어주었다. 춘식과 자주 술을 마시던 사이였는데 죽기 전까지는 어떠한 징후도 없었다. 쾌활했고 회사에서도 평소와 같이 열심히 일했다. 하지만 퇴근해 저녁을 먹고 난 뒤 바람 좀 쐬고 온다더니 집 앞길에서 뺑소니 차에 치였다. 나중에 조사해보니 산책을 하기 전 키우던 개의 목사리를 풀어주었다는 것이 밝혀졌다. 사실 별것이 아닌데도 죽고 나니 그것이 마치 죽음의 징후가 되었다.

맞는 말이다.

춘식은 사내가 따라놓은 잔을 들어 입에 털어 넣었다. 죽는 사람은 예감이 온다고 소문만 무성하더니 맞았다. 자신이 그랬다. 내가 죽는다. 갑자기 그런 생각이 들었다. 내가 죽다니. 며칠 전 처음 그런 생각이 들었을 땐 핏, 웃어넘겼지만 이상하게 시간이 지날수록 죽는다는 것이 자명하게 느껴졌다. 결국 내 차례구나. 마치 운명처럼 느껴졌다. 처음엔 억울했고 그래서 부정했지만 시간이 지날수록 당연하게 받아들여졌다. 자신이 생각해도 신기한 일이었다. 다른 것도 아니고 죽음을 이렇게 자연스럽게 받아들이다니. 물론 억울하기도 하고 부정하고 싶은 마음이야 아직 남아있지만 처음 그런 생각이 들었을 때와 비교해 그렇다는 얘기다.

"허, 국이 식었네요. 데워오겠습니다."

사내는 뚝배기를 들고 주방으로 갔다. 춘식은 자신도 모르게 주방으로 고개를 돌렸다. 사람의 인기척이 느껴지지 않았다. 아쉬운 마음이 들었고 가슴 한편에 서늘한 바람 한 점이 들이닥쳤다.

대통령께서는 경제를 살리려고 얼마나 걱정을 하시는데 야당이 발목을 잡아서 그런 거 아닙니까. 이번 선거에서 야당을 심판해야 합니다.

야당은 노동법을 통과시키지 말자는 뜻이 아닙니다. 독소조항인 해고를 쉽게 하는 법과 파견법을 개선하면 충분히 통과시킬 수 있는 입장입니다.

텔레비전에서는 여당과 야당 국회의원 두 명이 나와 토론을 벌이고 있었다.

"아이고 늦었네요."

사내는 미안하다는 표정으로 종종 걸어와 뚝배기를 탁자에 놓았다. 뜨거운 김이 뭉게뭉게 피어올랐다. 춘식은 숟가락으로 국물을 조금 떠서 입으로 가져갔다. 식당에서 직접 꼬았는지 국물이 진하게 우러났다.

"고기 좀 드시고."

처음엔 먹을 마음이 없었는데 막상 국물을 떠먹고 보니 맛이 입에 감겼다. 그러다 보니 자꾸 국물만 떠먹는 형국이 되었다. 역시 음식 솜씨는 좋은 여편네였다. 그렇게 자신한테 맞고도 아침이면 시원하고 얼큰

한 해장국을 끓여놓았다. 20여 년이 지난 지금까지 그런 해장국을 먹어보지 못했다.

춘식은 사내 앞으로 뚝배기를 밀었다.

"같이 좀 드시지요."

춘식은 사내 쪽으로 밀어놓고 머리 고기를 숟가락으로 떠서 입으로 가져갔다. 고기도 알맞게 익어 쫄깃했다. 처음엔 시장기를 느끼지 못했는데 막상 국물이랑 고기를 떠먹다 보니 오히려 시장기를 느꼈다. 몇 번 떠먹는 동안 사내는 춘식을 물끄러미 바라보기만 했다. 순식간에 술국이 절반 이하로 줄었다. 후. 춘식은 입김을 길게 내뿜으며 상체를 들어 올렸다. 손등으로 이마의 땀을 훔쳤다. 속에 뜨거운 것이 들어가니 한결 정신이 맑아지는 것 같았다.

"손님도 없는데 담배 피우셔도 됩니다."

춘식이 주머니에 손을 넣고 만지작거리자 사내가 재빨리 말했다.

"아, 아닙니다."

춘식은 자리에서 일어나 화장실로 갔다. 마침 오줌도 마려운 터였다.

허!

화장실에 들어오자마자 담배에 불을 붙이고 연기를 들이마셨다. 또 다시 헛웃음이 터져 나왔다. 몇 시간 후면 죽을 몸이 따끈한 술국 한 그릇에 이렇게 황홀해하는 것이 가소로웠다. 바지를 내리고 쪼그라든 성기를 꺼내 변기를 향했다. 하지만 생각과 달리 오줌이 잘 나오지 않았다. 고개를 들어 담배를 연거푸 빨았다. 순간 20여 년 전 여편네지만 얼굴이라도 봐야 하지 않겠나 하는 생각이 들었다. 술기운인가. 죽기 전 무슨 말인가 해야 할 것 같았다. 무슨 말? 없었다. 그냥 그런 생각이 들었다. 얼굴도 안 보고 말도 붙여보지 못하고 그냥 나가면, 죽어버리면 저승에 가서도 후회될 것 같았다. 근데 어떻게 말을 붙여? 혹 나를 보자마자 비명을 지르며 도망가지는 않을까. 20여 년 전에 그랬던 것처럼. 춘식은 한 손은 쪼그라든 성기를 잡고 한 손으로 담배를 든 채 생각했다. 담배를 한 대 다 피울 동안 오줌은 나올 기미가 없었다. 춘식은 피우던 담배를 변기에 던졌다. 픽, 소리가 나더니 담배는 불빛을 잃고 오줌에 젖어갔다. 성기를 잡은 손으로 담배를 꺼내니 성기는 팬티 속으로 들어갔다. 담배에 불을 붙이고 다시 성기를 꺼내 변기를 향해 정조준했다. 힘을 주었지만 여전히 오줌은 나올 생각을 안 했다. 담배 연기를 길게 들이마셨다가 길게 내뿜었다. 남편이란 작자가 없으면 주방으로 가면 될 텐데 남편이 있으니 그렇게는 못 할 것 같았다. 남편에게 모든 것을 털어놔? 내가 저년의 옛 남편이었다고. 죽을 때가 되었는지 나도 모르게 왔다고. 그렇다고 보고 싶어서 온 건 아니라고. 나도 모르게 왔다고. 몸은 흔들거렸고 중심을 잡으며 연거푸 담배를 피웠다. 허! 생각할수록 자신의 행동이 어이가 없었다. 필터까지 타들어온 담배를 변기에 던졌다. 다시 한번 아랫도리에 힘을 주었지만 오줌은 나올 기미가 없었다. 성기를 안으로 집어넣고 팬티와 바지를 올렸다. 변기에 침을 찍, 뱉었다.

화장실에서 나온 춘식은 주방으로 눈길을 주지 않은 채 곧장 자리로 왔다. 사내는 왜 이리 늦었느냐는 듯 걱정스러운 표정으로 춘식을 바라보았다.

"자, 한잔하시오."

춘식은 사내의 잔에 술을 따랐다. 사내 또한 춘식에게서 소주병을 빼앗아 잔에 두 손으로 술을 따랐다.

"건배!"

춘식은 사내의 잔에 자신의 잔을 부딪쳤고 사내 또한 건배, 를 외쳤다.

"근데 평소에도 이렇게 손님이 없는 거요?"

춘식은 빈 잔을 내려놓으며 물었고 사내는 춘식의 잔에 술을 따랐다.

"있을 땐 있고 없을 땐 통 없는데 요즘엔 더 그러네요. 경기가 나쁘다카더니만."

"그래도 이렇게 손님이 없어서야."

춘식은 자신이 왜 이런 말을 하는지 이해가 되지 않지만 의도와 다르게 말은 거미줄처럼 술술 풀려나왔다.

"그래도 밥 먹고 사는 것만 해도 얼마입니까. 마누라가 몸이 좀 안 좋아서 그렇지."

사내는 술잔을 입을 가져가 반만 마시곤 잔을 내려놓았다.

"국을 좀 데워와야겠네요."

사내는 취기가 오르는지 약간 비틀거렸다. 춘식은 두 손으로 뚝배기를 들고 가는 사내의 뒷모습을 물끄러미 바라보았다. 그러고 보니 사내는 다리를 많이 절었다. 그동안 전혀 눈치채지 못했다. 처음엔 술에 취해서 그런가 싶었지만 자세히 보니 오른쪽으로 다리를 많이 절었다. 바보 같은 년. 제대로 고르든지. 춘식은 자신도 모르게 속으로 중얼거리며 술을 입에 털어 넣었다. 어떻게 해서 저런 놈을 만났을까. 나하고 헤어지고 곧장 만났을까. 행복하기는 한 걸까. 아까 아프다고 그랬는데. 춘식은 주방으로 곁눈질했지만 여편네는 보이지 않았다. 고개를 숙였다. 취기가 올랐다. 오늘만은 술을 마시지 않으려 했는데. 저승길만은 술에 취하지 않고 제대로 가려고 했는데. 따지고 보면 하루라도 술에 취하지 않은 날이 없었다. 어떻게 죽게 될까. 아는 동료처럼 뺑소니한테 치여 죽을까. 아니면 술에 취해 길을 가다 쓰러져 그대로 죽을까. 그렇지 길에서 죽는 게 그나마 폼이 날 것 같은 생각이 들었다. 가진 것도 없고 마누라도 자식도 없는데 뭐가 아쉬우랴. 춘식은 고개를 숙인 채 잠깐 졸았다.

"이것 좀 드셔 보세요."

사내의 말에 춘식은 눈을 떴다. 계란찜이 춘식 앞에 놓여 있었다. 순간 입에 침이 고였다. 계란찜은 춘식이 가장 좋아하는 음식이었다. 여편네와 살 때 한 끼라도 계란찜이 없을 때가 없었다.

"드셔 보세요. 집사람이 건강이 안 좋아 이것저것 못해서리."

사내는 또다시 송구스러운 표정을 지었다. 춘식은 숟가락으로 계란찜을 떠서 입으로 가져갔다. 역시 그 맛이었다. 매콤하면서도 비릿한 맛. 청양고추와 파를 총총 썰어 넣은 것은 그때나 지금이나 똑같았다.

"맵습니까? 나한테 줄 땐 청양고추를 안 넣는데 손님 드실 거라고 넣었나?"

사내는 숟가락으로 떠서 입으로 가져갔다.

"앗따 시기 맵네요."

사내는 입을 오므리고 호호 숨을 토해냈다. 춘식은 그런 사내의 모습에 아랑곳하지 않고 연거푸 숟가락으로 떠서 먹었다. 목구멍이 뜨거워오면서 얼굴 전체가 화끈거렸다. 그러면서 정신은 명징해졌다. 예전에도 그랬다. 기분이 안 좋은 일이 있을 때 청양고추를 듬뿍 넣어 계란찜을 해 먹으면 얼굴이 땀으로 범벅이 되고 그러고 나면 기분이 개운해졌다. 꼭 그때의 맛이었다.

몇 번 떠먹지 않았는데도 이마에서 땀이 볼로 흘러내렸다.

"참, 아까 어디 아프다고 하더니만요."

춘식은 손등으로 이마와 볼의 땀을 닦으며 주방을 흘깃거렸다.

"옛날부터 아프던 것이라. 나이가 들수록 더 심한가 봐요."

"어디 다치기라도 했는가요?"

휴지로 코를 풀면서 춘식이 물었다.

"허 참, 이거 말해야 하나 말아야 하나."

사내는 술잔을 들어 한 입에 다 털어 넣더니 스스로 빈 잔에 술을 따랐다. 춘식은 아무 말도 없이 그런 사내의 모습을 바라보았다.

"옛날에 말이요. 그러니까 나를 만나기 전이니까 20년 저쪽 이쪽쯤 될 거 같은데. 어떤 나쁜 놈을 만났는가 봅니다. 남편이란 작자가 자기 마누라를 얼마나 팼는지 지금도 몸이 성한 데가 없다오."

사내는 또다시 술잔을 들어 단숨에 마셨다. 춘식은 아무 말도 하지 않고 술잔을 들어 입으로 가져갔다. 그 나쁜 놈이 누구겠는가. 간신히 속으로 자신에게 물었다.

"그, 그래서 지금도 몸이 안 좋다는 말인지."

"그때 속병 겉병 다 들었는가 봅니다. 한때는 우울증에 걸려 물에도 뛰어들었고. 왼쪽 팔은 지금도 잘 못 쓰고. 아마도 천벌을 받을 게요, 천벌을."

그때 춘식의 다리가 덜덜 떨렸다. 긴장하거나 화나는 일이 있으면 다리가 덜덜 떨렸다. 가만히 있으려고 해도 그럴 수가 없었다. 이제는 좀 많이 나았나 싶었는데 그 증상이 또 나타났다. 춘식은 고개를 숙이고 떠는 다리를 바라보았다. 지금 생각해보면 기이한 일이었다. 때리는 게 일이었다. 이유라면 회사에서 동료나 상사에게 기분 나쁜 소리를 들었거나 하다못해 퇴근하다 기분 나쁜 일이 있었다거나. 이유는 무한정 많았다. 퇴근하면 우선 여편네를 두들겨 패곤 옷을 갈아입었다. 마치 여편네를 때리기 위해 하루를 산 것처럼 말이다. 하얀 방진복을 입고 클린룸에 들어가 꼼짝도 하지 않고 종일 부품을 만지노라면 자신이 사람이 아닌 회사의 기계 부품인 것처럼 느껴졌다. 주위를 돌아보면 수백 명의 방진복을 입은 사람들이 가만히 서서 손만 움직이고 있었다. 그러다 어느 정도 적응이 되면 머릿속이 하얗게 변해 아무 생각도 들지 않았다. 휴식 시간을 알리는 벨 소리를 못 들을 때도 있었다.

씨발 닭이 된 기분이야.

언젠가 휴게실에서 커피믹스를 마시며 동료가 말했다. 양계장의 닭들이 꼼짝 않고 알만 낳듯이 자신들도 매일 선 채로 부품을 낳는 것과 별반 다를 게 없이 느껴졌다.

그 왜 있잖아. 알도 낳지 못하고 빌빌거리면 주인이 와서 냉큼 집어내 손수레에 싣고 가 개장수한테 팔아버리잖아. 개장수는 산 채로 개집에 던져주고. 우리가 그 꼴이 아닐까.

몇 년째 매일 직원들이 죽어 나가니까 휴게실에서 커피를 마시며 농담 반 진담 반으로 나눈 얘기였다. 양계장의 닭이 된 느낌.

그러니까 여편네를 두들겨 패는 이유가 종일 말도 없이 서서 부품만 만지다 집에 와서 근질거리는 몸을 푸는 식이었다. 근데 이상한 것은 여편네가 반항을 안 한다는 것이었다. 물론 처음엔 반항도 하고 집을 나가기도 했지만 경제적 능력이 없는 여편네가 도망가 보았자 옆 동네 찜질방이었다. 나중엔 아예 반항도 가출도 하지 않았다. 때리면 때리는 대로 눈을 감고 가만히 있었다. 때리고 나서 옷을 갈아입고 주방으로 가면 정갈하게 밥상이 차려져 있었다. 춘식이 좋아하는 청양고추가 듬뿍 들어간 계란찜이 있었고 씨레기 무침이 있었다. 한 끼도 고기가 없는 날이 없었다. 하다못해 생선토막이라도 올려져 있었다. 다리가 부러지고 갈비뼈가 부러져도 밥상을 차려놓았다. 병원을 갈 때는 잠자리에 들 무렵이었다. 이렇게 미련스러운 사람이 다 있나 싶게 팔이 부러졌는데도 그때까지 참았다. 지금 팔을 잘 못 쓴다는 게 아마도 그때의 구타 때문인 것 같았다. 춘식 자신도 자신의 행동을 이해 못 해 직장을 옮길까 생각했지만 중졸 학력에 기술도 없는 자신이 갈 만한 데는 없었다. 국내의 최고 기업인 일성기업의 반도체 공장에 들어간 것도 먼 친척의 도움 때문이었다.

"왜요? 다리가 안 좋은가요?"

춘식이 다리를 계속 떨자 사내가 걱정스러운 표정으로 물었다.

"나이가 들어서 그런가 보죠."

춘식은 술잔을 입으로 가져가며 말했다.

"직업병 아닌가요? 반도체에서 일하는 사람들 매일 서서 하느라 다리나 허리 안 좋은 사람들 많던데요."

"뭘, 이 정도로."

춘식이 자신의 잔에 술을 따르려 하자 사내가 재빨리 병을 빼앗아 춘식의 잔에 따랐다.

"언제부터 식당을 했소?"

춘식의 말에 사내는 30여 년이 다 되어간다고 했다.

"그럼······."

춘식이 주방을 바라보며 말을 하자 사내는 잠시 춘식의 얼굴과 주방을 번갈아 보았다.

"아, 저 혼자 하다가. 제 마누라가 암에 걸려 죽는 바람에 혼자 하다가 지금 마누라를 만났지요. 음식 솜씨가 좋아 주방일 맡기다 보니 정이 들어서. 허허."

사내는 누런 이를 드러내며 웃었다.

"한 잔 하슈."

춘식은 사내의 잔에 술잔을 부딪쳤다. 가야겠다는 생각이 들었다. 나름 밥 먹고 사는 걸 보니 더 있으면 안 될 것 같았다. 죽을 때 땅을 치며 후회해도 할 수 없었다. 지금 가는 게 그나마 여편네에게 도리인 것 같았다. 만약에 자신에게 도리란 게 있다면 말이다. 다행이라면 자신에게 자식이 없다는 것이었다. 아이를 가졌으나 춘식의 폭행으로 유산이 되었을 때 이혼을 했다. 그 뒤로 춘식은 혼자 살아왔다.

"여기 얼마요?"

춘식이 일어서는데 몸이 휘청거렸다. 사내가 팔을 내밀어 춘식의 팔을 잡았다.

"괜찮소."

사내의 말에 춘식은 바지 주머니에서 오만 원을 꺼내 탁자에 놓고 출입문 쪽으로 걸어갔다. 자꾸만 주방 쪽으로 돌아가는 얼굴을 주먹으로 치고 싶은 걸 참으며 겨우 출입문을 열었다.

"잔돈 여기 있습니다."

사내가 뒤따라와 바지 주머니에 잔돈을 넣었다.

"뭘, 안 줘도 되는데."

춘식은 말을 하면서 흘끗 출입문에 붙인 선팅 너머로 눈길을 돌렸다. 보였는가. 주방 쪽에서 희미하게 어른거리던 것이 여편네였나. 갑자기 가슴 중앙이 아려왔다. 언뜻 여편네를 본 듯했기에 그것이면 됐다 싶었다.

"조심해서 가시오."

사내의 말에 춘식은 비틀거리는 몸을 다잡다 어? 하며 식당 쪽을 바라보았다.

"이게 똑바로 서 있어야 손님이 오지."

춘식은 식당 앞으로 걸어가 각종 메뉴판이 적힌 입간판이 넘어진 것을 똑바로 세웠다.

"아이고, 제가 하면 되는데요."

사내는 춘식에게 다가오더니 손바닥을 비비며 말했다.

"하, 됐네. 이제 손님들 많이 올 거요."

춘식은 사내를 바라보았다. 그리곤 입을 벌려 우물거리다 한마디 했다.

"그 머시야, 행, 행복하시오."

뒤돌아섰다. 천 길 낭떠러지로 추락하는 느낌이 와락 몰려왔다.

다음날 주인 사내는 텔레비전을 보다 어? 어? 하며 신음을 냈다. 주방에 있던 여자가 홀로 걸어 나와 텔레비전 앞으로 갔다. 텔레비전 화면에는 야산의 한 산소에 있는 하얀 천을 비춰주고 있었다. 화면 오른쪽 아래에는 원 안에 흰 머리가 희끗희끗한 중늙은이의 얼굴이 자리 잡고 있었다. 여자의 몸이 움찔거렸다.

오늘 저녁 일성 반도체의 이천오백일흔두 번째 사망자가 발견되었습니다. 오십 오세 지모 씨로 자신의 어머니 산소 앞에서 발견되었습니다.

"저, 저 양반 어제저녁 그 손님 아냐?"

사내는 떨리는 목소리로 말했고 여자는 잠자코 텔레비전에 눈길을 박고 있었다.

사인은 정확하게 밝혀지지 않았으나 옆에 소주 한 병이 있고 외상이 없는 것으로 보아 술에 취해 잠들었다가 저체온증으로 사망한 것으로 경찰은 추정하고 있으며 곧 국립과학수사연구소에 부검을 의뢰해 정확한 사인을 밝힐 예정이라고 합니다. 참고로 지모 씨가 사망한 산소는 친어머니가 묻힌 곳으로 지모 씨가 어릴 때 불륜으로 집을 나간 것으로 알려졌습니다. 이로 인해 지모 씨는 어린 시절 술주정이 심한 아버지와 단둘이 살며 불우한 생활을 했다고 주변 사람들은 안타까워하고 있습니다. 지모 씨는 술만 취하면 친어머니를 찾아 죽이겠다고 행패를 부린 것으로도 알려졌습니다…….

"맞지? 당신 못 봤어? 어찌 이런 일이."

사내는 거듭 여자에게 물으며 탄식했고 여자는 말없이 주방으로 걸어갔다. 이날 따라 더욱더 심하게 왼쪽 팔이 흔들거렸다.

푸른 욕망

고향에 와서 친구와 만나기로 약속한 장소가 하필이면 그 술집이었다. 거기? 마뜩잖아하는 내 말투 때문인지 친구는 왜, 가봤나? 하고 되물었다. 친구로서는 1년에 두세 번 고향에 오는 내가 그 술집에 갔을 리는 없을 거로 생각하는 듯했다. 하지만 정확히 1년 전 나는 그 술집에 있었다. 가 봤구나. 그럼 어죽도 먹어봤겠네. 잠시 머뭇거리는 사이 친구는 어죽 얘기를 꺼냈다. 물론 어죽을 먹어 보았지만 어죽보다는 그 식당의 주인 여자와 남편을 또렷이 기억하고 있었다.

"아냐. 안 가봤어. 어죽이 좋다고?"

일부러 거짓말을 했다.

"안 갔나? 내 곧 갈 끼다. 좀만 기다려라."

소를 많이 키우고 있는 친구는 소여물을 주고 곧 간다고 했다. 나는 어쩔 수 없이 또 그 식당에 가게 되었는데 식당 앞에 차를 세우고 친구가 올 때까지 차 안에서 기다릴까 하다가 차에서 내렸다. 보아하니 식당 안이 조용한 것 같았다. 열린 출입구에 비닐 칸막이가 흔들리고 있었다. 6월이라 벌써 에어컨이나 선풍기를 트는 식당이 많았다. 나는 대리운전을 할 작정을 하고 식당 안으로 들어갔다. 예상대로 식당 안은 아무도 없었고 여자는 주방에서 쪼그리고 앉아 무엇을 다듬고 있었다.

"어서 오세요."

약간 애교가 섞인 코맹맹이 소리로 여자가 돌아보며 일어섰다. 분홍색 블라우스에 감색 치마를 입은 여자는 짙게 화장을 했다. 1년 전과 달라진 점이 없었다. 오히려 화장이 더 짙어진 느낌이었다. 나는 한쪽 구석으로 가 자리에 앉았다. 묘하게도 1년 전에 앉았던 그 자리였다. 인간은 사소한 것에도 습관이라는 게 있구나 싶은 생각이 머리를 스쳤다.

"여기 분 아닌 거 같은데……."

물컵을 가져와 내 앞에 놓으며 여자는 호기심 어린 얼굴로 나를 유심히 바라보았다.

"볼 일이 있어서."

나는 물컵을 입으로 가져가며 얼버무렸다. 1년 전에 왔다고 얘기하면 그때 사건을 안다는 말일 테고, 그러면 여자가 무안할 것 같았다. 그러나 미리 밝혀두자면 이 짐작은 완전히 기우였는데 나에게는 그 사건, 분명 나에게 큰 사건이었는데 다른 사람들한테는 별거 아니었기 때문이었다. 친구의 얘기를 듣고 그 사건의 내막을 알았을 땐 물론 나도 사건으로 치부하지 않았다.

"여기 함 왔었죠?"

대단한 기억력이었다. 50대 후반은 되었을 텐데 목소리는 맑았고 얼굴 또한 진한 화장 때문인지 40대로 보일 지경이었다. 미소를 지으며 바라보는 눈빛이 야릇한 기운이 있어 나이를 더 적게 보이는 면도 있었다.

"……."

나는 대답 대신 물컵을 입으로 가져갔다. 그리곤 친구가 오기로 했는데 안주는 나중에 시킬 테니 우선 막걸리 두 병을 달라고 했다. 여자는 다시 한번 더 내 얼굴을 바라보더니 주방으로 갔다.

어쨌든 고향에 오면 마음이 편했다. 어머니가 살아계실 때는 휴가철을 비롯해 명절이나 아버지 기일, 어머니 생신 때 꼬박 고향에 왔으니 자주 온 셈이었다. 하지만 7년 전 어머니가 돌아가시고 나자 고향도 점점 마음으로부터 멀어지는 느낌이었다. 아니 마음은 변한 게 없는데 발걸음이 쉬 가질 않았다. 이제는 명절은 고사하고 부모님 기일 때나 겨우 얼굴을 내미는 식이 되었다. 오늘이 바로 어머니 기일이었다.

부모님 제를 지내러 올 때면 주로 밤에 도착하기 때문에 큰형님 댁으로 바로 가서 제를 지내고 다음 날 아침 일찍 고향을 떠났다. 하지만 공교롭게도 올해는 일요일이었고 느긋하게 일어나 점심을 먹고 고향에 온 것이었다. 작년에는 토요일에 기일이 걸려 또한 낮에 왔다. 큰형님은 어머니께서 돌아가시자 집을 팔고 시내 아파트를 구해 이사를 하였고 고향 집을 산 외지인은 집을 허물고 양옥을 지었다. 그런데 그게 그렇게 아쉬울 수가 없었다. 내가 태어나고 자란 집이 없어지고 그 자리에 새로 들어선 붉은 벽돌집이 생경하게 느껴질뿐더러 내 몸속에서 커다란 무엇이 빠져나간 느낌이었다. 거기다 고향의 집들도 대부분 양옥으로 바뀌었는데 그 집들의 주인들은 외부에서 들어온 이들이었다. 예전 슬레이트집을 수리해 사는 집은 노인들만 사는 집으로 친구 부모님이나 내 부모님 친구분들이 사셨다. 그러니 고향 동네에 가더라도 차에서 내리지 않고 한 바퀴 빙 돌고 오는 식이었다.

1년 전에도 그랬다. 무언가 큰 것을 잃어버렸다는 아쉬움으로 고향 동네를 한 바퀴 돌고 나서 제사를 지내는 큰형님 댁으로 가려고 동네를 벗어났는데 2차선 도로 옆에 허름한 식당이 눈에 띄었다. 고향 동네가 시내로부터 조금 떨어진 곳이라 구멍가게조차도 없는데 식당이 생겼다는 게 신기하기도 했다. 고향 동네와 그 안쪽 동네가 제법 크긴 해도 식당이 생길 만한 위치는 아니었다. 다만 2차선 도로로 쭉 가면 제법 큰 동네가 몇 개 있고 더 가면 선산 구미가 나오니 주도로인 고속도로로 다니는 차를 제외하더라도 제법 차가 다니곤 했다. 그곳은 어릴 때 주막이 있던 자리이기도 했는데 그러다 일반 주택으로 바뀌었다. 나중에 알고 보니 생긴 지 몇 년 됐는데 내가 몰랐던 것이었다. 어쨌든 큰형님 댁으로 가려는 나는 차를 돌려 그 식당에 들어가게 되었다. 변한 고향 동네에 대해 아쉬움을 달래고 싶었다. 창문에는 제법 큰 글씨로 '어죽 전문'이라는 매직펜 글씨가 붙어 있었다. 어죽이라면 이 동네 사람들이 좋아하는 음식이었다. 주위에 크고 작은 못이 몇 개 있을 뿐만 아니라 낙동강 지류가 흐르기 때문에 민물고기는 흔했다. 어릴 때부터 어죽을 많이 먹었기에 추억의 음식으로 선호할 사람이 많을 듯했다.

"어디서 본 듯한데."

여자는 양은주전자를 들어 내 잔에 막걸리를 따르며 내 얼굴을 흘끔거렸다. 나는 똑바로 보지 않고 탁자를 바라보았다. 감자조림과 무김치 두 가지 반찬이 눈에 띄었다. 그때도 여자는 양은주전자에 막걸리를 가져와 내 잔에 직접 따랐다. 나는 잔을 들어 반쯤 마시곤 내려놓았다. 역시 고향의 술맛은 달랐다. 깊은 맛이 느껴졌다. 김치를 집으러 젓가락을 들다가 어떤 눈빛에 고개를 드니 여자가 앞자리에 앉아 빤히 쳐다보고 있었다. 기분 나쁘거나 그런 눈빛은 아니었다. 그윽이 본다고나 할까. 순간 나도 모르게 여자의 얼굴을 한참 바라보았다. 일부러 그런 것은 아니었다. 눈길을 피하려는데 자꾸만 여자의 얼굴과 목 주위를 훑어보게 되었다. 없다. 나도 모르게 짧은 한숨을 내쉬었다.

"와요? 손님도 내 얼굴이 눈에 익지요? 우리 전생에 애인이었나?"

여자는 말을 하고선 한참 동안 깔깔깔, 웃었다. 내가 찾은 것은 멍 자국이었다. 주먹에 강타당한 후에 눈 주위나 뺨 혹은 목 주위에 생긴 거무튀튀한 멍 자국. 다행이었다.

내가 마저 잔을 비우자 여자는 재빨리 내 옆자리로 오더니 술잔을 채웠다. 나는 의자를 약간 옆으로 비켰다. 깔깔깔. 또다시 여자는 맑은 종소리 같은 웃음을 토해냈다.

"이 아저씨 되게 순진하네."

여자는 내 허벅지에 손을 얹으며 말했다. 나는 얼굴이 빨개졌던가. 앞에 있는 잔을 들어 단숨에 비웠다.

"자, 안주도 좀 드시면서 마셔야지."

여자는 감자를 집어 내 입에 넣어주었다. 남편이나 혹은 연인에게 하는 행동 같았다. 근데 그런 행동들이 추하다거나 불쾌한 것은 아니었다. 다만 1년 전의 기억이 트라우마로 남아 있어 자꾸만 내 몸이 움츠러들었다.

그러니까 1년 전, 그때는 친구를 만날 수 없어서 혼자서 어죽을 시켜 술을 마실 때였다. 어둑해지자 손님이 제법 들어왔고 5개 되던 탁자가 꽉 차서 매우 시끄러운 상태였다. 옷차림을 보니 대부분 주위에서 농사짓거나 막노동을 하는 사람들 같았는데 모두 큰소리로 떠들며 유쾌하게 술을 마시고 있었다. 여자는 이 자리에 가서 술을 따르고 한 잔 얻어 마시고 저 자리에 가서도 따르고 얻어 마시고 했는데, 가끔 짓궂은 손님이 가슴이나 엉덩이를 만져도 태연했다. 심지어 치마 속으로 손을 넣는 일도 있었는데 손으로 '탁' 치곤 그만이었다. 좋게 말하면 손님들과 스스럼없이 지내는 것 같았으나 좀 심한 면이 있어 나는 고개를 숙인 채 막걸리에 어죽 먹는 것에만 신경을 썼다. 오늘 밤 오케이? 반은 웃음이 섞인 한 사내의 말에 집에 계시는 분에게나 잘하시지요, 하는 여자의 말에 온 식당이 떠나갈 정도로 웃음이 터졌다. 불편하다 싶어 곧 나가야지 하며 있던 잔을 비우고 주전자를 들어 잔에 따랐다. 맞춤하게 한 잔이 나왔다.

그때였다. 한 남자가 어깨에 낚싯대를 드리우고 한 손엔 양동이를 들고 식당 안으로 들어왔다. 걸을 때마다 몸이 왼쪽으로 심하게 쏠렸다. 아마도 왼쪽 다리와 왼팔이 불편한 것 같았다.

영감 왔네.

영감은 밤에 잘해주는가?

손님들의 짓궂은 농에 여자는 아랑곳하지 않고 남자를 흘깃 보고는 계속 손님들과 술을 마셨다. 아마도 남편인가 싶었는데 남자는 홀에는 눈길 한 번 주지 않고 곧장 주방으로 들어갔다. 남자는 안면이 없었다. 아마도 근처 동네 출신이 아니고 외지에서 들어온 사람 같았다.

그래도 영감이 고기는 잘 잡잖아.

고기를 지랄, 사람 고기는 못 잡으면서.

히히 그래? 내 오늘 밤 잘 잡아줄팅게.

손님들과 여자의 농에 오히려 내가 민망할 지경이었다. 저러다 남편이 들으면 어쩌나 싶었다. 또한 남편이 왔는데도 여전히 손님들은 여자의 몸을 여기저기 건드렸고 여자는 태연했다.

이제 가야지 싶으면서도 뭔가 허전해 막걸리 한 병을 더 시켰다. 고향에 오면 이상하게 갈증이 심해졌고 술을 많이 마시는 경향이 있었다. 여자는 어죽을 다시 데워오고 막걸리 한 병을 양은주전자에 비우더니 내 옆에 앉았다.

맛있어요? 자주 와요.

눈웃음을 치며 막걸리를 따랐다. 나는 주방에 있는 남편이 신경이 쓰여 아무 말도 못 하는데 여자는 갑자기 내 손을 잡았다. 나는 순간 움찔거리며 주방에 눈길을 주었다. 다행히 남편은 보이지 않았다. 다른 손님들은 같이 온 사람들과 술 마시며 애기하기에 바빴다. 나는 손바닥에 전해오는 보드라운 느낌을 밀어내며 손을 뺐다. 하지만 여자는 오히려 더 완강한 힘으로 손을 잡았다.

어디서 오셨어요? 여기 분 아닌 것 같은데.

눈웃음을 치며 내 얼굴을 빤히 쳐다보았다.

저, 볼 일이 있어서.

나는 손을 빼야지 하며 힘을 주면 여자는 오히려 더 많은 힘을 주어 빼지도 못하고 술잔만 입으로 가져갔다.

어디서 주무세요? 여기 분 아니면?

여전히 내 얼굴을 빤히 보며 물었고 나는 친척 집에 잘 거라고 대답

했다.

갈 때 식당 명함 가져가요. 제 휴대전화 번호 적혀 있어요.

여자는 낮게 속삭였다. 말에서 농담이 느껴지지 않았다. 어쩌면 간절함이 묻어 있다고나 할까. 꼭 전화해 달라는 간절함. 나는 얼굴이 빨개져서 대답을 못 하고 잔을 단숨에 비웠다. 여자는 내 잔에 술을 따르며 천천히 드셔요, 하더니 미소를 지었다. 그때 여기 소주요, 하는 손님의 말에 여자는 한 번 더 나를 보며 미소를 짓더니 입구 쪽으로 가 소주를 들고 다른 자리로 갔다. 남편은 여전히 주방에서 무슨 일을 하는지 밖으로 나오지 않았는데 손님들에게서 뭔가 이상한 느낌이 들었다. 뭐랄까. 그전에는 여자에게 음탕한 농을 하고 몸을 더듬거렸는데 나에게 다녀간 이후 확실히 농이 덜했으며 몸을 아예 만지지도 않았다. 순간 왜 이러지? 하며 남은 술을 천천히 비우고 나서 자리에서 일어났다. 서방님 가신다, 가봐. 낮게 깔린 소리가 들려왔다. 나는 불쾌한 생각이 일었지만 그냥 계산대에 갔다. 여자는 와서 돈을 받고는 재빨리 식당 명함을 내 상의 주머니에 슬쩍 넣었다. 그러더니 미소를 띠며 윙크를 했다. 나는 서둘러 식당을 나왔다.

일은 그다음에 터졌다. 밖에 나와서 담배를 꺼내 물었다. 한 대 피우고 대리기사를 불러 큰형님 댁으로 갈 작정이었다. 아내는 지금쯤 출장을 끝내고 고속버스를 탈 시간이었다. 아내에겐 항상 일이 생겨 같이 오는 경우가 드물었다. 차 뒤쪽 조용한 곳으로 가서 담배를 피우다가 그만 끌까 하는데 식당 안에서 여자의 비명이 들렸다. 흡. 그 비명에 내가 숨이 멎는 것 같았다. 나는 서둘러 담배를 바닥에 비벼 끄고 식당 앞으로 갔다. 또다시 여자의 비명이 났고 유리문 사이로 남편의 뒷모습이 보였다. 남편의 몸이 움직일 때마다 여자는 비명을 질렀다. 나는 문을 열고 들어가려다가 멈칫했다. 안에도 사람들이 많은데 왜 안 말리지? 하는 생각이 들었기 때문이었다. 대신 유리문에 눈을 가까이 가져가자 안의 상황이 어렴풋이 보였다. 남편은 여자를 사정없이 때리고 있었다. 여자는 반항하지 않고 오로지 맞기만 했다. 근데 기이한 상황은 손님들의 행동이었다. 여자와 그렇게 친하게 농을 하면서 술을 마셨음에도 불구하고 누구 하나 나서서 말리지 않았다. 아예 외면하고 자기들끼리 술을 마시며 목소리는 낮춘 채 여전히 떠들고 있었다. 나는 화가 났지만 들어가서 말릴 수도 없었다. 왠지 조금 전 여자와 함께 있었던 것이 원인이 아닌가, 남편이 지켜보고 있었던 게 아닌가, 그렇다면 나도 원인을 제공한 사람일 텐데, 싫어 내키지 않은 무거운 발걸음을 돌렸다.

여자는 여전히 다정한 애인처럼 옆에 앉아 있을 때 친구가 왔다. 반가운 마음에 손을 흔들었다.

"보기 좋다야. 부부 같다야."

친구는 한술 더 떴다.

"아예 욕을 해라, 욕을."

나는 반갑게 잡은 친구의 손을 과장되게 흔들었다.

"맞죠? 우리 잘 어울리죠?"

여자는 나의 팔짱을 끼며 웃었고 친구는 그럼 그럼, 하며 덩달아 너털웃음을 터뜨렸다.

"에이, 이 사람."

나는 그만하라는 듯 친구의 잔에 술을 따랐다. 친구는 여자와 몇 마디 더 농을 하더니 자리에 앉았고 여자는 주방으로 갔다.

"단골인가?"

나의 물음에 친구는 이 주위에 단골 아닌 사람이 없다고 했다.

"시내까진 좀 가까워도 걸어가긴 멀잖아, 차도 있고. 그러니 일 마치고 한잔하기엔 딱이지. 그리고 몸에 좋은 어죽도 싸고 맛있게 나오지. 또……."

친구는 말을 하려다 미소를 짓더니 잔을 들어 나의 잔에 부딪혔다. 또? 나는 잔을 들며 나지막하게 물었지만 아냐, 하며 답을 하지 않았다. 친구와 오랜만에 만난 지라 이런저런 고향 얘기를 묻고 하다 보니 어죽이 금방 나왔다. 미리 재료가 준비되어 있었던 듯했다. 친구는 커다란 냄비에 담긴 어죽에 다진 마늘과 청양고추를 듬뿍 넣으며 말했다.

"어죽은 이렇게 먹어야 제대로 먹는 거야. 한번 먹어봐."

나는 막걸리를 한 모금 마신 후 국물을 떠 입에 넣었다. 매운맛이 혀를 쏘면서 입안이 얼얼했다. 나는 재빨리 술을 한 모금 마셨다.

"그래, 바로 그거야. 이렇게 먹으면 몸에서 나쁜 기운이 죄다 빠져나가 기분도 몸도 개운해져."

친구는 맵지도 않은지 연거푸 국자로 자신의 그릇에 떠서 먹었다. 그러면서 우리 어릴 때 물고기 많이 잡아먹었잖아, 하며 아련한 추억을 건드렸다.

"그땐 물고기 외에 고기 먹을 일이 있었나, 가난하다 보니. 다행히 물고기는 많았고."

"그러게 말이야. 학교 마치고 소 풀 뜯으러 가면 꼭 고기부터 잡고 소 풀 뜯었다 아이가."

"그때 넌 맨손으로도 고기 잘 잡았는데."

"그런가?"

친구는 손등으로 이마의 땀을 훔치며 술잔을 들었다. 햇볕에 그을린 얼굴이 보기 좋았다.

"왜 안 드셔요?"

어느새 여자는 내 옆에 앉았다. 나는 한 숟가락 떠서 입에 넣었다. 또 다시 급하게 술을 한 모금 마셨다.

"에이 청양고추를 많이 넣었네. 처음 먹는 사람한테는 조금 넣어야 하는데."

여자는 숟가락으로 어죽을 휘젓더니 주방으로 가서 작은 그릇에 어죽을 가져왔다. 국자로 냄비에 있던 어죽을 퍼서 섞었다.

"역시 서방 잘 섬기네."

친구는 술보다는 어죽을 연신 떠먹으며 말했다. 에이, 이 사람. 나의 말에 여자는 한 숟가락 떠서 내 입으로 가져왔다.

"자, 입 벌려요."

마치 엄마가 아이한테 하는 말투였다. 나는 순간적으로 주위를 살폈다. 나도 모르게 남편을 의식하고 있었던 듯했다. 몇 번 거부하다가 결국 받아먹었다.

"좀 낫지요?"

나의 입가를 손바닥으로 훔치며 여자가 미소를 띠며 물었다. 확실히 여자가 간을 맞추니 입에 맞았다. 그러고 보니 1년 전에도 여자가 직접

간을 맞추어준 것 같았다. 어죽 처음이지요? 그럼 청양고추를 적게 넣고 먹어야 해요. 천천히 양을 늘리고. 여자의 말이 생생하게 다가왔다.

"언제 물고기 한번 잡으러 가야겠다. 근데 요즘도 물고기 있을라나?"

나는 수제비를 건져 먹으며 말했다. 물고기를 오랫동안 우려냈는지 어죽에서 구수한 맛이 느껴졌다.

"냇가에는 피라미밖에 없어. 우리 어릴 땐 메기도 많았고 가물치에다 뱀장어까지 있었지 않냐. 대신 못에 가면 좀 있어. 이 고기 다 못에서 잡은 거 아냐."

"못? 어느 못?"

나는 양식 물고기를 사서 요리한 것인 줄 알고 의아해서 물었다.

"저 윗동네 큰못 있잖아. 거기서 여 서방님께서 매일 잡아 오시는 거 아냐."

친구는 마치 자기가 잡아 온 것처럼 자랑스럽게 말했다. 그 못이라면 잘 알았다. 그 동네에 있던 못을 큰못 우리 동네에 있던 못을 작은 못이라 불렀는데 항상 큰못 때문에 윗동네 아이들과 싸움을 벌이곤 했다. 우리 동네 아이들은 작은 못에 물고기가 없어 큰못에 가면 그 동네 아이들이 텃세를 벌인다고 물고기 잡는 것을 방해하거나 심하면 물고기 잡은 통을 못에 빠트리기도 했다. 그러면 패싸움으로 번져 누구 하나는 코피가 터지곤 했다. 그때 싸움을 하면 맨 앞에서 돌진하던 아이가 바로 이 친구였다. 나는 그 생각을 하며 속으로 웃다가 방금 생각났다는 듯이 물었다.

"이 집 사장님이 직접 잡아 오신다고? 그걸로 매번 어죽을 끓인다고?"

나는 남편을 본 적 없는 척 물었다. 1년 전 여자를 많은 사람이 보는 앞에서 때리는 것을 떠올렸지만 차마 그 일을 꺼내지는 못했다.

"그럼. 얼마나 낚시를 잘하는데. 이게 이래 봬도 여러 가지 물고기가 들어간다고. 붕어는 기본이고 잉어 피라미 미꾸라지에다."

"그래? 그래서 자연산이라 맛있구나."

의례적인 말이 아니라 진심에서 우러난 말로 칭찬했다. 여자는 내가 먹는 걸 시중들다가 좀 데워야겠다며 냄비를 들고 주방으로 갔다.

"몸이 좀 불편해서 그렇지 물고기 하나는 잘 잡아. 그 덕에 장사가 좀 되기도 하고."

"어디가 불편한데?"

나는 소리 낮추어 물었다.

"예전에 목수였는데 몇 년 전 지붕에서 떨어졌다가 뇌를 다쳤는데 그만 한 쪽을 못 쓴대. 참 성실했는데."

"저런."

내 입에서 한탄이 터져 나왔다.

"그러니 일도 못 하고 집에만 있었는데, 문제는 그것도 안 서고. 남자 구실도 못 하니 미칠 지경이었겠지, 그즈음 이곳으로 와서 식당을 낸 거야."

"어디 사람인데?"

"몰라. 말을 안 하니."

나는 여자가 냄비를 들고 오는 것을 보며 말 대신 고개를 끄덕거렸다. 남편이 성불구라. 갑자기 머리가 혼란스러워지는 기분이었다. 1년 전 여자를 구타하던 모습과 여자가 손님들 사이에 음탕한 농을 하며 술 마시던 모습이 떠올랐다.

"무슨 얘기를 그렇게 소곤소곤해요? 내 흉봤어요?"

여자는 냄비를 탁자에 놓으며 눈을 흘겼다. 나는 눈길을 돌렸고 친구는 여자의 엉덩이를 치며 크게 웃었다. 여자는 또다시 내 옆에 앉았다.

"아무래도 어디서 본 듯한데."

여자는 어죽을 접시에 담아 내 앞에 놓으며 말했다.

"볼 일이 있나. 1년에 두세 번 오는 친군데. 그것도 밤에 와 새벽에 가는지라 나도 보기 힘들구만. 혹 모르지. 꿈에 은밀히 만났는지도."

"이 사람, 농담도."

여자가 말을 꺼내기 전 내가 먼저 말을 했다. 나는 친구의 잔에 술잔을 부딪치고 입으로 가져갔다. 친구도 배가 부른지 어죽 먹는 걸 멈추고 술을 마셨다. 그때 문이 열리더니 남편이 예의 왼쪽으로 휘청거리는 모습으로 들어왔다. 낚싯대를 어깨에 메고 양동이를 오른손에 든 것도 1년 전과 같았다.

"오늘은 일찍 오시네요. 많이 잡았어요?"

친구가 아는 체했지만, 여자는 여전히 내 옆에 앉아 멀뚱히 바라보기만 했다. 오히려 내가 불편했다.

"오늘은 날이 꾸무리해서 그런가 잘 잡히네요."

남편은 무뚝뚝하게 말하곤 주방으로 갔다. 아마도 잡아 오자마자 손질을 하는 것 같았다.

"하고 난 뒤에 바닥 좀 잘 닦아요."

여자가 주방에 대고 소리쳤다.

"알았어."

탁한 목소리가 주방에서 튀어나왔다. 주인이 오고 나자 한 무리의 손님이 들이닥쳤고 친구는 일일이 아는 체했다. 모두 인근에서 농사를 짓는 듯했다. 들에서 곧장 오는지 작업화에 흙이 묻어 있었다. 나는 일어섰다.

"너 담배 피우냐? 밖에 나가서 한 대 피우고 오자."

친구도 기다렸다는 듯이 일어섰다. 여기서 피워도 된다는 여자의 말에 아랑곳하지 않고 친구와 밖으로 나와 길가에 쪼그리고 앉았다.

"참 이놈의 담배 끊으려고 해도 잘 안 되네."

담배 피우는 사람이라면 으레 한마디씩 하는 친구의 말이었다.

"다 애국하는 일이지."

나도 하나마나한 얘기를 했다. 자꾸만 남편이 눈에 밟혔다. 담배를 몇 모금 피우다 나는 참지 못하고 친구에게 묻고 말았다.

"남편하고는 사이가 안 좋은가?"

"왜? 괜찮은데."

친구는 무슨 문제 있느냐는 듯 되물었다.

"아니, 그게 아니고. 그러니까 보통 남자가 성불구면 부부 사이가 안 좋은 경우가 많잖아."

나는 1년 전 일을 떠올리며 말했다. 차마 입 밖으로 꺼내지는 못했다.

"눈치챘나? 빠르네."

친구는 나를 보더니 씨익 웃고는 담배를 깊숙이 빨았다.

"처음엔 힘들게 살았나 봐. 남자가 성실해 입에 풀칠하는 데는 지장이 없었는데 사고로 갑자기 일을 못 하게 되었으니. 그래서 여까지 홀

러왔고. 그나마 여자가 어죽을 잘 끓이는 바람에 장사가 좀 돼서 다행이고."

"손님은 많은가. 어죽은 괜찮은 거 같던데."

나는 새 담배를 꺼냈다. 안에 들어가면 한동안 담배를 못 피울 것이었다. 친구도 새 담배를 꺼냈다.

"손님은 그럭저럭 있어. 남자도 열심히 고기를 잡아 오니까 원가도 덜 들고."

"그나마 다행이군."

결국은 묻고 싶은 것을 묻지 못했다. 또 한 무리의 손님이 들어가는 걸 보며 우리는 일어섰다.

"요즘 소값이 괜찮다며?"

이제야 나는 친구의 생활에 관심을 보였다.

"소값이 오르면 뭐 하냐. 사룟값이 너무 비싸. 또 소값은 금방 내릴 거고."

"그래도 어쨌든 소값이 오르니 다행인 거 아냐. 언젠가 사룟값 빼면 남는 게 없다고 그랬잖아."

"다행이지. 요즘 세상에 삼시 세끼 밥 먹고 사는 게 어디냐."

친구는 내 등을 치며 식당 안으로 들어갔다. 어느새 5개의 테이블이 다 찼다. 남편은 주방에서 일하는지 밖으로 나오지 않았고 여전히 여자는 손님들 틈에 끼여 농을 주고받았다. 내가 주방을 기웃거리자 친구가 한잔하라며 술잔을 들었다.

"남편이 그나마 아지메한테 고분고분해서 다행이야, 요즘 세상에."

친구의 말에 나는 이해할 수가 없었지만 1년 전의 구타는 어쩐 일이냐고 묻지도 못했다. 또 하나 의문스러운 점은 자신의 아내가 손님들과 음담패설을 하고 손님들이 아내의 몸을 더듬는 것을 알 텐데도 전혀 신경을 쓰지 않는 것이었다. 자신이 성불구면 오히려 의처증에 걸려 아내를 끊임없이 감시하고 의심하는 게 일반적일 텐데 말이다.

"아내한테 행패는 안 부리는가?"

나는 우회적으로 물었다.

"몸이 안 좋은데 어디 성질머리 없겠나."

친구는 목소리를 낮추며 말했다.

"근데 좀 그렇잖아. 손님들을 대하는 여자도 그렇고. 하여튼 뭔가 이상해."

나의 말에 친구는 그게 다 세상 이치라는 거야, 하며 껄껄껄 웃었다.

"손님들과 혹, 자기도 하는가?"

결국 궁금증을 이기지 못하고 물었다. 친구는 잠깐 당황하는 듯하더니 술잔만 비웠다. 나는 눈으로 독촉을 했지만 여전히 딴청을 피웠다.

"국 데워올게요."

어느새 여자가 다가와 냄비를 들고 주방으로 향했다. 친구는 재빨리 여자의 엉덩이를 툭 쳤다. 내가 의아하다는 표정을 짓자, 친구는 웃기만 했다.

"자, 한잔해."

"그래."

나는 궁금증을 지그시 누르며 술잔을 들었다. 친구가 얘기할 때까지 기다리기로 했다. 술잔이 몇 번 오가고 난 뒤 여자가 오는 것이 보였다.

"오늘 노래방 갈까?"

여자는 냄비를 탁자에 놓고 내 옆에 앉으며 나를 바라보았다.

"이 아지메가 너한테 단단히 반한 모양이다."

친구는 껄껄껄 웃었고 여자는 그럼요, 하며 팔짱을 꼈다. 순간 진한 향수가 확 끼쳤다. 나는 의자를 옆으로 조금 뺐고 여자는 그만큼 가까이 다가왔다.

"왜 노래방 가고 싶어요? 갔다가 물침대도 가고? 이 아저씨랑?"

친구의 농에 여자는 나를 빤히 바라보았다.

"갈 거지요?"

마치 떼쓰는 막내 여동생 같은 표정을 지었다. 나는 오늘 밤 중요한 일이 있어 안 된다고 하자 친구가 나섰다.

"맞아. 이 친구 오늘은 안 되겠다. 우리 둘이 가지 뭐."

"피."

여자는 내 술잔을 들더니 단숨에 마시곤 손등으로 입술을 닦았다. 한 잔 더 줘요. 팔로 내 옆구리를 쳤다. 나는 엉겁결에 술을 따랐고 여자는 또 단숨에 비웠다. 그때 여기 막걸리 줘요, 하는 소리가 들렸고 여자는 아쉬운 듯 나를 바라보더니 자리에서 일어섰다. 나는 휴, 한숨을 내쉬며 내 잔에 술을 따랐다. 근데 이상한 일이었다. 괜히 여자한테 미안해지는 것이었다. 거절한 것이 오히려 미안하다니. 나 자신도 이해되지 않는 감정을 되씹었다. 손님들 대부분도 그런 것 같았다. 여자를 대하는 태도가 여자를 추하게 한다거나 하는 그런 것은 아니었다. 친구의 말을 빌리자면 비록 50대 중반이 넘은 듯 보이나 순진한 면이 있고 음탕한 것 같으나 사실 말이 좀 그렇지 술자리에선 애교로 봐줄 수도 있는 것 아니냐는 것이었다.

탁자 위에는 빈 술병들이 늘어가고 시간이 좀 흘렀을 때였다. 여전히 남편은 주방에 있었고 여자는 탁자를 돌아다니며 술을 마시고 농을 했다. 농이 좀 심하다 싶을 땐 나도 모르게 주방을 보게 되었고 그때마다 1년 전의 기억이 떠올라 조마조마하였다. 하지만 친구는 아무런 동요 없이 현재 농촌의 문제 그리고 50대인 우리 나이 때의 고민 등을 얘기했고 나는 건성으로 듣고 있을 때였다.

"국 데워올게요."

뒷자리에서 여자의 목소리가 들렸고 얼마 안 있어 주방에서 여자의 비명이 들렸다. 갑자기 식당 안이 조용해졌다. 또다시 둔탁한 소리와 함께 여자의 비명이 들렸고 손님들은 일제히 주방 쪽을 바라보았다. 하지만 누구 하나 일어서는 사람이 없었다. 모두 침묵을 지키고 있었다. 친구 또한 아무 말도 하지 않고 가만히 있었다. 또다시 둔탁한 소리와 함께 아고고, 하는 소리가 들렸다. 나는 조마조마하며 누군가 뛰어가서 말리길 바랐지만 아무도 주방으로 가는 사람은 없었다.

"자, 마시자."

친구는 불쑥 술잔을 들었다. 나는 뜨악하게 바라보았다. 이 상황에서 건배라니.

"괜찮아. 자, 한잔해."

친구는 술을 입으로 가져갔다. 신기하게도 다른 탁자에 앉은 손님들도 비록 큰소리는 아니지만 마치 아무 일도 없는 것처럼 술을 마시며 떠들기 시작했다. 그 와중에도 주방에서는 퍽 퍽, 하는 소리와 함께 에고고, 아고고, 하는 여자의 가냘픈 신음이 흘러나왔다. 남편의 목소리는 들리지 않았다.

"가봐야 하는 거 아냐?"

나는 불안해서 말했다.

"아냐. 굿하는 거야."

친구는 대수롭지 않다는 듯 말했다.

"굿이라니?"

나는 무슨 생뚱맞은 말이냐는 듯 바라보았다. 친구는 이미 식어버린 어죽을 숟가락으로 떠서 먹었다. 여자가 있으면 데워왔을 텐데, 하는 아쉬움이 얼굴에 묻어났다. 어이가 없었다.

"그 왜 액막이굿이라고 아나?"

낮은 소리로 말했다.

"액막이굿?"

나는 모르겠다는 듯 고개를 저었다.

"그러니까 어떤 액운을 미리 막는 굿 있잖아."

"그래, 들어본 것 같다. 근데 그거하고?"

나는 여자의 신음이 나는 주방 쪽을 흘깃거리다 친구를 보았다.

"다 사람마다 사는 방식이 다른 거지. 액막이하는 방식이 말이야."

친구는 여전히 선문답하듯 말했고 나는 참지 못하고 밖으로 나왔다. 담배 생각도 간절했지만 도저히 여자의 신음을 견딜 수 없었다. 평소에 여자에게 잘한다던 남자가 갑자기 폭군으로 변한 것도 이해할 수 없고, 남편이 보는 앞에서 손님들과 음담패설을 주워 담던 여자는 반항 한번 없이 고스란히 매를 맞는 건 또 뭔가. 그런 상황에 마치 소 닭 쳐다보는 것처럼 행동하는 손님들 또한 이해되지 않았다. 담배 한 개비를 다 피울 때쯤에야 친구가 나왔다.

"뭐야, 내가 모르는 뭔가 있는데. 솔직히 이야기해 봐."

친구가 옆에 쪼그리고 앉아 담배에 불을 붙이기가 무섭게 물었다.

"그러니까, 일 년 전에도 이런 것을 봤어. 얘기 안 해서 미안한데 지금 상황과 비슷해. 도대체 뭐야?"

나는 결국 솔직하게 털어놓았고 친구는 놀랍다는 듯 담배 연기를 내뿜으며 나를 돌아보았다.

"일 년 전에도 이런 상황을 보았다고? 그럼 다 알겠네."

친구는 여전히 놀란 표정을 감추지 않은 채 하늘을 향해 담배 연기를 내뿜었다. 나도 담배 연기를 깊게 들이마셨다가 길게 토해냈다.

"알긴 뭘 알아. 왜 그런 일이 반복되는 거지? 이건 말이 안 되잖아, 상식적으로."

내 음성이 올라가자 친구는 고개를 끄덕였다.

"어쩌면 말이 안 되지. 근데 말이야, 남편 처지에서는 그게 최선일 수도 있어. 그래서 손님들도 가만히 있는 거고. 그러니까 이해한다고나 할까."

"이해한다고? 남편이 여자를 때리는걸? 음담패설 한 건 손님이 했잖아. 그럼 공범인 거 아냐?"

나는 어느새 친구에게 항의하고 있었다. 너무 흥분해 있었다고나 할까.

"그게 아니라. 음, 그러니까, 남편이 정해놓은 선을 넘었다는 거지."

"선? 어떤 선?"

분명 여자의 행동이 이상하긴 했어도 이해할 정도라고 친구 자신이 말하지 않았던가.

"너 일 년 전에 왔을 때 여자가 어떻게 했나? 이번과 같지 않았나?"

나는 곰곰이 생각하다가 그렇다고 했다. 그때 계속 옆에 앉아 유혹하고 식당 명함까지 주었지 않은가. 오늘은 노래방에 가자고 했고.

"그때처럼 오늘도 네가 주인공인 거야."

"주인공?"

나는 여전히 이해되지 않았다.

"그러니까 네가 오늘 밤 여자와 자는 날이라고, 임마."

친구는 나한테 주먹을 날리는 시늉을 했다. 그때 1년 전의 한 장면이 눈앞에 떠올랐다. 여자가 나한테 와서 얘기를 나누고 간 뒤 이상하게 손님들 사이에 음탕한 이야기가 많이 누그러졌다. 음. 나는 신음을 냈다.

"그러니까, 손님들이 돌아가며 여자를 취한다는 거야?"

"이제 눈치를 챘네, 짜슥."

"남편은 그걸 눈치챈 거고? 그래서 여자를?"

친구는 고개를 흔들었다.

"아냐. 그까진 남편도 이해해."

"이해해? 그것까지? 자신이 성불구라서?"

나는 어이가 없었다.

"그렇지. 근데 그 이상의 선을 넘으면 가만히 안 있는 거지."

나는 새 담배를 꺼내 물었다. 뭔가 함정에 빠진 기분이었다.

"어떤 선? 자기 아내와 손님들이 잔다는 걸 안다며?"

"그래도 나름대로 규칙이 있지. 자주 손님들과 한다거나 아니면 한 사람하고 연속으로 한다거나 뭐 그런 거."

음. 나는 속으로 신음을 냈다.

"혹 여자가 바람날까 봐?"

"그렇겠지. 마누라가 바람나는 것만은 용납할 수 없는 거지. 생계 문제도 있고."

"생계라니?"

그건 무슨 뚱딴지같은 소리냐는 듯 친구를 바라보았다.

"처음 이곳에 문을 열었을 때 손님도 없었어. 생각해봐. 시내에서 멀잖아. 그러니 이 근처 사람 아니면 누가 오겠어. 근데 이 근처 사람들도 시내에 가서 술 마시길 원해. 술 마시다 다방 아가씨 부르거나 노래방에 가서 아가씨도 부를 수 있고."

"그래서 여자가 그런 역할하는 거야?"

"나도 자세히 모르는데 아마도 그럴 거야. 처음엔 한두 번 농을 하며 손도 잡고 술도 팔아 주고 노래방 갔다가 썸씽이 있기도 하고. 그러다……."

음. 나는 어쩌면 남편이나 여자를 이해해야 한다는 생각이 들기도 했지만 화가 났다. 장애인인 남편과 아내로서 이런 시골까지 밀려났지만, 그렇다고 이건 아니다 싶었다.

"너 나쁜 놈이구나."

나도 모르게 말을 툭, 뱉었다. 후회했지만 이미 늦었다.

"네가 생각하는 것처럼 그렇게 심한 건 아냐. 아까도 얘기했지만 여기 오는 사람들도 매일 여자와 하는 것도 아니고. 어쩌다 그러는데, 그렇다고 강제로 하는 것도 아니고. 암묵적 합의랄까. 하여튼 이건 비밀

이대이, 절대로."

"근데 남편이 여자를 구타하는 건 뭐야? 암묵적 합의라며? 단지 선을 넘었다는 이유로?"

나는 항의하듯 물었다.

"어쩌면 연속으로 만난 누군가에게 경고한 거겠지. 또한 자기 마누라한테도 경고하는 거고. 자꾸 그러면 가만히 있지 않겠다는."

"그래서 사람들이 많은 데서 그런 거야? 일종의 공개적으로?"

"그런 셈이지. 너도 알고 나도 알고, 그래서 모두 조용히 있는 거고. 또 남편도 그렇게 심하게 때리는 건 아니고. 때리는 소리만 크게 여자도 비명을 크게 내고."

그래서 굿인가. 나는 담배를 바닥에 비벼 끄고 일어섰다. 다시 식당 안으로 들어갈 용기가 나지 않았다. 나 또한 잠깐이나마 여자의 손길을 즐겼다는데 죄책감을 느꼈다.

"먼저 들어가. 나는 가봐야 할 거 같아."

나는 휴대전화기를 꺼내 대리기사를 불렀다. 친구는 나의 얼굴을 쳐다보더니 그럼 다음에 내려오면 전화해라, 하며 식당 안으로 들어갔다.

흰 물결이 이는 욕망

그 애와 함께 산사 아래 민박에서 묵으리라고는 꿈에도 생각하지 못했다. 더군다나 그 애는 큰아들 규찬의 친한 친구였으며 정희 또한 아들처럼 평소 생각하고 있었던 터였다.

정희는 도랑이 흐르는 민박 앞 벤치에 앉았다. 그믐인지 달은 보이지 않았고 별빛이 무망하게 쏟아지고 있었다. 정희는 고개를 뒤로 젖히고 한참 동안 좁쌀이 뿌려진 것 같은 별들을 바라보았다. 습관이었다. 어릴 때부터 하얀 점들이 박혀 있는 것 같은 별들을 볼 때면 항상 고개를 뒤로 젖히고 저 별이 지금은 빛나지만 사라지고 없는 별일 수도 있다는 말이지, 저 하늘로 가면 끝이 없다는 말이지, 중얼거리곤 했다. 뒷 목과 앞 목이 아플 즈음이 되면 이상하게 마음은 평온해졌고 정희는 고개를 들곤 했다.

어쩌자고 그 애와 같이 왔단 말인가.

정희는 뒷목이 뻐근했지만, 이번엔 고개를 들지 않았다. 당연히 마음도 편안해지지 않았다. 점점이 박힌 별들을 손바닥으로 확 쓸어버리고 싶다는 생각이 들었다. 도랑에서 물소리가 개구리 울음소리에 실려 왔다. 밤이 깊어 모두 자는지 사람의 기척은 느껴지지 않았다. 다행이었다. 자신의 모습을 아무도 보지 않는다는 생각에 안도감을 느꼈다.

뒷목이 굳는 것 같았고 목 앞이 당겨 침 삼키기도 힘들었다. 이게 고행이라는 거구나. 갑자기 민박 위에 있는 절의 비구니가 떠올랐다. 비구니들도 밤이면 이렇게 자신처럼 한껏 고개를 뒤로 젖히고 별들을 볼 것 같았다. 고개를 저었다. 불경스러웠다. 더는 그런 생각을 해서는 안 될 것 같았다.

애초에 이 절에 올 생각이 전혀 없지는 않았다. 십여 년 전 친구의 소개로 이 절을 알게 되었고 서울에 오갈 때는 가끔 들리는 곳이었다. 두 아들이 객지로 떠나고 남편 또한 아파트 건설 현장을 따라 집을 비우는 날이 많을 때면 일부러 이 절을 찾곤 했다. 절은 대웅전과 뒤편에 있는 산신각, 그리고 대웅전 오른쪽으로 자리한 방이 3~4개짜리 요사채를 제외하면 별다른 건물이 없었다. 다만 뒤편 흙으로 지은 작은 건물이 있었는데 건물 앞엔 '출입금지'란 안내판이 붙어 있어 스님들의 수행공간으로 짐작이 갈 뿐이었다.

절이 작아서인지 올 때마다 사람이 거의 보이지 않았다. 그래서 좋았다. 행락객들로 북적이는 큰 절은 절 같은 느낌보다는 유원지 같은 느낌이 들어 발걸음이 쉬 가지 않는데 이 절은 멀리 떨어진 곳에 있는 주차장– 이라기보다는 그냥 빈 터라고 해야– 에 차를 세우고 내리는 순간부터 참 고요하다는 느낌이 들었다. 특히 왼쪽으로 작은 개울이 있고 절까지 20여 분을 두 사람이 지나갈 만한 좁은 길을 걷노라면 마음이 차분히 가라앉았다.

스님을 본 적은 없었다. 빈 절이 아닌가 싶게 사람들도 스님도 보이지 않았다. 다만 깔끔하게 대빗자루로 쓴 일정한 흔적이 남아 있는 마당 때문에 스님이 계시는구나, 느껴질 뿐이었다. 서울에 거주하는 친구 또한 이 절을 지인한테 들어 알게 되었는데 올 때마다 마음이 편해진다며 추천하면서 자신도 비구니 스님을 한 번도 뵌 적이 없다고 했다. 정희도 올 때마다 스님을 뵙는다든지 차라도 한잔 공양받겠다는 생각은 추호도 없었다. 다만 '출입금지'라고 쓰인 흙집 댓돌에 창백하게 햇빛을 고스란히 받는 하얀 고무신을 볼 때면 가슴이 쿵, 내려앉곤 했다. 그 고무신이 마치 자기 자신 같았기 때문일까. 문득 고무신을 집어 들어 멀리 던져버리고 싶은 욕구를 겨우 참고 뒤돌아설 때도 있었다. 그 창백한 고무신은 며칠 동안 뇌리에서 사라지지 않았는데, 밥을 먹다가도 똥을 누다가도 문득문득 떠오르는 것이었다. 손사래를 칠수록 집요하게 따라붙었다.

결국은 고개를 들었다. 마치 커다란 바위를 드는 것 같았다. 순간 어색한 느낌이 들었다. 평소의 자세가 아닌 것 같았다. 오히려 뒤로 젖히고 있던 자세가 평소의 자세이고 똑바로 한 자세가 어색했다.

미쳤구나.

정희는 옷을 여미었다. 어깨가 시렸다. 서늘한 기운이 느껴졌다.

사실은…… 집으로 곧장 가려고 했던 게 아니고 아는 산사에 들를 계획이었는데 …….

어쩌자고 그런 얘기를 했는가. 무를 수만 있다면 무르고 싶었다. 서울을 벗어나 중부내륙고속도로에 올라 시후의 과거 얘기를 들으며 한 시간여를 달린 참이었다.

아, 그러세요?

시후는 잠시 난감하다는 듯 말이 없었다.

괜찮아. 담에 가면 돼.

이때 처음으로 알았다. 말은 의식과 관계없이 나온다는 걸.

저 때문에…….

시후는 말을 하려다 머뭇거렸다.

괜찮다니까. 신경 쓰지 마.

정희는 별거 아니라고 말했지만 가슴 한편이 허전했다. 주말이라 그런지 차량이 많아 빠른 속도를 낼 수 없었다. 오히려 그게 더 좋았다.

전 괜찮은데…….

시후는 계속 끝말을 흐리자 오히려 정희가 미안한 생각이 들었다. 나이가 들면 할 수 있는 말이 있고 하지 말아야 할 말이 있다는 걸 알아야 한다. 그걸 모르면 추하게 된다는 걸 주위에서 얼마나 많이 보았던가.

신경 쓰지 마. 참, 애인 있니?

아무 생각 없이 던진 말이었다. 오늘 결혼한 조카가 시후의 친구이기도 하니 당연히 결혼 적령기에 접어든 젊은이한테 던질 수 있는 말이라고 생각했다. 근데 말을 하고 나자마자 곧장 이게 아닌데, 하는 후회가 와락, 들었다.

아직요. 우선 안정된 직장부터 잡고서…….

시후는 앞을 보며 말했다. 요즘 젊은이들한테 취직이나 결혼 얘기는 하지 말아야 한다는 얘기를 TV인지 혹은 신문에선지 본 적이 있었다. 그때는 요즘 젊은 애들 불쌍하다는 생각이 들었다. 정희가 대학을 다니고 20대를 보낸 80년대는 비록 사회가 시끄러웠지만 나름으로 낭만이 있었던 시절이었다. 지금처럼 그다지 취직에 목메는 시대도 아니었다.

지금 다니는 데가…… 비정규직이라 안정된 직장 구하고 난 뒤에 하려고요.

시후는 여전히 자신 없는 말투였다.

힘들겠구나. 그래도 애인 있으면 마음이 안정되지 않겠니?

이러면 안 된다고 생각했지만, 자꾸만 애인 쪽에 초점이 맞춰졌다.

사실은…….

시후는 머뭇거렸고 정희는 말해, 괜찮아, 마치 모든 걸 다 받아줄 것처럼 얘기했다.

사귀던 애가 있었는데…… 작년에 떠났어요. 얼마 후에 결혼했고요.

저런. 어쩜 그럴 수가 있니. 사랑한다면 모든 걸 참고 감싸주고 …….

정희는 화가 났다. 사귀는 사이라면 그 정도는 감수해야 하는 게 아닌가.

정희는 머리를 둥글게 돌렸다. 뒷목이 뻐근했다. 돌릴 때마다 쏟아지는 별들이 빙글빙글 돌았다. 그 뒤…… 무슨 얘기를 나누었지? 정희는 고개를 돌리며 떠올려 보았지만, 자신이 너무 말이 많았다는 자책감밖에 들지 않았다.

시후를 만난 것은 시아주버니댁의 결혼식 장소였다. 시조카인 신랑이 큰아들과 동갑이었고 시후 또한 신랑과 친구였기에 둘 다 참석했다.

폐백을 받고 가족과 헤어져야 할 시간이었다. 남편은 전남 해남에서 올라와 바로 내려가야 한다는 얘기는 며칠 전에 들은 터였다. 또한 예상은 했지만 두 아들은 만나면 같이 집으로 내려올 수 있으리라는 소망을 무참하게 짓밟았다. 큰애는 취업준비생이라 나름 이해했지만 서운한 건 어쩔 수 없었다. 작은애도 기말고사가 얼마 남지 않았다고 결혼식 피로연이 끝나자마자 곧장 헤어졌다. 미리 짐작은 했지만 남편도 두 아들과도 별로 얘기도 나누지 못하고 헤어지자 나름 허전한 건 어쩔 수 없었다. 2시간여를 달려와 집안의 어른이라고 폐백 받고 식당에서 친척들과 인사하며 식사를 하는 둥 마는 둥 하다 보니 어느새 식당을 나와야 할 시간이 되었다. 폐백은 두 번째였는데 언제나 어색했다. 폐백이라니. 속에서 맹렬하게 거부감이 일었다.

2년 전 큰 시아주버니의 장남이 결혼할 때도 그랬지만 폐백 받는다고 남편과 함께 앉아 있으면 꼭 시골 노인이 된 기분이었다. 정희가 아는 한 폐백 받는 모습은 얼굴에 주름이 많고 늙은, 그런 이미지였다. 아버지나 칠십이 넘은 엄마 또래. 비록 자신의 아들 결혼이 아니지만, 폐백을 받다니. 아무래도 어색했고 돈 봉투를 신부의 치마에 던져주며 행복하게 잘 살아라, 하는 덕담조차도 어색했다. 남편은 본가의 잔치이니 여기저기 인사하러 다니느라 막상 정희와 얘기할 시간조차 없었고 두 아들도 신랑 친구들과 어울리느라 의례적인 인사만 나눈 터였다.

나름 서운했다.

피로연 자리에 신랑과 신부가 인사차 왔고, 집안의 어른이라고 덕담을 나누고 나니 곧 피로연장을 나와야 했다. 남편은 갔고 두 아들은 인사하곤 친구들의 자리로 갔다. 정희는 서운한 마음을 달래며 주차장으로 엘리베이터를 타고 내려왔다. 차를 타고 막 출발할 때였다. 누군가 창문을 다급하게 두드렸다. 돌아보니 큰아들 친구인 시후였다. 정희는 창문을 내리며 의아하게 바라보았다. 시후는 같은 도시에 살면서 큰아들과 고등학교 때부터 같은 학교 다니며 친하게 지낸 터라 아들처럼 여겼다.

저도 고향에 내려가려던 참이었는데요.

시후는 계면쩍어하면서 뒷머리를 오른손으로 긁었다.

왜? 친구들과 좀 어울리다 가지 않고?

정희는 정답게 말했다.

그만 내려가려고요. 내일 집에 일이 있어서요.

시후 말인즉, 친구들과 어울리다 큰아들한테 어머니가 곧장 집으로 내려간다는 말에 허겁지겁 주차장으로 왔다는 것이었다.

어, 그래.

정희는 얼떨결에 차에 타라고 했고 시후는 망설임 없이 차에 올라탔다.

잘 됐다. 아휴 고속버스 타려면 한 시간 가서 또…….

시후는 안전띠를 매며 큰 소리로 말했다.

무슨 일인데?

정희는 차를 출발시키며 무덤덤하게 말했다. 아니, 솔직히 얘기하자면 남편과 두 아들과 잠깐 만나고 헤어진 허전한 참에 반가운 마음이 들었던 건 사실이었다.

그냥, 뭐 들리는 거예요.

시후는 구체적으로 고향에 가는 목적을 말하고 싶은 마음이 아닌 것 같았고 정희 또한 더는 묻지 않았다.

그렇게 집으로 오던 참이었다. 시후는 고등학교 때 정희 집에 왔다가 정희가 만두를 만들어준 게 기억에 남는다고 했다.

그게요, 얼마나 맛있던지. 지금도 만두 먹으면 어머님 생각나요.

시후는 기분이 좋은지 말이 많았다.

뭐, 별거 아닌 거 가지고.

정희는 까맣게 잊고 있던 일을 시후는 용케 잘 기억했다. 큰아들과 함께 학원 마치고 집에 놀러 왔을 때 정희가 손수 만두를 만들어주었다고 했다. 자신은 그렇게 맛있는 만두는 다시는 먹어보지 못했다고 너스레를 떨었다.

맛있기는. 네 엄마가 바쁘셔서 또 그랬고.

시후가 과장되게 말하니 정희는 예식장에서 있었던 허전했던 기분이 사라졌다. 시후 엄마가 직장생활했기에 아무래도 집에서 만드는 간식을 잘 먹어보지 못했던 것 같았다. 정희는 전업주부였고 수시로 두 아들에게 만두 같은 간식거리를 만들어주었다. 그 외에도 소소하게 자신과 관련된 얘기를 들으며 정희는 약간은 마음이 들떴다. 때로는 시후가 기억하는 일을 정희가 전혀 기억이 나지 않을 땐 겨드랑이에서 서늘한 바람이 불곤 했다. 이런 거였다.

지금 생각해보면 규찬이 집에서 하루 잤던 게 제일 기억나요.

시후가 얘기했을 때 정희는 그 말을 전혀 이해 못 했다. 남편이나 정희나 아이들 훈육에서는 약간은 보수적이라 아이들이 친구의 집에 가서 잔다는 것은 용납할 수가 없었다. 아이들을 믿었지만, 그 또래의 아이들이 어른이 없는 집에 모이면 자칫 객기를 부리지 말아야 할 일을 할까 두려웠다. 마찬가지로 아이 친구들이 자신의 집에 와서 자는 것도 용납하지 않았다. 멀쩡하게 집이 있는데 굳이 자고 갈 이유가 뭐냐는 것이었다. 근데 시후는 정희네 집에서 잤다고 얘기하는 것이었다.

그래? 우리 집에서 잤다고?

너 농담이지? 하는 말투로 물었다.

그럼요. 어머님께서 쪽갈비 해주셨잖아요. 지금도 제가 제일 좋아하는 음식이 쪽갈비에요.

시후는 말을 하고 나서 마른 침을 삼키며 하하, 웃었다. 쪽갈비는 아이들이 좋아해 자주 해주던 음식이었다. 되도록 아이들에게 바깥 음식을 시켜주지 않고 자신이 직접 요리해서 주는 것을 원칙으로 삼고 있었다. 특별한 것은 없고 단지 식당 음식이란 게 필요 이상으로 화학 조미료나 단 것을 많이 넣고 재료 또한 믿지 못해서였다. 아이들은 지금도 객지에 있다가 집에 올 때면 쪽갈비를 해달라고했다.

그래? 언제 쪽갈비 해줄게.

차마 기억이 나지 않는다는 말은 하지 못했다. 그렇지 않아도 폐백을 받아 금방 폭삭 늙은 기분인데 불과 몇 년 전의 일이 기억나지 않으니 정희는 인정하고 싶지 않았고 또한 시후 앞에서 그런 몰골을 보이고 싶지 않았다.

그때 제가 규찬 친구로서는 처음으로 갔다면서요? 그래서 규찬이도 다른 아이는 부르지 않고 자기만 불렀다고. 어머님이 나를 좋아하셔서 허락하셨다고.

또다시 시후는 말을 하고 나서 정희를 돌아보곤 소리 내어 웃었다. 그건 맞았다. 큰애 친구들이 가끔 집에 놀러 오면 시후가 제일 예뻐 보였다. 특별한 것은 없었다. 왜 시후가 더 예쁘게 보였을까.

시험도 끝났겠다. 친구들과 점심 사 먹고 농구 하며 신나게 놀다 규찬이와 집에 왔는데 어머님이 쪽갈비 해주셨지요. 또한 밤엔 직접 만드신 만두를 간식으로 해 주셨고요.

피싯, 웃음이 나왔다. 아이들은 어른들이 생각하기에 별로 중요하지 않거나 사소한 것을 많이 기억하는 경향이 있었다. 큰애와 작은애도 아주 어릴 때 가족여행 가서 무얼 먹었다는 것만 또렷이 기억해 정희 부부를 실소하게 만들기도 했다.

그렇게 과거 얘기를 하며 한 시간여를 달렸을 때 자신도 모르게 말이 툭, 튀어나왔던 것이었다. 사실은 집으로 곧장 가려고 했던 게 아니고 아는 산사에 들를 계획이었다고.

왜 그런 말을 했을까.

정희는 그런 말을 내뱉은 혀를 꼬집어주기라도 하고 싶었다. 물론 산사에 들를 마음이 전혀 없었던 것은 아니었다. 이미 남편은 예식장에서 현장 사무소로 바로 간다는 얘기를 들었고 두 아이도 엄마 얼굴 잠깐 보고 각자 원룸으로 돌아간다고 했기에 예식 끝나고 어디 들렀다 오면 어떨까, 잠깐 생각했던 건 사실이었다. 물론 그때 기분 봐가며 하룻밤 잘 수도 있겠다고 생각했다. 무슨 일로 서울 오갈 때 남편이 집에 없으면 들어가기 싫었다. 더군다나 늦게 도착해 불 꺼진 집으로 혼자 들어가는 마음이란. 단지 그랬다는 말이다. 아침에 잠깐 그런 생각을 한 것이지 꼭 산사에 들러 하룻밤 자야겠다는 생각을 한 것은 아니었다. 근데 불쑥 자신도 모르게 그런 말을 하다니. 정희는 어깨에 걸친 스웨터를 양손으로 당겨 감쌌다. 어깨가 시렸다.

그냥 잠깐 들렀다 가지 뭐.

그런 생각을 하며 동충주 IC에서 빠져나와 제천 방향으로 차를 몰았다. 시후는 처음 가는 길인지 연신 주위를 두리번거렸다.

사실 나도 많이 가보지 못했어. 절이 충주와 제천 경계쯤에 있는데 가보면 알겠지만 일단 마음이 편해져.

대형 트럭이 추월하는 바람에 차가 휘청거렸다. 정희는 운전대를 잡은 손에 힘을 주었고 오른쪽으로 쏠린 차는 금방 제자리를 찾았다.

운전 잘하시네요.

시후는 돌아보며 웃었다. 정희는 뭘, 하며 따라 웃었다. 기분이 좋았다. 혼자 어디에 갈 때는 설레면서 동시에 두려움 또한 있었다. 일단 집만 벗어나면 긴장과 동시에 이유도 없이 설레게 되는데 오늘 아침에도 그랬다. 어차피 남편과 아들들과는 일찍 헤어질 것이고 그냥 혼자 집으로 온다는 생각은 했지만 꼭 그렇다는 보장도 없다는 걸 직감적으로 느꼈다. 나이 50이 넘어서면 불쑥 예상치 못한 행동에 스스로 놀라곤 했다. 그래서 여행용 가방에 평상복과 속옷을 한 벌씩 넣었던 것이었다. 어차피 차에 실으면 짐도 되지 않을 터였다.

조금만 가면 돼.

정희는 시계를 보았다. 오후 5시 32분이었다. 밤 운전이 걱정되긴 했지만 옆에 아들 같은 젊은이가 있으니 안심 또한 되었다. 그때였다. 남편과 잠자리는 언제 했지? 갑자기 그런 생각이 떠올랐다. 순간 정희는 당황하며 시후를 돌아보았는데 다행히 시후는 피곤한지 주위의 경치를 구경하다 눈을 감고 있었다. 왜 갑자기 그런 생각이 떠올랐을까. 그러고 보니 남편과 잠자리를 언제 했는지 기억이 가물가물했다. 최소 몇 년 동안 하지 않은 것 같았다. 남편이 건설회사 지사장에서 본사 소속으로 자리를 옮기면서 전국의 아파트 건설 현장 사무소로 다니느라 한 달에 한 번 볼까 말까 했다. 집에 오는 날이면 도착해서 갈 때까지 잠만 자다 갔다. 그렇다고 정희가 남편에게 잠자리를 요구하지 않았다. 그럴 마음 자체가 생기지 않았다. 폐경기가 지나면서 중성이 된 느낌이었다. 남편이 샤워할 때 모르고 문을 벌컥 열어 벌거벗은 모습을 보아도, 드라마나 영화의 진한 정사 장면을 보아도 아무런 감흥을 느끼지 못했다. 근데 남편과의 섹스를 언제 했나 하는 생각이 갑자기 떠오르다니. 정희는 자신도 모르게 얼굴을 붉혔다.

다 왔어.

정희는 공터에 차를 세우며 조심스레 시후를 깨웠다. 시후는 눈을 뜨며 주위를 둘러보았다. 공터에는 트럭 한 대와 승용차 다섯 대가 주차해 있었다. 평일엔 차가 거의 없었는데 아마도 주말이라 그런가 싶었다.

안 보이는데요?

시후는 절까지 차를 끌고 온 것으로 생각한 듯했다.

절까지는 한참 걸어가야 해. 여기에 차 세워놓고.

정희는 차에서 내렸다. 상쾌한 공기가 몸을 감쌌다. 시후 또한 차에서 내리자마자 두 팔을 들고 기지개를 켜며 아, 소리를 냈다.

공기만 들이마셔도 머리가 맑아지는 거 같네요.

시후는 낯선 곳에 왔다는 호기심이 어린 눈으로 주위를 두리번거리며 말했다.

여긴 민박이 있는 주차장으로 사용하는 곳이고 한 이십여 분 올라가면 절이 있어.

정희는 스마트키로 차를 잠갔다.

이런 곳에도 민박이 있네요.

시후는 의아하다는 듯 말했고 정희는 미소를 지었다. 정희도 처음 왔을 때 유원지도 없는 이런 곳에 민박이라니 하며 이상하다고 생각했다.

일반 민박과는 좀 달라.

정희는 시후와 절로 올라가는 길을 걸으며 말했다. 길은 두 사람이 나란히 걸을 정도로 좁으며 조금 위로 경사져 있었다. 길에는 사람들이 왕래가 별로 없는지 풀이 여기저기 나 있었다.

흙집인가요?

시후는 여전히 이해할 수 없다는 표정을 지었다. 민박은 온통 흙으로 되어 있고 뒤에는 굴뚝같은 게 있어 색다르게 보였다.

음. 뭐랄까. 좀 쉬려고 오는 사람들의 공간이랄까. 나도 몇 번 자본 적이 있는데, 조용하고 편안해. 아무 생각 없이 쉬기엔 안성맞춤이지.

정희의 말에 시후가 돌아보았다.

힘 드는 일 있으세요?

눈을 동그랗게 뜨고 물었다.

힘든 일은 무슨. 그냥 애들도 다 컸고 가끔 절에 갔다가 여기서 하루 묵고 가는 거지.

시후는 이해가 안 된다는 듯 민박집을 돌아보더니 앞으로 걸어갔다.

근데 무슨 절이라는 안내판도 없어요?

시후는 주위를 두리번거렸다. 그렇고 보니 지금까지 절에 간다는 말만 했지 무슨 절에 간다는 말을 안 했다는 생각이 들었다.

무무사라고 조계종이야.

무무요? 없는 것이 없다? 없다 없다?

시후는 정희와 나란히 걷기 위해 발걸음을 늦추며 말했다.

나도 잘 몰라. 스님들하고도 한 마디도 안 나누어봤고. 그냥 신라 시대에 만들어졌다는데 전통적으로 선 중심으로 수행하는 비구니 스님들이 예전부터 계속 계셨다는 것밖에 몰라.

비구니 스님요? 시후는 고개를 끄덕이며 뭔가 생각하는 표정을 지었다. 주차장도 없고 올라가는 길도 좁은 데다 풀까지 나 있으니 여느 절하고는 다른 느낌이 들었을 것이었다. 20여 분을 올라가자 먼저 커다란 배롱나무가 눈에 들어왔다. 장정 허벅지 굵기만 한 나무는 한눈에 보아도 몇백 년은 되었을 것 같았다.

와. 멋지다.

시후는 배롱나무를 보더니 흰 얼룩이 반질반질한 나무를 손으로 쓰다듬었다. 갈색의 껍질이 바닥으로 떨어졌다.

아쉽다. 여름이면 붉은 꽃이 엄청나게 많이 피는데. 바닥에 떨어진 꽃은 또 어떻고.

정희는 시후에게 흐드러지게 핀 꽃을 보여주지 못해 안타까운 생각이 들었다.

그럼 이게 꽃이 백일동안 간다는 그 나무에요?

꽃이 백일동안 가서 백일홍 나무라고도 하는데, 꽃이 백 일 피어 있는 게 아니라 피고 지고 피고 지고 하면서 백일동안 꽃이 있다는 거지.

정희는 배롱나무를 보다 절을 둘러보았다. 중년 여성 셋과 부부로 보이는 50대 둘이 경내를 돌아보고 있었다.

잠깐 기다려.

정희는 대웅전으로 걸어갔다. 저도 절할래요. 시후가 뛰어왔다. 정희는 귀엽다는 듯 시후를 돌아보곤 대웅전 왼쪽 옆문으로 들어갔다. 안에는 40대쯤 되어 보이는 여성 5~6명이 절을 하고 있었다. 정희가 무릎 꿇고 절을 하자 시후도 정희 옆에 서서 두 손을 모으고 절을 했다.

절이 역시 느낌이 참 좋네요. 어머님 말씀대로 편안해요. 사람들이 별로 없어서 그런가? 스님들은 안 보이네요?

절을 내려가는 길에 시후는 마치 초등학생처럼 정희에게 물었다. 시후는 정희의 옆에 나란히 걸었다.

나도 평소에 못 봐. 대웅전 뒤에 있는 토담집에서 수행하는 거 같은데.

전 스님은 도저히 못 할 거 같아요.

시후는 웃으며 말했다.

왜?

정희 또한 웃으며 물었다.

아휴. 온종일 방에서 가부좌 틀고 있는 모습만 상상해도 숨이 막혀요. 그러면 금방 사리 생기겠어요. 그래서 스님들은 열반하면 사리가 많은가?

시후는 기분이 좋은지 말이 많아졌다.

네 나이 땐 원래 그래. 아직 뜨거운 피가 흐르는 나이이니.

그렇죠?

시후는 돌아보며 말했고 정희는 고개를 끄덕였다. 한창 뜨거운 나이가 아닌가. 무엇이든 할 수 있는 나이고. 네 말대로 방에 틀어박혀 선인가 무언가 하기엔 피가 너무 뜨겁다. 정희는 토담 댓돌에 있던 흰 고무신 세 켤레를 떠올렸다. 시후도 한참 동안 하얀 고무신을 바라보았었다. 하지만 아무 말도 하지 않았다. 무슨 생각이 들었을까. 정희는 볼 때마다 마음이 불편했다. 손으로 쓸어버리든지 어디 멀리 던져버리고 싶은 충동이 일기도 했다.

내려오는 길이 아쉬웠다. 내려가면 곧장 집으로 가야 한다는 생각에 갑자기 마음이 무거웠다. 시간을 붙잡을 수만 있다면 좋겠다는 생각을 한순간 정희는 자신도 모르게 놀라 시후를 바라보았다. 시후는 묵묵히 아래를 바라보며 걷기만 했다.

주차장에 내려오니 민박집 주인이 정희를 보고는 반갑게 인사를 했다.

오늘은 늦게 오셨네요.

흰 수염이 텁수룩한 60대 중반으로 보이는 주인은 시후를 흘끔거렸다.

서울에 조카 결혼식에 갔다가요.

정희는 올 때마다 반갑게 맞아주는 주인에게 공손하게 인사했다.

이번엔 아드님과 같이 오셨군요.

시후는 주인의 말이 끝나자마자 공손히 인사를 했다. 정희는 아들이 아니라 아들의 친구라고 말하려는데 주인이 먼저 말을 꺼냈다.

저녁 드실 시간이니까 곧 올라오세요.

주인은 매번 정희가 저녁을 먹었듯이 당연하다는 듯 말했다. 순간 정희는 당황하였다. 곧장 집으로 갈 작정이었다.

맛있는 거로 해주세요. 저 지금 굉장히 배고프거든요.

시후는 넉살 좋게 말했고 주인은 그 엄마의 그 아들이네, 하며 껄껄 웃었다. 주인이 민박집으로 사라지자 정희는 시후를 바라보았다.

늦어도 괜찮겠니? 어머니께서 걱정 안 하시겠어?

에이 걱정하지 마세요. 제가 어디 한두 살 먹은 어린애인가요? 전 이렇게 예기치 못한 여행이 맘에 들어요. 한 번도 안 해 봤거든요. 역시 어머님이 최고예요.

시후는 밝게 미소를 지으며 엄지손가락을 세웠다. 무얼, 정희는 가슴이 쿵닥쿵닥 뛰는 걸 느끼며 얼버무렸다. 주차장 옆 도랑에서는 물소리가 평온하게 들려왔다. 산에는 금방 어둠이 찾아온다더니 마치 먹물이 공기 중으로 스며드는 것 같았다.

가자, 배고플 텐데.

정희는 민박집으로 앞장섰다. 민박집은 따로 음식을 주문받지 않았다. 그냥 식사 시간이 되면 주방에 가서 주인이 주는 대로 밥을 먹었다. 민박집은 아들 셋이 대학을 다니느라 객지로 떠나자 아들이 자던 바깥채를 흙벽돌로 수리해 만든 것인데 이런 이름도 없는 작은 절에는 사람들이 유흥으로 오는 것이 아니라 쉬러 온다는 것을 아는 주인이 손님들이 편히 쉴 수 있도록 만든 공간이었다. 그러고 보니 자는 것도 아니고 밥만 사 먹어도 되는지 갑자기 불안한 생각이 들었다. 정희가 알기론 밥은 따로 팔지 않고 민박하는 사람에게만 해주는 거로 알고 있었다. 그렇다면 주인은 자신과 시후가 민박하는 것으로 착각할 수도 있겠다는 생각이 들었다. 빨리 가서 우선 민박하지 않는다는 말을 먼저 해야 할 것 같았다.

식탁에는 절에서 보았던 50대 중반 부부와 역시 40대로 보이는 여성 셋이 앉아 있었다. 정희는 주인을 찾았지만 보이지 않았다. 여자 주인이 음식을 준비하고 있었다. 시후는 빈자리에 가서 털썩 앉았다. 정희는 어떻게 해야 하나 싶어 주인 여자에게 아저씨 어디 계시느냐고 물어보려고 다가가는데 주방 뒷문으로 주인이 나타났다. 정희는 반가운 마음에 다가가자 주인이 먼저 말을 꺼냈다.

방에 불을 조금 넣었어요. 유월이라지만 산속이라 아직 춥거든요. 청소도 해 놓았으니 짐을 갖다 놓아도 돼요.

주인은 필요한 거 있으면 언제든지 말하라고 했다. 정희는 아니라고 그냥 밥만 먹고 갈 생각인데 그래도 되느냐고 물으려는데 말이 나오지 않았다. 주인이 정희를 물끄러미 바라보았다. 그때였다.

야, 어머님. 우리 민박하는 거예요? 신나겠다. 저 민박은 한 번도 안 해봤거든요.

시후는 큰 소리로 말했고 주인은 껄껄 웃으며 어머니가 혼자만 좋은 데 다 다니시구나, 하곤 밖으로 나갔다. 정희는 그게 아니라고 주인을 따라가려는데 주인 여자가 쟁반에 밥과 반찬을 들고 탁자로 걸어갔다.

구수한 된장 냄새에 입에서 침이 고였다.

야, 된장찌개다.

시후가 소리쳤고 정희는 자신도 모르게 다음에 얘기하자며 시후 쪽으로 가고 말았다. 시후는 상이 차려지자마자 숟가락으로 된장찌개를 떠먹더니 옛날 어머님이 해주시던 것과 똑같다며 순식간에 밥 두 공기를 비웠다. 정희는 어떻게 밥을 먹었는지 머릿속이 하얘지는 기분이었다.

그때 바로 주인을 따라가 밥만 먹고 떠날 거라고 왜 말을 하지 못했던가. 정희는 두 팔로 몸을 감쌌다. 후회가 막심했다. 시후가 자고 가려고 해도 집에 가자고 끌었어야 했는데.

너 정말 자고 가도 괜찮겠어? 그것도 방이 하나밖에 없다는데.

식사하며 같이 든 손님들과 간단하게 술 한잔할 때 작은 소리로 물었다. 주인이 산에서 직접 캔 더덕으로 만든 술이라며 내놓자 시후는 사양도 하지 않고 주인이나 손님들이 따라주는 술을 냉큼 잘도 받아먹었다.

뭐, 어때서요.

시후는 아마도 예정에 없던 이런 상황을 즐기는 것 같았다. 절 구경도 그렇고 태어나서 처음 잔다는 민박집에 대해서도 들뜬 모습이었다. 아드님이 참 싹싹하네요. 아드님이 엄마를 많이 닮은 것 같아요. 손님들의 말에 시후는 그럼요. 씨도둑은 없다잖아요, 하며 넉살 좋게 말을 받아넘겼다. 그건 엄마가 아니라 아버지한테 하는 얘긴데, 50대 중반 여인의 말에 폭소가 터졌지만 시후는 아랑곳하지 않았다.

식사와 간단한 음주 자리가 파한 후 방으로 갔다. 방은 흔한 가전 기구 하나 없이 벽에 걸린 옷걸이와 이불이 전부였다. 정갈한 느낌을 주었다. 시후는 신기한 듯 방을 둘러보았다. 정희는 시후를 보다가 갑자기 다리에 힘이 빠져 스르륵 주저앉았다. 지금이라도 출발해야 하는데 몸은 그냥 자리에 주저앉으니 환장할 일이었다.

피곤한데 좀 쉬셔요.

세면도구는 주인한테 얘기해봐.

집에 가자는 말이 입속에서 맴돌았지만 자꾸만 헛말이 나왔다. 시후는 네, 얌전하게 말하곤 밖으로 나갔다. 욕실은 방마다 있는 게 아니라 공용으로 쓰는 곳 한 곳이었으나 손님이 적으니 많이 불편하지는 않았다.

정희는 벽에 기대앉았다. 문득 예전 큰애가 군대 있을 때 면회 간 기억이 났다. 어쩌다 보니 면회 전날 모텔에서 하룻밤을 자게 되었는데 객실에 들어가자 제일 먼저 눈에 띈 게 콘돔이었다. 화장대 위에 있는 세면도구와 함께 있던 콘돔. 징그러워 얼른 서랍장 안으로 집어넣었지만 왠지 가슴이 벌렁벌렁 뛰었다. 갑자기 그런 게 떠오르다니. 정희는 얼굴을 붉혔다.

시후가 씻고 올 동안 정희는 차에 가서 여행용 가방을 들고 와 옷을 갈아입었고 시후는 옷을 갈아입은 정희를 의아하게 바라보았다. 언제 준비했느냐는 표정이었다. 정희는 대답 대신 자는데 청바지가 불편하지 않겠느냐 주인에게 하나 빌려줄까 묻자 그냥 자겠다고 했다. 청바지를 입은 채 많이 자봤다고 했다.

정희는 욕실로 향했다. 이를 닦고 샤워를 하는데 몸이 긴장되고 가슴이 두근거렸다. 내가 왜 이러지 싶으면서도 이유를 알 수 없었다. 마음이 진정되지 않았다. 한참 동안 샤워기의 물을 받으며 서 있었다.

주인에게 이불과 요를 한 채 더 갖다 달라고 하여 각자 요를 깔고 누웠다. 시후는 연신 하품을 했다. 정희는 여전히 이유 모르게 가슴이 두근거렸다.

피곤할 텐데 일찍 자.

정희는 시후를 돌아보며 말했다.

아뇨. 밤을 새울 거예요. 언제 이런 경험 해보겠어요.

집에는 전화했니?

정희는 시후의 말에 피식, 웃으며 말했다.

예. 친구를 갑자기 만나 내일 간다고 그랬어요. 잘했죠?

거짓말하면 못써.

정희는 자신의 말이 우스웠지만 겉으로 웃지는 않았다.

나 같은 사람 말고 애인과 이런 데 왔으면 좋았을걸.

에이 그런 말씀 마세요. 애인은 애인이고 어머님하고 이렇게 안 오면 언제 또 이런 경험 하겠어요.

졸리는 말을 거두려고 시후는 말을 또박또박 했다.

외로우세요?

응?

정희는 그냥 있기가 계면쩍어 다음에는 무슨 말을 할까 하는데 시후가 불쑥 물었다.

왜? 외로워 보여?

그게 아니고요. 가끔 이곳에 오신다기에.

너도 나이 들면 그럴 때 있어. 이유도 모르게 어디론가 떠나고 싶을 때.

저도 가끔 일이 힘들거나 그러면 어디 떠나고 싶고 그러는데.

그거하곤 달라. 정희는 말을 하려다가 그만두었다. 속마음이 드러날까 두려웠다. 잠시 말이 끊겼나 싶었는데 어느새 시후는 얕은 코를 골았다. 피곤했구나. 정희는 생각과 달리 뭔가 서운한 마음이 들었다. 격자무늬 창문이 외등으로 환했다. 시후의 얼굴 윤곽이 다 보일 정도였다.

정희는 잠이 오지 않았다. 몸은 피곤한데도 잠은 오지 않고 이쪽으로 누웠다가 저쪽으로 누웠다. 시간이 꽤 흘렀다고 생각해 시계를 보면 채 십여 분이 지나지 않았을 뿐이었다. 왠지 가슴 한편이 허전했고 뭔가 아쉬움이 온몸을 스멀스멀 기어 다녔다. 몸에서 열이 확확 났다. 이불을 걷어냈다. 주인이 불을 많이 피운 듯했다. 보일러가 아니고 온돌이라 장작으로 직접 불을 피운다고 하더니. 청바지라 불편할 텐데. 정희는 화장실을 가며 시후를 돌아보았다. 반듯하게 누워 이불을 가슴까지 덮고 있었다. 더울 텐데. 피곤해서 그냥 자는 걸까. 정희는 한참 동안 바라보다 문을 열고 나왔다.

화장실을 다녀오니 시후는 바지를 벗고 이불까지 걷어차고 자고 있었다. 아마도 잠결에 더우니까 자신도 모르게 바지를 벗은 것 같았다. 벗은 모습을 보니 정희 자신이 속이 후련했다. 정희는 자리에 누웠다. 역시 잠이 오지 않았다. 오히려 정신이 맑아진 느낌이었다. 눈을 감고 심호흡을 했다. 길게 들이쉬고 참았다가 길게 내쉬기. 언젠가 인터넷으로 본 잠이 오지 않을 때 하는 잠자는 비결이었다. 하지만 집중이 잘되지 않았다. 절 뒤에 있던 토담집 댓돌 위의 하얀 고무신이 자꾸 떠올랐다. 햇빛을 받아 창백하게 보이는 흰 고무신이 욕정을 이기기 위해 안간힘을 쓰는 비구니처럼 느껴졌고 애처로운 마음이 들었다. 망상이로구나. 정희는 자신도 모르게 시후 쪽으로 돌아누우며 생각했다. 여전히 얕은 코를 골며 시후는 깊은 잠에 빠져 있었다. 그때 반듯하게 누운 시후의 몸 전체가 눈에 들어왔고 갑자기 몸에서 열이 확 솟아올랐다. 순식간의 일이었다. 찌르르, 온몸에 전기가 통하는 듯했다. 정희는 화들짝 놀라 천정을 보며 돌아누웠다. 가슴이 심하게 뛰었다. 심호흡하며 아랫배에 정신을 집중시키려고 했지만 호흡이 빨라 마음대로 되지 않았다. 내가 왜 이러지. 정희는 끙, 얕은 신음을 내며 반대 방향으로 돌아누웠다.

벌렁거리는 가슴을 진정시키느라 긴 호흡을 하는데 문득 친정에 갔다가 바람을 피우던 여인이 떠올랐다. <밀애>란 영화였다. 영화 속의 여인이 정희의 가슴에 안겼다. 여인은 친정에 볼일이 있어 갔다가 어릴 때 짝사랑했던 동네 오빠를 만났고 금방 불같은 사랑에 빠졌다. 다음 날 돌아가야 하는데도 여인은 돌아가지 않고 계속 동네 오빠와 뜨거운 사랑을 나누었다. 남편한테 전화가 오고 이런저런 핑계를 대었다. 며칠 후엔 남편의 전화를 받은 친정엄마가 거짓말을 했다. 딸은 아직 해야 할 일 남아 있어 며칠 뒤에 갈 거라고. 친정엄마는 몇 년 전 남편을 여의고 혼자 살고 있었다.

왜 갑자기 그런 영화가 떠올랐던가. 보고 나서도 불쾌한 마음이 들었던 영화였다. 내용을 미리 알았다면 보지 않았을 터였다. 불륜은 아무리 아름다움으로 포장해도 불륜일 뿐이야. 영화를 다 보고 난 뒤의 생각이었다.

정희는 영화 생각을 지우려 애쓰며 아무런 생각 없이 시후 쪽으로 돌아누웠다. 그때 또다시 자신도 모르게 시후의 몸으로 시선이 갔다. 얼른 돌아누웠다. 가슴이 터질 것처럼 방망이질 쳤다. 몸이 팽팽하게 터질 것 같았다. 그때였다. 아랫도리가 이상했다. 뭔가 스멀스멀 기어 다니는 것 같았다. 정희는 손을 팬티 속으로 넣었다. 축축했다. 정희는 당황하다 자신도 모르게 울음을 터트렸다. 손으로 입을 막고 황급히 밖으로 나왔다.

정희는 벤치에서 두 손으로 몸을 감싸고 있다가 눈을 감았다. 수치감이었다. 남편과 잠자리도 하지 않은 지가 언젠데. 이런 일은 처음이었다. 이 무슨 짓이람. 의식과 다른 몸에 화가 났다. 정희는 주위를 둘러보곤 다시 팬티 속으로 손을 넣어보았다. 여전히 축축한 것이 손가락에 느껴졌다.

외로우세요?

갑자기 시후가 방에서 한 말이 떠올랐다. 그때는 아니라고 했지만 이제는 자신 있게 아니라고 말할 수 없을 것 같았다. 정희는 스웨터를 여미며 일어섰다. 방에 들어가기가 두려웠다. 자기 자신이 두려웠다. 자꾸만 시후가 자신을 잡아당기는 것 같았다. 아니다. 정희는 고개를 저었다. 점점 추워졌다. 역시 산속의 기온은 다르구나. 차에 옷이 더 있나 생각해보았지만 다른 옷을 넣은 기억이 없었다. 그때 뜨거운 햇빛을 고스란히 받고 있던 하얀 고무신이 떠올랐다. 흙으로 지은 집. 거기 가서 가부좌 틀고 밤을 지새울까. 무거운 발길을 절로 옮겼다. 하지만 자꾸만 시후가 자신을 자석처럼 끌어당기는 것 같았다. 이러면 안 되는데 하며 커다란 바위라도 달린 듯한 발걸음을 멈추었다. 정희는 심호흡하였다. 어디로 가야 하나. 마음을 잡지 못한 정희는 오한을 느끼며 몸을 부르르 떨었다.

엄마의 욕망

　초인종이 울렸을 때 화장대 앞에 앉아 화장하던 춘자는 가슴이 덜컥, 내려앉았다. 아무 이유도 없이, 산속에서 사냥꾼에게 쫓기는 사슴의 심정이었다. 이런, 내가 왜 이래. 춘자는 얼굴을 이리저리 거울에 비춰보곤 손으로 머리를 만지며 거실로 나갔다. 딸이었다. 외손녀를 안고 모니터에 비친 딸의 얼굴은 마치 동굴 속에 갇혀 오랫동안 살아온 사람 같았다. 또다시 가슴이 덜컥, 내려앉았지만 심호흡을 하며 문을 열었다. 춘자가 미처 말하기 전에 딸의 목소리가 현관을 휘저었다.

　"아휴 냄새. 엄마 향수 뿌렸어?"

　딸은 거실에 들어서기가 무섭게 춘자를 아래위로 훑어보았다.

　"향수는 무슨."

　춘자는 황망한 마음에 딸이 안고 있던 외손녀를 빼앗듯 안았다. 금세 얼굴이 환하게 피어났다.

　"할미 보고 싶어서 왔쩌? 아이고 우리 강아지."

　춘자에게 아기를 넘겨준 딸은 소파로 가서 털썩, 앉았다 주위를 둘러보다 엄마를 올려다보았다.

"파리가 앉았다간 그대로 미끄러져 뇌진탕 입겠네."

"혼자 사는데 할 일이 뭐 있나. 쓸고 닦는 거밖에 더 해?"

춘자는 여전히 외손녀의 얼굴을 보며 갖은 표정을 했다.

"확실히 엄마 변했어."

딸은 여전히 주위를 둘러보며 구시렁거렸다. 자신의 집과 비교하면 이곳은 신천지였다. 4살짜리 큰애가 저질러 놓은 거실은 작은애 뒤치 다꺼리하느라 치울 엄두도 못 내었다. 근데 엄마의 집에 오니 마치 딴 세상에 온 것처럼 모든 게 깔끔하고 깨끗했다. 부아가 났다. 아버지가 살아계셨을 때는 집이나 몸이나 그냥 대충 살더니 돌아가시고 나자 마 치 기다렸다는 듯이 몸치장이 달라졌고 집안도 마치 신혼집처럼 깨끗 했다. 창문에 분홍색 커튼이며 화장대에 있는 여러 가지 화장품들은 아버지가 살아계실 때와는 전혀 다른 풍경이었다. 1년 전 아이가 태어 날 무렵 엄마에게 아기를 좀 봐달라고 했는데 엄마는 일언지하에 거절 했다. 난도 이제 내 맘대로 살아보자, 하는 말과 함께. 그 때문에 딸은 아직 엄마에게 서운한 감정이 남아 있었다. 아기를 돌봐줄 마땅한 사 람을 구하지 못해 육아휴직을 냈다.

"어디 가는 거야?"

딸은 엄마의 머리를 보며 말했다. 깔끔하고 염색까지 한 파마머리가 10년은 젊게 보였다. 자신과 함께 외출하면 자매로 알지도 모른다는 생각이 들었다. 결국 참지 못하고 입에 담고 왔던 말을 내뱉었다.

"그 남자 만나러 가?"

외손녀를 안고 거실을 오가던 춘자의 몸이 움찔했다. 순간이었다. 하지만 춘자는 또다시 외손녀의 얼굴을 보며 갖은 표정을 지으며 허허 웃었다. 저것이 무슨 냄새를 맡은 걸까. 춘자는 외손녀의 얼굴을 보며 웃지만, 갑자기 머릿속이 하얘지는 느낌이었다. 그 남자는 어디 갔을까. 갑자기 하늘로 사라진 느낌이었다. 노래 교실에 나오지도 않고 전화를 해도 그런 번호가 없다고 했다. 환장할 일이었다. 억장이 무너진다는 말을 이럴 때 쓸까. 춘자는 내색하지 말아야 한다고 굳은 결심을 했다.

"만나든 말든. 그지? 까꿍!"

외손녀는 춘자의 말과 행동 하나하나에 몸을 들썩이며 깔깔 웃었다.

"뭘. 딱 보니 그 남자 만나러 가는구먼."

춘자는 또다시 가슴이 덜컥, 내려앉았지만 금방 마음을 추슬렀다.

"만나면 좋지. 안 그래? 까꿍!"

춘자는 과장되게 외손녀에게 갖은 표정을 지었다. 그래 만나고 싶다. 지금 만날 수 있다면 얼마나 좋으냐. 근데 이상한 소문만 돌고 사람이 사라졌으니 속이 타들어 갔다.

"엄마는 아파트로 이사 오면서 확실히 변했어."

딸은 여전히 굳은 얼굴로 말했다. 춘자는 외손녀를 안고 거실을 거닐다 딸 옆에 앉았다. 엄마가 팔이 아픈 시늉을 하는데도 딸은 본체만체하였다. 춘자는 외손녀를 볼 때마다 죄지은 것 같아 볼 때마다 더 안아주고 놀아주고 싶었다.

그래, 아파트로 오며 변했지.

춘자는 창으로 성큼 들어온 햇빛을 보며 속으로 중얼거렸다. 아파트로 이사 온 건 자식들의 성화 때문이었다. 집이 동네와 외따로 떨어져 있었는데 남편이 죽자 자식들이 무서워서 혼자 어떻게 사느냐며 시내 아파트로 이사할 것을 간청했다. 그래야 자기들이 편하다는 이유였다. 춘자는 평생 하던 농사를 어떻게 지을 것인가 걱정되었고 낯선 아파트로 와서 어떻게 살 것인가 걱정되었다. 하지만 남편 없이 큰 집에 혼자 살아보니 마당에 매어놓은 개가 짖을 때마다 가슴이 조마조마하였다. 이 나이에 아무리 여자라지만 누가 흑심을 품을 것인가 위로를 했지만, 오히려 두려움은 더 커졌다. 결국 땅은 모두 소작 주고 집을 팔고 아파트로 이사를 했다. 처음엔 공중에 떠서 지내는 것 같더니 차츰 지내다 보니 곧 익숙해졌고 같은 동이나 옆 동에 혼자 사는 여자들과 친구가 되면서 이사 잘 왔다 싶었다. 무엇보다 농사를 짓지 않으니 얼굴이 뽀얗게 서울 사람처럼 고와졌고 동사무소에서 운영하는 '신바람 청춘 노래 교실'에 다닐 수 있어 좋았다. 거기서 '그 남자'를 만났다. 딸은 그것을 알고 사귀는 것을 결사반대했지만 사람 마음을 마음대로 할 수 없다는 건 세상 이치였다.

돈 때문에 그 남자가 접근했다니까.

딸의 주장이었다. 환갑이 지난 여자한테 누가 맨정신으로 접근하겠느냐는 것이었다. 그럴 때마다 춘자는 중얼거렸다.

아녀, 아녀. 우린 진정 사랑했다.

그 남자 또한 상처(喪妻)한 사람이었는데 노래 교실에서 함께 노래 배우며 안면을 텄는데 예의가 바르고 친절해 춘자는 자주 만나게 되었고 나중엔 사랑하는 사이가 되었다.

"어머, 침대도 새로 샀네. 이거 더블 아냐."

딸은 마치 검사하러 나온 사람처럼 집안을 돌아다니더니 안방에 들어가서 호들갑을 떨었다. 춘자는 가만히 있었다. 지금 딸은 제 자식을 안 봐주어 육아휴직을 냈다고 한창 독이 오른 상태인 걸 춘자는 잘 알았다.

"엄마, 혼자 자는데 왜 더블이 필요해?"

딸은 얼굴이 빨개져서 밖으로 나오며 엄마를 의심 가득한 눈으로 바라보았다.

"침대야 넓은 게 좋지. 싱글은 좁아서 떨어질까 봐 큰 거 산 거야."

"어머, 저것도 봐."

딸은 건조대를 가리켰다.

"작게 말해. 애기 놀라겠다."

춘자는 딸이 가리키는 곳을 보지 않고 외손녀를 안고 그네처럼 이리 저리 흔들었다.

"빨간 란제리 속옷 좀 봐. 브래지어하고 팬티하고 한 세트잖아. 어머, 한두 개도 아니고."

딸은 춘자를 돌아보았다.

"잤어? 잤지!"

"지랄하네."

춘자는 태연히 외손녀를 보며 까꿍, 하자 외손녀는 숨이 넘어갈 듯 깔깔깔 웃었다.

"아니 잤느냐고. 말 돌리지 말고."

딸의 말이 빨라졌다. 춘자는 은근히 부아가 났다. 죄도 없는데 불륜 녀처럼 추궁받는 기분이었다.

"꼭 남자랑 자야 저런 걸 입나?"

"언제 엄마가 저런 걸 입었다고, 아휴 남사스럽게."

딸의 호들갑에 춘자는 얼굴이 빨개졌다. 자신도 저런 걸 입을지 전혀 예상하지 못했다. 란제리 속옷은 그 남자가 선물했는데 입지는 못하고 보기만 하는데도 기분이 묘했다. 입지는 못해도 날이 갈수록 자꾸 그쪽으로 눈이 돌아갔다. 그러다 자다 말고 새벽에 벌떡 일어나 입어보았는데 마치 몸이 새로 태어나는 기분이었다. 입은 채 거울을 보다 스스로 남사스러워 금방 벗었지만, 그날 '신바람 청춘 노래 교실'에 갈 때 입었다. 막상 입고 나니 아랫도리가 꽉 조이는 것이 자연스럽지가 못했다. 옴 몸이 간질거렸고 가슴이 벌렁벌렁했다. 마치 처음 남편이 자신의 집으로 선 보러 온 날 창틈으로 남편을 훔쳐볼 때의 마음 같았다. 들뜬 마음에 어떻게 노래를 불렀는지 기억나지 않지만, 몸에서 열이 활활 나는 기분이 들었다.

"그 남자 사랑해? 빠졌지!"

"그만해. 여기 왜 왔어?"

춘자는 자신도 모르게 목소리가 올라갔다.

"애 좀 봐줘. 누굴 좀 만나야 해."

"지금 나가야 해. 진작 전화하지 그랬어."

"갑자기 일이 생기니까 그렇지. 세 시간 정도만 봐줘."

딸은 툭 던지듯 말했지만, 목소리에서 애원하는 투가 묻어났다. 춘자는 괜히 미안해지려는 마음을 바투 잡았다. 외손녀를 안 봐준 게 자꾸 걸리는 모양이었다.

"지금 나가려고 화장까지 했던 거 안 보여? 그러니까 미리 전화했어야지."

"언제부터 엄마한테 전화하고 와야 했어? 엄마는 아파트로 이사 오면서 확실히 변했어."

"자, 받아."

춘자는 흔들리는 마음을 다잡고 애를 딸에게 건네주었다. 딸은 뜨악하게 춘자를 바라보았다. 춘자는 춘자대로 마음이 공중이 붕 떠 있어 갈피를 잡을 수 없었다. 누구는 그 남자가 구속되었다고 했다. 주위에 돈을 빌리고 갚지 않는 상습 사기범이라고 했다. 춘자는 고개를 저었다. 그렇게 친절하고 예의 바른 사람이 그럴 리는 없다고 생각했다. 함께 노래 교실에 다니는 사람이 춘자에게 얼마를 빌려주었냐고 물으며 그 돈을 떼였다고 생각하라고 했을 때도 믿지 않았다. 뭔가 잘못되어 그렇다, 나중에 갚을 것이다, 춘자는 그렇게 생각했고 오히려 그것보다 앞으로 그 남자를 못 만나게 될까 두려웠다. 소문엔 사기 친 금액과 손해 입은 사람들이 많아 쉽게 나오기 힘들다고 했다. 춘자는 소문을 듣고 며칠 동안 경찰서에 전화할까 고민했다. 가서 사실이 아니라고 그 남자가 말하는 걸 듣고 싶었다. 하지만 자꾸 망설여졌다. 사실일까 두려웠다. 사실이라면, 돈이 문제가 아니었다. 그 남자랑 관계가 끝난다는 데 있었다. 춘자는 밤새 고민하다 새벽에 잠깐 잠이 들었는데 정신 차리고 보니 어느새 씻고 화장하고 있었다. 아침도 먹지 않은 채였다. 그렇다고 꼭 어디 갈 생각이 있었던 건 아니었다.

"정말 안 돼? 세 시간도? 아니 두 시간도?"

"안 돼."

춘자는 단호하게 말하곤 일어섰다.

"애를 안 봐줘서 휴직까지 하게 만들어 놓고 그까짓 두 시간도 못

봐준다고?"

딸은 눈물을 글썽였다.

"그러니까 전화하고 왔으면 됐잖아."

춘자는 미안해지는 마음을 바투 잡으며 말했다. 가슴 속에서 누군가 약해지면 안 된다고 속삭이는 것 같았다.

"알았어."

딸은 포기한 듯 일어섰다. 춘자는 미안한 마음에 안방으로 걸음을 옮기는데 딸이 말했다.

"제발 입술 좀 빨갛게 칠하지 마. 추해."

"추해?"

춘자는 고개를 돌리지 않고 말했다.

"추해."

춘자는 가슴 한쪽이 쿵 내려앉는 것 같았다.

"나를 이 꼴로 만들어 놓고 엄마는 저런 란제리 옷 입고 남자 만나러 다니잖아. 그래 놓고도 엄마야?"

춘자는 돌아섰다. 딸을 똑바로 보았다. 잠을 못 자서 그런지 눈이 따끔했다.

"뼈 빠지게 농살 지어서 대학까지 보냈으면 됐지. 그럼 언제까지 니들 뒤치다꺼리해야 하나? 나는 내 인생도 없는 줄 알아?"

춘자는 말하며 자신도 놀랐다. 내 인생이라니. 노래 교실에서 들은 말이었다. 이제 자식들 다 컸으니 자기 인생을 즐기라고. 더는 자식들에게 희생하지 말고 당당하게 자기 인생을 즐기라고. 그런 고상한 말을 내가 내뱉다니.

"다 그렇게 하잖아. 내가 집에 놀면서 그러는 것도 아니고. 엄마는 그까짓 바람피운다고 애를 안 봐주는 게 말이 돼?"

딸의 눈에서 불꽃이 튀었다.

"나도 할 만큼 했다. 그리고 바람피우다니. 그게 에미한테 할 소리냐? 나는 남자 만나면 안 되는 거냐?"

"아빠 돌아가신 지 얼마 됐다고. 아빠한테 미안하지도 않아?"

딸은 지지 않고 말했다.

"뭐?"

춘자는 어이가 없었다. 남편한테 미안하다니. 춘자는 안방으로 들어와 화장대 앞에 털썩 주저앉았다. 거울을 보니 초췌한 늙은 여자가 앉아 있을 뿐이었다. 화가 났다.

"난 니 아버지 한 번도 사랑한 적 없다. 니 아버지도 그랬을 꺼다."

"엄마는 그걸 말이라고 해? 두 분 사이 좋았잖아."

거실에서 딸의 목소리가 점령군처럼 방안으로 들어왔다.

내가 그이를 사랑했나?

춘자는 거울 속에 있는 늙은 여자를 바라보았다. 사랑한다는 말은 자신도 남편도 단 한 번도 하지 않았다. 그건 그렇다 치고. 춘자는 속으로 중얼거렸다. 진정 사랑해서 살 섞으며 살았는가. 아니다. 사랑해서 살 섞은 것도 아니고 사랑해서 애들을 낳은 것도 아니다. 그건 살다 보니 그랬다. 그래 그게 맞는 말이다. 춘자는 거울 속의 여자에게 끄덕였다. 살다 보니. 온종일 일하다 밤에 곯아떨어지면 어떨 땐 무거운 것이 가슴을 짓눌러 태산 같은 눈꺼풀을 들어 올려보면 남편은 위에서 용을 쓰고 있었다.

그렇게 니들을 낳았다.

춘자는 거실 쪽을 흘깃거렸다. 말을 해주고 싶었지만 차마 이런 얘기까지 하기엔 남사스러웠다.

"난…… 여자가 아니었다. 니들 아버지도 날 여자로 취급 안 했고."

이 말을 안 하면 속에서 천불이 일어날 것 같아 눈을 감고 말했다.

"뭐라고? 엄마가 여자가 아니었다고? 아빠한테?"

아기한테 젖을 먹이는지 우유병 흔드는 소리가 난다.

"그래. 난 여자가 아니었다고."

"그럼 뭐였어? 우리는 어떻게 태어났고? 아빠처럼 바람 한번 안 피우고 일만 하신 분이 어디 있다고."

딸의 목소리가 올라갔다.

"그건 맞다. 소처럼 일만 할 줄 알았지. 바람도 피울 재주가 없어서 못 피웠을 게다."

춘자는 고개를 끄덕였다. 소처럼 일만 할 줄 아는 남자. 저녁 먹기가 바쁘게 잠을 자는 남자.

"그래도 아빠가 얼마나 다정했는데."

"그건 니들이 새끼들이니까. 소들도 새끼를 얼마나 귀여워하는데."

"그럼 아빠가 소란 얘기야?"

날 선 딸의 목소리를 들으며 춘자는 벽과 마주하고 있는 느낌이 들었다.

"니 아버지를 한순간도 사랑하지 않았다. 그냥 살았을 뿐이야. 그러니 내가 누굴 만난다고 해도 아버지가 서운해하거나 관여할 바가 아니란 말이다."

부스럭거리는 소리가 나고 무엇을 닦는 소리가 거실에서 들려왔다. 외손녀가 똥이라도 싼 것 같았다. 아이들의 똥은 노란 게 예쁘기도 하지. 춘자는 나가서 도와주려다 고개를 저었다.

나는 여자였다. 이제 그걸 깨달은 거야. 그동안 여자인 줄도 모르고 짐승처럼 들에서 일만 하고 애들 키우는 것밖에 하지 않은 게 후회막심이다.

춘자는 거울 속의 여자에게 말했다. 거울 속의 여자도 고개를 끄덕이며 동감을 표시했다.

"뭐라고? 뭐라 안 했어?"

"아무 말도 안 했어. 나 이제 나갈 거야. 너도 가."

춘자는 일단 밖으로 나가 바람이라도 쐴 생각이었다. 자신도 모르게 화장을 했지만, 밖으로 나가 걷다 보면 갈 데가 있을지 몰랐다. 그 남자가 생각났다. 처음으로 자신을 여자로 대해준 사람. 여자로 만들어준 남자. 세상 남자들이 모두 남편 같은 줄 알았는데 그 남자는 아니었다. 생판 딴 남자였다. 내 몸에 어디 뜨거운 것이 있어 그 남자의 손을 타고 밖으로 나오는지 신기할 뿐이었다.

"그 남자 만나러 갈 거지?"

"알아서 뭐 해. 빨리 가."

갑자기 마음이 조급해졌다. 그 남자를 만날 수 없다는 현실이 안타깝기만 했다.

"간다고. 가."

앙칼진 딸의 목소리가 나더니 갑자기 얼굴이 문 앞에 나타났다.

"그 남자 신분 확실해?"

"왜 또 무슨 말 하려고?"

춘자는 짜증스럽게 말했다.

"멀쩡한 남자가 환갑 넘은 엄마한테 왜 가까이하겠어. 다 돈 노리고 그러는 거 아냐?"

"애가 점점."

춘자는 눈을 흘기며 딸을 노려보았다.

"그런 경우 많잖아, 여자나 남자나. 돈 노리고 접근하는 거."

춘자는 결국 딸의 등을 떠밀었다.

"우린 그런 경우 아니다. 서로 사랑하는 사이다."

사랑이라니. 갑자기 가슴이 벌렁벌렁 뛰었다.

"그건 사랑이 아니에요. 그 남자가 어떤 사람인지도 모르고. 제발 정신 차리세요."

그 남자의 소문을 못 들은 것 같아 다행이라는 생각이 들었다. 아니면 진짜냐고, 얼마를 떼였느냐, 고소한다, 난리를 쳤을 텐데. 하지만 소문은 헛소문일 것이라고 확신했다. 무료함을 달래기 위해 노래 교실에 나오는 할망구들의 입에서 나온 소리이니 뻔하지 않은가. 근데 그 남자는 정말 구속된 걸까. 혹 무슨 일이 생긴 건 아닐까. 자식들이 살기 어렵다고 했는데. 그래서 급한 데로 가진 돈까지 빌려줬는데. 한사코 받지 않으려는 걸 억지로 주머니에 넣어줬는데.

나쁜 년.

춘자는 거실에 대고 중얼거렸다. 이 모든 게 딸 때문에 일어난 것 같았다.

너도 늙어봐라. 평생 안 늙고 살 것 같지. 금방이야.

한바탕 욕을 하고 나면 속이 후련할 것 같았는데 여전히 가슴이 답답했다. 애를 안 봐주어 휴직을 낸 딸에게 미안한 마음이 들어 고개를 저었다. 노래 교실의 선생님도 그랬지 않은가. 자식들에게 끌려다니면 죽을 때까지 고생한다고. 애는 절대 봐주지 말고 돈은 꼭 움켜쥐고 하고 싶은 거 하며 살아야 한다고. 춘자는 그런 말에 공감은 하면서도 자신은 손자를 봐줄 생각이었다. 큰아들이 남편이 있을 때 손자를 낳아 키워주었고 둘째도 키워주었다. 애를 키우는 게 재미있고 농사일보다도 쉬웠다. 그러나 그 남자를 만나면서 생각이 달라졌다. 애를 키우는 것보다 그 남자를 만나는 게 더 좋았다. 처음으로 자신의 몸을 여자라고 깨우쳐 준 사람. 아직도 몸이 예쁘다고 말해 준 사람. 그리고 무엇보다 놀라운 것은 자다가 알지도 못하는 사이에 몸 위에 올라와 혼자 용쓰다 내려가는 사람이 아니었다. 온몸에 열기가 피워 오르게 하는 사람이었다. 죽으면 없어질 그런 하찮은 몸이 아니라 내가 여자로서 살아있음을 일깨워주는 그런 몸이었고 그런 몸을 그 남자는 정성껏 쓰다듬어주었다. 늙어 필요 없어졌다고 여긴 몸이었다.

추하다니.

춘자는 빨간 루주를 꺼내 입술을 한 번 더 바르곤 일어섰다. 어디로 갈지 모르지만 우선 밖으로 나가고 싶었다. 그 남자와 자주 가곤 하던 심해사 절이라도 가고 싶었다. 딸은 우유병과 가방을 챙기고 있었다.

"어여 가. 추운데 애 감기 안 걸리게 잘하고"

"그렇게 걱정되면 키워주든가."

"쯧쯧."

춘자는 딸을 외면하고 창가로 돌아섰다. 그 남자가 자꾸 떠올랐다. 생각만으로도 몸이 뜨거워지는 사람. 그 남자와 절에 처음 갔을 때는 가을이 시작되는 계절이었다. 같이 노래 교실에서 신나게 노래 부르고 나서 집에 오려는데 그 남자가 잠시 드라이버 가자고 했다. 드라이버라니. 지금껏 누구도 자신에게 드라이버 하자는 얘기를 한 적이 없었다. 마침 함께 오던 친구가 안 와 혼자인지라 시키는 대로 차에 올랐다. 평일 오후라 그런지 도로는 한산했고 그 남자는 차를 천천히 몰았다. 마음이 편안했다. 이런 호사가 있나 싶었다. 가까운 절에 갔고 오다가 칼국수를 사 먹었는데 그 남자가 계산하려는 걸 기어코 자신이 하겠다고 우겼다. 밖으로 나와 커피를 마시는데 그 커피 또한 맛있기가 한이 없었다.

그날 이후로 춘자는 그 남자와 수시로 만났다. 상처한 지 6년이 됐다고 말하는 그 남자는 쓸쓸해 보였고 자신이 도울 수만 있다면 뭐든 하고 싶었다.

따르릉.

춘자는 전화벨 소리에 화들짝 놀랬다. 그 남자와 함께 재미있게 지내다 엉뚱한 곳에 갑자기 놓인 느낌이었다.

"내가 받을게."

현관문으로 나가던 딸이 가방을 놓고 텔레비전 옆에 있는 전화기로 갔다. 아녀, 내가 받을 거여. 춘자는 손을 휘젓는데 벌써 딸은 수화기를 들고 여보세요? 했다. 그 남자인가. 춘자는 간절한 마음으로 딸을 바라보았다.

"네? 경찰서요? 네, 맞는데요. 제 어머니입니다. 그런데요?"

경찰서라니. 가슴이 덜컥, 내려앉았다.

"엄마 바꾸라는데? 무슨 사기 당했어?"

딸은 의심스러운 눈초리로 춘자를 바라보았다.

"사기는 무슨. 여보세요?"

춘자는 태연한 척했지만, 수화기를 든 손이 떨렸다.

"정진수 씨요? 예 예 지금요?"

어느새 안색이 창백하게 변한 춘자는 스르르 수화기를 내려놓았다.

"왜 그래 엄마. 무슨 일이야?"

딸이 재빨리 다가와 오른팔을 잡았다.

"괜찮아. 나 좀 나갔다 올게."

춘자는 현관으로 향했다. 불길했다. 이런 일만은 터지지 말아야 할 텐데, 하면 꼭 그런 일이 터졌다. 부처님도 무심하시지.

"같이 가."

딸은 아기를 안은 채 가방을 들었다.

"거기가 어딘 줄 알고 가. 어여 니 집에 가."

춘자는 신발을 신고 문을 열었다. 딸과 함께 갈 수는 없었다. 혹 그 남자를 만나게 되면 딸에게 그런 모습을 보여줄 수는 없었다. 딸이 유난히 그 남자를 경계하고 싫어했기에 더욱 그랬다.

"어디긴 어디야. 경찰서지. 엄마 혹 그 남자한테 사기당했지?"

딸은 신발을 끌면서 뒤따라왔다.

"집에 가라니까?"

춘자는 자신도 모르게 뒤로 돌아 고함쳤다.

으앙!

아기는 울음을 터뜨렸고 춘자는 멈칫거리다 뒤로 돌아섰다. 그럴 리가 없다. 오해다. 그 남자가 사기를 치다니. 나뿐만 아니라 여러 사람까지 당했다니. 피해자 조사라니. 난 그 남자에게 돈을 줬을 뿐이야. 빌려주었던 거야. 아냐. 그냥 주었어. 그런데 사기라니. 내 돈 내가 주는 게 무슨 사기란 말인가. 춘자는 허겁지겁 걸음을 옮기는데 딸의 목소리가 들려왔다.

"내 차 타고 가."

"니는 어여 집에 가, 어여."

춘자는 뒤를 돌아보지도 않았다.

엘리베이터에서 내려 현관을 나서는데 수위실 쪽에 택시가 서 있는 게 보였다. 춘자는 재빨리 택시를 향하여 달려갔다.

춘자는 택시에 타서 눈을 감았다. 모든 게 아름다웠다. 그 남자와의 일들이 주마등처럼 휙 지나갔다. 그 남자와 함께 있으면 모든 게 예쁘게 보였다. 나무도 길가에 있는 돌멩이도 구름도 하다못해 버려진 장난감들도 보기 좋았다. 그 남자는 늪이었다. 자신도 모르게 불쑥 빠지는 느낌. 안온한 느낌. 지금껏 한 번도 느껴보지 못했던 세상이었다.

노래 교실이 끝나면 그 남자와 차를 타고 가까운 절이나 유원지에 갔다. 커피를 마셨고 소주를 곁들여 저녁을 먹었다. 호사였다. 지금까지 이런 호사를 누린 적이 없었다. 그것도 친절하고 다정한 남자와 함께. 남편과는 커피는커녕 단 한 번도 외식이란 걸 해 본 적이 없었다. 자식들이 커서 가족끼리 외식을 몇 번 했어도 단둘이 한 적이 없었다.

눈 오는 날 절에 가면 내려오다가 눈싸움을 하기도 했다. 지나가는 젊은이들이 무슨 주책이냐, 눈길을 보냈지만 그만큼 재미있는 건 없었다. 아이로 돌아간 눈싸움은 세상 부러울 게 없었다.

경찰서에 가면 만날 수 있을까. 만나면 무슨 얘기부터 하나. 하고 싶은 말이 많았다 싶었는데 갑자기 할 말이 없어진 느낌이었다. 건강한가, 그것만 봐도 다행이다 싶었다. 연락이 끊어진 지 10여 일이 지났으나 어디서 무얼 했는지는 묻지 않는 게 도리인 것 같다. 춘자는 눈을 떠서 창밖을 보다가 다시 눈을 감았다.

저녁을 먹으며 소주를 몇 잔 마신 후면 둘이서 노래방에 가기도 했다. 아직 이른 시간이지만 노래방에서 노래 교실에서 배운 노래를 교대로 불렀다. 그 남자는 노래도 잘 불렀다. 춘자는 자신이 부르는 것보다 그 남자가 부르는 모습을 보는 게 더 좋았다. 마치 가수처럼 흥을 돋우며 부르는 노래에 넋을 잃고 바라본 적이 한두 번이 아니었다. 아무 죄가 없다고 판명되어 그 남자가 나오면 함께 노래방부터 가고 싶다는 생각이 들었다.

처음으로 간 모텔에서…… 춘자는 꼼짝을 할 수 없었다. 손끝 하나 움직일 수가 없었다. 희한한 일이었다. 그 남자가 하는 양 눈 감고 있는 수밖에 없었다. 아마도 남자에게 알몸을 보인 게 처음이었다. 남편과의 잠자리도 이불을 뒤집어쓰고 불을 끈 채 했기에 알몸을 보여주지 않았다. 하지만 그 남자는 서둘지 않고 부끄럽지도 않게 부드럽게 옷을 벗겼고 물이 흐르듯 몸으로 들어왔다. 춘자는 자신이 여자라는 걸 처음으로 자각한 순간이었고 눈물이 와락 솟았다. 이제야 여자가 되다니. 쭈글쭈글 할머니가 되어서야 여자가 되다니. 그의 손이 몸 곳곳을 쓰다듬을 때 이제는 죽어도 여한이 없다는 생각이 들었다. 그 남자의 손에 비로소 여자의 몸으로 새롭게 태어난 것이었다. 처음뿐만 아니라 그 남자의 품에 안길수록 몸은 새롭게 태어났다. 개나리가 되었다가 불쑥 장미가 되었다가 들장미가 되었다가 물망초가 되었다가 백합이 되기도 했다. 갑자기 휘몰아치는 폭풍이 되기도 했다. 지금껏 살아온 세상이 아니었다. 이런 세상도 있었다니, 그저 황홀할 뿐이었다. 그 남자와 헤어져 집에 왔을 때도 세상은 달라져 있었다. 화장대가 바뀌어 있었고 안방뿐만 아니라 거실 창의 커튼도 분홍색으로 바뀌어 있었다. 또한 안방에 없던 큰 침대가 놓여 있었다. 신기했다. 누군가 다른 집에 춘자 자신을 데리다 놓은 듯했다. 집안은 항상 깨끗했고 목욕을 자주 했다. 아침저녁으로 얼굴에 화장품을 바르고 머리카락은 흐트러지지 않게 항상 단정하게 손질했다. 보는 사람마다 곱다는 소리를 들었다. 그 남자에 의해 새로 태어난 것이었다. 그런데 그 남자가 경찰서에 있다니. 춘자는 눈을 뜨고 손가방을 꼭 쥐었다.

경찰서엔 이미 딸이 먼저 와 있었다. 춘자는 뭐 하러 왔느냐고 호통을 쳤다. 그리고는 제발 가 달라고 했다.

"사기당했다며. 그것도 천만 원씩이나."

딸은 딸대로 화가 난 표정으로 물었다.

"사기는 누가 당했다는 게야? 그냥 빌려준 것뿐이야. 어서 집에 가! 볼일이 있다며."

"이런 상황에서 어떻게 볼일 보러 가. 취소했어. 그리고 그 사람 사기전과 오 범이래."

"누가 그래! 그 사람은 그런 사람 아냐. 근데 넌 왜 자꾸 따라다니는 거야? 너랑 관계없으니까 집에 가."

춘자는 쌀쌀하게 말하곤 수사과로 들어갔다. 딸은 슬그머니 뒤따라왔다. 춘자는 들어가며 주위를 둘러보았다. 그 남자는 보이지 않았다.

서운하면서도 한편으로 다행이라는 생각이 들었다. 이런 곳에서 그 남자를 만나기는 싫었다. 형사는 정중하게 자리에 앉게 하고는 여러 가지 물으며 솔직하게 답변해 달라고 말했다. 춘자는 딸을 흘깃 보고는 형사를 바라보았다. 형사는 그 남자의 계좌를 조사하다 춘자로부터 여섯 차례에 걸쳐 돈이 입금됐다며 왜 어떻게 입금했는지 물었다.

"그걸 왜 얘기해야 하나요? 내 돈으로 내가 줬는데 그것도 죄가 되나요?"

춘자는 벌렁거리는 가슴을 다잡고 겨우 용기를 내어 말했다.

"이미 따님에게 말했듯이 그 사람 사기전과 오 범이에요. 할머니한테 돈을 우려내려고 의도적으로 접근했다고요. 솔직하게 말씀해주셔야 사기당한 돈도 되찾고 그 사람 처벌할 수 있지요."

"엄마, 다 얘기해요. 제가 처음부터 돈을 노리고 엄마한테 접근했다고 그랬죠? 거 봐요."

딸의 말에 춘자는 벌떡 일어섰다.

"아직도 집에 안 가고 뭐 하는 짓이야, 응? 제발 이제 날 내버려 둬라!"

춘자의 큰소리에 아기는 으앙! 울음을 터트렸고 딸은 움찔거리며 뒤로 물러났다. 춘자가 이렇게 화를 내는 건 처음이라는 듯 딸은 뜨악하게 춘자를 바라보았다.

"자, 자. 협조해 주셔야 제대로 수사할 거 아닙니까?"

형사는 춘자에게 자리에 앉으라고 하곤 사실대로 얘기해 달라고 했다.

"사실대로 얘기했잖아요. 그냥 준 거라고. 그 아들들이 사업에 실패

해 돈이 급하다 해서 제가 가지고 있던 돈 그냥 줬다고요."

춘자는 말을 하고 나선 입을 꾹 다물었고 형사들은 어이가 없다는 듯 춘자를 바라보았다.

"그 사람 아들도 없어요. 그건 거짓말이라고요. 그리고 그 사람 이 지역 사람도 아니에요. 전국을 돌아다니며 혼자 사시는 할머니들을 등쳐먹는 놈이라고요."

"그 사람 지금 어디 있어요?"

"구속되어 있어요."

춘자의 얼굴이 하얗게 변했다. 손이 부들부들 떨렸다.

"그럼 오래 있는가요?"

"그러니까 할머니께서 피해당하신 것을 다 말씀하셔야 처벌도 하고 돈도 받아낼 거 아닙니까?"

춘자의 눈동자가 흔들렸다.

"그런 말 하지 마세요. 전 사기 안 당했어요. 가겠어요."

형사가 여러 가지 계속 묻자 침묵만 지키던 춘자는 일어섰다.

"이번에 그놈한테 당한 분들이 한두 분이 아니에요. 돈을 되찾아야지요."

"허 참, 모두 하나같이 그놈한테 돈을 그냥 줬다고 그러네."

뒤에 앉은 형사가 혀를 끌끌 찼다. 딸은 앞으로 오려다 춘자가 일어서자 뒤로 물러섰다.

춘자는 수사과를 나왔다. 심호흡하며 주위를 둘러보았다. 벌써 가을이 끝나고 겨울이 왔는가 나무들이 죄다 잎을 떨어뜨리고 앙상하게 서 있었다.

그까짓 돈이 무어 그리 중요하다고.

춘자는 비틀거리며 계단을 내려갔다.

그을린 욕망

풀에 점령당한 텃밭에는 채소의 흔적이 그림자처럼 어른거린다. 풀 사이로 삐죽하게 솟은 파가 보이고 연두색을 띤 잎이 보여 상추가 있으리라 짐작이 갈 뿐이다. 마당에도 잡풀들이 점령군처럼 으스대며 세력을 뽐내고 있다.

방안에서 엎드린 채 당신은 눈이 부신 듯 반쯤 뜬 눈으로 마당과 텃밭을 한 시간째 보고 있다. 가끔 눈이 깜빡거리지 않는다면 잠을 자거나 죽은 사람으로 오인될 수 있는 모습이다. 핏기없이 하얗고 삐쩍 마른 얼굴이 마치 데스마스크 같다.

당신은 미라가 천 년의 먼지를 틀고 일어서듯 천천히 상체를 일으킨다. 반쯤 뜬 눈은 여전히 초점이 없다. 힘겹게 상체를 일으킨 후 또다시 꼼짝하지 않고 텃밭과 마당을 본다. 아니, 어쩌면 텃밭과 마당을 내리쬐고 있는 햇빛을 보는지도 모른다. 아니, 어쩌면 당신은 햇빛을 보는 게 아니라 실은 아무것도 보지 않고 있는지도 모른다.

여기가 어딘가.

당신은 기억을 더듬는다. 처음 보는 텃밭과 마당, 누워 있을 때 둘러본 천장과 낡은 가구들. 태어나서 처음 보는 것들이다. 어느 날 잠자고 있을 때 누군가 자신을 생판 모르는 이곳에 갖다 놓은 느낌이다. 하지만, 두렵거나 원망이 이는 것은 아니다. 오히려 마음은 한량없이 편안하다. 텃밭과 마당도 풀이 많을 뿐이지 어딘지 눈에 익은 것 같기도 하다. 풀만 모조리 뽑고 나면 지금껏 생활해온 집같이 느껴질 것 같다.

저 풀을 뽑으면.

당신은 중얼거리지만 입은 열리지 않고 소리도 나지 않는다.

죽음.

순간, 당신의 하얀 얼굴이 일그러진다.

그렇지. 죽으러 갔었지. 더는 살 수 없다는 생각에. 근데 여기로 죽으러 왔단 말인가. 남모르는 집에. 죽으려는데 누군가가 나를 살려주고 이 집으로 데리고 온 건가.

당신은 고개를 돌려 방안을 둘러본다. 때가 절여 누르스름한 천장과 벽, 낡은 텔레비전이 보인다. 그 옆엔 역시 몇십 년은 되었을 것으로 보이는 선풍기가 고개가 꺾인 채 서 있다.

저 가방.

회색 등산 가방을 보는 당신은 가슴이 쿵, 내려앉는다. 가방을 메는데 다리에 힘이 스르르 풀리던 느낌. 죽으러 가는 길. 가방엔 든 게 별로 없어 가벼웠고 지금껏 살아온 인생이 이랬구나 싶어 더욱더 서글펐던 기억. 인간은 기억으로 사는 동물이라지.

당신은 고개를 돌려 다시 텃밭과 마당을, 아니, 텃밭과 마당을 내리쬐고 있는 하얀 햇빛을 바라본다.

어째서 이곳에 왔을까. 보아하니 저승은 아니고. 집을 떠난 지는 얼마나 되었는가. 궁금하지만 그렇다고 꼭 알고 싶은 것은 아니다.

저 풀을 뽑으면.

당신은 몸을 일으키다 휘청, 거리며 벽을 짚는다. 마당이 빙글빙글 돈다. 짚고 있는 벽이 기우뚱거린다. 주저앉을 것만 같다. 다리에 힘을 준다. 풀을 뽑아야지, 풀을.

당신은 비틀거리며 마루로 나와 댓돌을 본다. 고동색 등산화가 한쪽은 댓돌 위에 한쪽은 마당에 뒹굴고 있다. 분명 자신이 신던 등산화다. 그제야 당신은 자신의 몸을 훑어본다. 잿빛 상의 등산복과 검은색 등산바지가 눈에 들어온다. 그래 죽으러 갈 때 입었던 옷이지. 고개를 끄덕끄덕한다.

비가 온 지 얼마 되지 않아서인지 풀은 잘 뽑힌다. 풀 사이 일렬로 솟아오른 파를 보며 손으로 풀 밑동을 한 움큼 잡고 뽑으면 흙을 잔뜩 부여잡은 뿌리가 올라온다. 뽑은 풀은 텃밭 너머로 던지고 나서 다시 허리를 숙여 풀을 뽑는데 뽑을수록 정신이 맑아지는 느낌이다.

날카로운 햇빛이 당신의 정수리를 쪼고 등을 내리치고 있다. 하지만 당신은 아랑곳하지 않고 풀을 뽑는다. 당신의 얼굴에서 땀이 뚝뚝, 바닥으로 떨어진다. 상의 등산복은 땀으로 이미 다 젖어 등에 찰싹 들러붙어 있다.

하하.

당신은 거친 숨을 몰아쉬며 풀을 한 움큼 쥐고 상체를 일으키다 휘청, 거린다. 텃밭 너머 시멘트 담이 좌우로 흔들흔들, 거린다. 그때다.

아.

당신은 어지러워 눈을 감는다.

그래, 밤에 여기로 왔었지. 언제더라…… 길을 잃고 헤매다 외딴집을 발견했고……. 무척 안온한 느낌이 들었지…… 달빛에 하얗게 빛나는 슬레이트 지붕, 비록 불이 켜져 있지 않아 어두컴컴했지만 마루가 있고 큰방이 있고…… 작은 방이 있고…… 무작정 집으로 들어갔지…… 그 뒤로는?

갑자기 누군가 눈앞에 검은 장막을 드리운 것 같다. 어지럽다. 당신의 손에 있던 풀이 스르륵 바닥으로 떨어진다. 아무 생각이 안 난다. 죽음은 이미 두렵지 않다. 오히려 편안하다. 기분이 좋다. 비실비실 웃음이 나오려 한다. 당신은 한동안 면돗날 같은 햇빛을 고스란히 받다가 천천히 텃밭을 나와 마당을 가로질러 마루에 걸터앉는다. 방금 나왔던 텃밭을 본다. 3m 정도 되는 길이의 파 세 이랑 중에 겨우 한 이랑의 풀을 뽑았을 뿐이다. 풀에 치인 파가 똑바로 서 있지 못하고 풀을 뽑은 빈자리로 비스듬히 쓰러져 있다. 다시 텃밭으로 가려고 상체를 일으키다 자리에 주저앉는다.

그래…… 멀리…… 되도록 집에서 멀리 떨어진 곳으로 가서…… 죽고 싶었지. 무작정 버스를 탔고…… 내리고…… 걸었지. 무슨 절이 있었고…… 절 뒤로…… 산으로 올라갔지. 등산로가 아니라 잡목과 잡풀이 우거져 오르기가…… 싫지 않았고. 배고픈 줄도 몰랐지. 며칠 동안 음식을 입에 대지 않았다는 생각만 들고…… 단지 물이라도 있으면 좋으련만…… 배낭을 벗어 안을 뒤져 보았지만 야속하게도 물병은 나오지 않았지. 하얀 줄이, 목을 맬 줄만 빤히 쳐다보고 있었고…… 산을 넘고…… 밤이 왔고…… 쓰러져 자고…….

당신은 마치 눈앞에 광경이 떠오르는 것을 잡기라도 할 양미간을 찌푸리지만 더는 생각이 나지 않는다. 단지 깨어나 산을 넘었는데, 외딴집인 이 집까지 어떻게 왔는지 기억이 없다.

당신은 마당을 둘러본다. 댓돌 밑에서 대문도 없는 입구까지 풀이 군데군데 쓰러져 있다. 자신이 걸어온 자국 같은데, 어젯밤인지 그저께 밤인지, 그도 아니면 며칠 전인지 기억이 나지 않는다.

당신은 다시 일어나 텃밭으로 걸어간다. 날카로운 햇빛이 이제 드문드문 흰머리가 올라오는 당신의 정수리를 닭의 부리처럼 쫀다. 당신은 아랑곳없이 주저앉다시피 쪼그리고 앉아 풀을 뽑는다. 힘이 난다. 땀이 날수록, 힘이 들수록, 날카로운 햇빛이 정수리를 쫄수록 마음이 편안하다. 기분이 한결 좋다.

그때 아내의 벌레 보는 듯한 눈매가 떠오른다. 언제였나. 이번엔 한심하다는 듯한 장모의 눈빛, 저주가 담긴 듯한 장인의 눈빛. 눈빛을, 뽑아 멀리, 텃밭 너머로 던진다. 아내의 가소롭다는 눈빛도 밑동을 잡고 뽑아 멀리 던진다. 눈빛, 눈빛들을 뽑아서, 멀리 던질수록 힘이 난다. 마음이 편안하다. 어쩌면 그들이 원하는 것처럼 이미 자신은 죽었고 죽은 몸이 풀을 뽑는 기분이다.

파밭의 풀을 다 뽑고 나니 햇빛을 못 보고 풀에 치인 파들이 제대로 서 있지 못하고 비스듬히 혹은 아예 바닥에 널브러져 있다. 당신은 손으로 흙을 긁어모아 북을 주어 똑바로 세우려 하지만 흙의 양이 많지 않아 파는 똑바로 서 있지 못한다. 몇 번 더 손으로 흙을 긁어모았지만 손가락만 아플 뿐 흙이 파지지 않는다. 손톱 밑으로 흙이 들어가 까맣게 변했고 손가락 끝이 아려오자 당신은 할 수 없이 하던 일을 멈추고 일어선다. 얼굴에서 소나기를 맞은 것처럼 땀이 쏟아져 내린다. 당신은 옷으로 얼굴을 닦지만 옷 또한 땀으로 젖은 터라 얼굴은 땀으로 번들번들하다.

자네가 인간인가.

장인의 목소리가 또렷하게 들린다.

어떻게 인간의 탈을 쓰고 그런 짓을.

장모의 갈라지는 목소리.

우리가 자네에게 어떻게 했는데 우리를 이렇게 곤궁에 빠트리다니. 이제 우리는 무슨 낯으로 얼굴을 들고 다닌단 말인가. 우린 망했네, 망했어.

장모와 장인의 목소리가 천둥이 되어 귓속으로 파고든다. 당신은 두 손으로 귀를 막는다.

왜 그랬을까. 왜 참지 못했을까.

혀라도 깨물어 죽고 싶은 심정이다. 당신은 비틀거리며 마루로 건너와 뒤로 쓰러진다. 가쁜 숨을 몰아쉰다.

여고생. 그 학생만 보지 않았더라도. 봤어도 참고 그냥 지나쳤더라면. 그동안 잘 견뎌냈는데.

당신의 얼굴은 땀과 눈물로 번질번질하다.

검사장 승진을 앞둔 시점. 불안했고 긴장되었고 조심했다. 불안하고 긴장되면 화산 분화구의 마그마처럼 끓어오르는 욕정. 마치 누군가 자신을 조종하는 것처럼 행동이 제어되지 않았다. 몇 번의 일로 곤욕을 치렀지만 마무리를 잘했었기에 약을 먹으며 치료가 잘 된다고 믿었다. 그런데 검사장 승진 한 달여를 앞두고 부하직원들과 회식을 한 게 잘 못되었던가. 술을 먹지 말았어야 했던가. 술을 마셨더라도 곧장 집으로 갔어야 했는데.

음.

당신은 신음을 내며 몸을 돌려 엎드린다.

그 여학생만 만나지 않았더라도. 왜 하필 그 여학생을 아무도 없는 길에서 마주쳤는가.

여학생이 떨면서 스마트폰으로 누군가에게 급하게 전화하는 걸 보면서도 팬티를 내리고 성기를 잡은 손을 멈출 수 없었다. 오히려 겁먹은 여학생의 얼굴을 볼수록 전율로 몸이 떨렸다. 사정 후 수치감과 자괴감, 여학생에 대한 죄책감으로 팬티와 바지를 올리고 걸어가는데 공명처럼 피옹피옹, 하며 경찰차가 따라왔다.

왜 그랬어요? 점잖게 생긴 사람이.

경찰의 조사를 받으며 당신은 또다시 수치감과 자괴감에 빠져 죽고 싶은 심정이었다. 차마 고위직 검찰 직함은 말하지 못하고 무직이라고 했다.

몇 번 그랬듯이 조용히 넘어가길 간절히 바랐다. 하지만 유치장에서 채 밤이 지나가기 전에 기자들이 들이닥쳤다. 경찰들이 놀라는 눈치였다. 피해 여학생이 SNS에 당신의 얼굴이 나오는 사진을 올리며 피해 사실을 올렸고 순식간에 당신의 이름과 신분 주소가 밝혀졌다. 경찰들이 알고 나서 기자들을 경찰서 밖으로 내쫓으려 했지만 기자들의 수가 많아 역부족이었다.

장인 장모가 달려왔지만 언론의 보도를 막지 못했다. 당신은 다음 날 곧장 사직서를 제출했다. 구속되지는 않았으나 집은 구치소보다 더 좋지 않았다. 아내의 벌레 보는 듯한 눈빛, 두 딸의 외면하는 눈길. 참기 힘들었다. 가사도우미의 얼굴도 볼 수 없었다. 몇몇 선배 동료 검사들이 전화해서 위로의 말을 건넸지만 그건 오히려 독을 탄 물과 같았다.

집에 있을 수가 없어 일단 친구의 오피스텔로 옮겼다. 하지만 자신의 얼굴과 검찰 고위직의 나태와 도덕 불감증에 관해 연일 기사가 쏟아졌고 성도착증에 대한 전문가들의 대담도 이어졌다. 불면의 밤이었고 지금까지 살아온 사회적 지위 명예는 물론 가족까지도 다 잃었다는 걸 알았다. 장인은 잠잠해질 때까지 어디 외국이라도 가 있으라고 했지만 수사 중이라 사표도 수리되지 않았기에 외국으로 나갈 수도 없었다.

당신은 상체를 일으켜 앉는다. 멍한 눈으로 마당을 내려다본다. 모든 사물이 정지된 것 같다. 바람도 한 점 없어 나뭇잎조차 흔들리지 않는다. 그냥 이대로 자신의 생도 정지했으면 하는 심정이 든다. 그때 부엌 앞의 수도가 보인다. 그제야 당신은 심한 갈증을 느끼고 있다는 사실을 깨닫는다. 허우적거리며 수돗가로 걸어간다. 수도 주위의 시멘트 바닥이 하얀 햇빛에 반사되어 눈이 부시다. 당신은 떨리는 손으로 수도꼭지를 튼다. 꾸르륵, 하더니 뜨거운 녹물이 왈칵, 쏟아진다. 당신은 엉겁결에 물에서 손을 재빨리 뺀다. 수도관이 햇빛에 노출되어 있던 터라 물이 뜨겁다. 얼마 지나지 않아 맑은 물이 쏟아진다. 손을 넣는다. 이제야 물이 시원하다. 당신은 두 손바닥으로 물을 받아 마시다 아예 입을 수도꼭지 밑에 대고 벌컥벌컥, 마신다. 한참 동안 물을 마시다 당신은 상체를 일으킨다. 물을 많이 마셨는데 갑자기 배가 고프다. 그제야 당신은 며칠째 아무것도 먹지 않았다는 것 깨닫는다. 또다시 입을 수도꼭지 밑에 대고 물을 벌컥벌컥, 마신다. 물을 마실수록 배가 고프다. 당신은 물 마시는 것을 멈추고 머리를 수도꼭지 밑으로 들이민다. 물이 당신의 흰머리가 올라오는 뒷머리에 쏟아진다. 당신은 시원함에 몸을 움찔거린다. 한동안 물을 받다 머리를 든다. 정신이 돌아온 느낌이다. 두 손으로 머리의 물을 훔치며 마루로 올라온다.

누가 살았을까.

텃밭에 각종 채소가 있는 것으로 보아 얼마 전까지 사람이 살았던 것 같다. 근데 주인은 어디 갔을까. 텃밭은 물론이고 마당까지 잡풀이 많은 것을 보니 무슨 사연이라도 있는 것 같다. 마당을 내려다보고 있으니 편안하다. 이 집이 편안한 것인지 아니면 모든 걸 잃었으니 오히려 편안한지 모르겠다. 그동안 얼마나 바쁘게, 긴장하며 살아온 인생이었던가. 오히려 사건이 터진 게 좋았다는 생각이 든다. 해방된 느낌이다. 그렇지 않았다면 지금도 긴장하며 살고 있지 않겠는가.

당신은 마당으로 내려와 집을 둘러보다 초등학교 때까지 살았던 고향 집과 많이 닮았다. 왼쪽으로 부엌이 있고 중간엔 안방, 그 옆엔 작은 방. 방 앞으로 마루가 있는 게 고향 집과 흡사하다.

이래서 이 집이 편안하게 느껴졌는가.

당신은 집을 둘러보며 잠시 생각에 잠겼다가 텃밭으로 간다. 이번엔 상추가 있는 곳이다. 이곳 역시 풀이 많아 겨우 상춧잎이 보일 뿐이다. 당신은 상체를 숙이고 풀의 밑동을 잡아당긴다. 역시 풀이 잘 뽑힌다.

중학교 때 서울로 갔지.

당신의 머릿속에 영화처럼 중학교 때가 떠오른다. 처음으로 고향을 떠나 중학교에 다니기 위해 서울 고모 집으로 갔다. 물론 그 전에 중학교 입학시험을 치르거나 면접 보러 몇 번 갔지만 막상 고향을 떠나 중학교 생활하러 가니 무서웠고, 긴장되었다.

네 집처럼 생각하고 편하게 지내라.

고모부는 인자하신 분이었다. 하지만 아무리 인자하셔도 부모와 떨어져서 지내는 서울 생활이 편하지가 않았다.

꼭 성공해야 한대이. 판검사 되란 말이다.

평생 농사꾼이었던 아버지는 술만 취하면 당신을 불러놓고 으름장을 놓았다. 마치 판검사가 되지 못하면 죽이기라도 할 것처럼. 어릴 때부터 집에 일이 많아도 당신에겐 절대로 못 하게 했다. 공부해라. 공부해서 출세해야 한다. 어린 동생들도 부모를 돕는데 당신은 방에서 공부만 했다. 당신 또한 야망이 있었다. 이런 촌구석에서 살 수는 없다. 출세하려면 서울로 가야 한다. 지역의 국회의원이 중학교 때부터 서울에서 학교에 다녔고 판검사를 거쳐 국회의원이 된 것을 똑똑히 알고 있었다. 당신은 생각했다. 나도 할 수 있다. 어쩌면 부모가 일을 시켜도 하지 않았을 터였다. 어쩌다 성적이 전교 1등에서 2등으로 밀리면 가차 없이 아버지의 손바닥이 당신의 등을 강타했다. 다행히 초등학교 6년 내내 두 번을 빼고는 1등 자리를 놓치지 않았다. 그리고 우리나라에서 제일 좋다는 중학교에 입학했다. 입학하고 처음 치른 시험성적은 꼴찌에서 20번째였다. 정식 시험이 아니고 3월에 치른 시험이기도 했지만 차마 아버지에게 그 사실을 알릴 수 없었다.

그날……

어찌 그날을 잊겠는가. 당신은 풀을 뽑으며 앞으로 나아가다 멈추고 상체를 든다. 또다시 얼굴에서 땀이 줄줄 흘러내린다. 그날은 당신이 처음 몽정한 날이었고 어쩌면 그때부터 성도착증세가 나타난 것이라고 믿었다.

시골의 수재가 서울에 와서 둔재로 바뀐 순간 당신은 그 사실을 인정하기 싫었다. 먼저 아버지의 손바닥이 떠올랐고 꼭 출세하리라 다짐했던 마음이 초조했다. 그날 밤 잠은 오지 않았고 뒤척이다 새벽에 잠이 들었는데 몽정을 했다. 몽정하고 나서 당황했고 수치스러웠지만, 한편으로 마음이 편안했다. 이상했다. 마음이 이렇게 편안한 적이 없었다. 계속 그런 생각이 머릿속을 떠나지 않았다.

첫 중간고사를 준비할 때 당신은 걱정되었고 긴장되었다. 그러던 어느 날, 시험 전날이었던가. 밤샘할 작정을 하면서 공부를 하다 머리 좀 식힐 겸 옥상으로 올라갔다. 팔짱을 끼고 불안한 마음으로 어슬렁거리는데 옆집 세면실의 열린 창틈으로 불빛이 보였다. 당신은 자신도 모르게 그쪽으로 걸어갔고 중학생쯤 되었을 여학생이 옷을 모두 벗고 샤워하는 것이 보였다. 순간 당신은 온몸이 뜨거워지는 걸 느꼈고 자신도 모르게 팬티를 내리고 여학생을 보며 자위를 했다. 자위할수록 마음이 편안해졌다. 마침내 사정했고 팬티를 올리자 수치감과 자괴감이 왈칵, 달라붙었다.

음.

당신은 상추밭의 풀을 다 뽑자 옆에 있는 고추밭으로 발걸음을 옮긴다. 풀에 치인 상추의 아랫잎은 녹았고 위에 있는 잎 몇 장이 그나마 괜찮았다. 다행히 파처럼 옆으로 쓰러지진 않았다. 고추나무는 풀에 둘러싸여 있는데도 고추가 많이 열렸다. 위에서 보면 풀에서 고추가 난 것처럼 보였다.

그때부터였어.

당신은 풀을 한 움큼씩 뽑으며 중얼거린다. 왜 멈추지 못했을까. 그렇게 자위를 하고 나니 마음은 편해졌고 공부가 잘되었다. 시험도 잘 치렀다. 중위권에 진입했고 학원만 다니면 상위권에 진입할 수 있을 것 같았다.

집에 편지를 썼지.

당신은 여전히 풀을 뽑으며 중얼거린다. 동생들 학비며 자신의 학비로 인해 집이 쪼들린다는 걸 알면서도 당신은 아버지에게 편지를 썼고 곧 편지와 돈이 왔다.

돈 걱정하지 말고 공부만 해라. 오직 출세해야 한다. 집 걱정은 마라.

아버지의 편지에는 그렇게 쓰여 있었다. 동생들에게 미안한 마음이 조금 들었지만 자신이 출세해서 거둘 생각이었다.

그러다 기말시험을 앞둔 어느 날 당신은 또다시 극심한 불안과 초조함으로 공부에 집중이 되지 않았고 잠도 잘 오지 않았다. 그러다 밤에 옥상에 올라갔고 또다시 그 여학생이 샤워하는 것을 보았다. 당신은 팬티를 내리고 여학생 쪽으로 몸을 돌려 자위를 했다. 한껏 쾌감이 올랐고 마음이 편안해졌다. 하지만 사정을 하고 나면 심한 수치심과 자괴감에 시달렸다.

왜 멈추지 못했을까.

당신은 이러면 안 된다고 생각했고 다시는 그런 짓을 하지 않겠다고 다짐했지만 시험이나 긴장되는 일이 생기면 또다시 그런 행동을 하게 되었다. 여학생이 샤워하지 않을 때는 길을 지나가는 여학생을 보며 자위를 했고 점점 더 과감해졌다. 고등학생이 되자 마치 진통제를 맞는 환자가 점점 더 센 진통제를 원하듯이 직접 길에서 했고 여학생이 보는 데서도 했다. 한번은 여학생이 기겁하자 더 쾌감을 느낀 당신은 계속하다 지나가는 아저씨에게 잡혀 파출소로 가게 되었다. 당신은 제발 학교에는 연락하지 말아 달라고 사정을 했다. 경찰관은 학생증을 요구했고 당신은 망설이다 학생증을 주었다. 경찰관은 학생증을 보고는 놀라는 눈치였다. 우리나라 최고의 고등학교. 경찰관들은 믿지 못하겠다는 표정을 지으며 소장이라는 사람과 몇 마디 나누더니 학생증을 돌려주었다. 공부 잘하는 학생이 이런 짓을 하냐며, 공부 열심히 해서 출세하면 자신들을 잊지 마라며 집에 가라고 했다.

그때 만약 처벌을 받았더라면. 그렇다면 못된 버릇도 고치고. 여자에 대해 속죄하는 마음으로 살았을까. 아니라는 생각이 든다. 문제는 출세욕이었다. 명예욕이었다. 여자에 대한 잘못된 인식이었다. 이 모든 걸 제거했어야 했다는 생각이 든다.

당신은 아쉬움이 남는다. 두 손에 힘을 주어 풀을 한 움큼씩 뽑아 멀리 힘껏 던진다. 얼굴에서 땀이 줄줄 흘러내린다.

"누, 누구요?"

등 뒤에서 사람 소리가 들려 당신은 깜짝 놀란다. 돌아보니 노인 부부가 마당에 서 있다.

"저……."

당신은 할 말을 잊고 머뭇거린다. 그제야 자신이 남의 집에 와서 풀을 뽑고 있는 사실을 자각한 표정이다.

"이 집하고 친척인가."

할머니가 혼잣말한다.

"친척이야 다 아는 사람일 텐데."

할아버지가 당신을 바라보며 말한다.

"누구신데 남의 집에 와서……."

할아버지는 의심스러운 눈빛으로 바라본다.

"저, 그게 아니고. 지나가다, 어쩌다 들렀는데…… 밭에 풀이 많아서."

당신이 더듬거리자 노인 부부는 마루로 올라앉는다. 마치 자신의 집에 온 것 같다.

"이리 좀 올라오시오. 땡볕에 서 있지 말고요. 아이고, 이 더운 날에."

할머니가 쯧쯧, 혀를 찬다.

당신은 휘청거리는 걸음걸이로 마당을 가로질러 마루에 올라앉는다.

"보아하니 이 근동 사람은 아닌 거 같고. 어디서 오셨소? 얼굴이 하얀 게 서울 사람 같네."

"예. 먼 데서……. 그래서 잠시 쉬다가 그만 풀이 많아서, 밭에."

"난 멀리서 보고 깜짝 놀랐네. 영감이 살아왔나 싶어서."

할아버지는 집을 둘러보며 말한다.

"이 집 주인은 어디 계신가요?"

당신은 용기를 내어 묻는다.

"왜요? 사실라고요?"

할아버지는 집을 싸게 내놨으니까 사려면 금방 살 수 있다고 한다.

이 집 주인은 자신과 또래인데 혼자 살다가 1개월여 전에 쓰러져 병원에 있다가 며칠 전에 죽었다고 말한다. 아들들이 모두 출세해서 서울에서 떵떵거리고 사는데 집 살 사람이 있으면 팔라고 자신에게 전화 왔었다는 말도 한다. 가격은 알아서 팔아달라고 했다면서 살 생각이 있으면 싸게 주겠다고 한다.

당신은 나지막이 한숨을 내쉰다. 살 수만 있다면 당장 사고 싶다. 그런데 죽으려고 했던 마음이 아직 있다. 살고 싶은 마음이 없다.

"며칠 여기 있어도…… 되겠습니까?"

당신의 입에서 의도하지 않았던 말이 툭, 튀어나온다.

"그야 뭐 괜찮지만. 밥솥이나 냉장고도 쓸 수 있고. 근데 어디 아프시오?"

할아버지가 당신을 빤히 쳐다본다.

"밥은 먹었소?"

할머니도 빤히 쳐다본다.

"예, 먹……었습니다."

"뭘 안 먹었구만."

할머니는 일어서며 땡볕에 일하지 말라고 한다. 그러다 쓰러지면 큰일 난다며 집에 가서 먹을 것 챙겨오겠다고 한다. 할아버지도 함께 일어선다. 당신은 노인 부부의 등 뒤에 대고 고개를 숙여 인사를 한다. 실로 오랜만에 살갑게 대해주는 사람을 만나니 코끝이 찡하다. 다들 경멸과 조소가 담긴 눈. 벌레 보는 듯한 눈빛. 한심하다는 듯한 눈길. 도저히 그런 눈빛들을 견딜 수 없어 피해왔는데 다행히 노인 부부를 만나니 오랜만에 사람으로 돌아온 기분이다.

입구를 나가는 노부부를 보다가 당신은 문득 아내를 생각한다. 20여 년을 살아도 저렇게 다정하게 걸을 수 없었던 아내.

당신은 아내와는 애초부터 어울릴 수 없는 사이였다. 당신이 대학 2학년 때 사법고시 합격하고 졸업반이 되자 장차 장모가 될 사람이 찾아왔다. 겉보다 알부자로 소문난 집이었는데 수천 억대 부동산 자산가였다. 장모 될 사람은 터놓고 얘기했다. 당신이 내 딸과 결혼하면 검사장까지 시켜주겠다. 그러니까 당신을 출세시켜줄 테니 가족회사의 불법 탈법을 막아달라는 제안이었다. 이미 당신의 가족에 대해 다 알고 온 상태였다. 중학교만 졸업하고 구미에 다니는 세 동생은 당장 대기업에 취직시켜줄 테고 부모님은 농사를 지으니 땅을 사주겠다고 했다. 농사짓기 싫으면 가게를 내줄 수도 있다고 했다. 이 모든 것은 아버지가 소망하던 것과 일치했다. 하지만 당신은 아버지를 만나보았느냐고 묻지 않았다.

좋습니다.

당신은 출세하기 위해 튼튼한 동아줄이 필요했기에 생각할 것도 없이 바로 승낙했는데 집에 와서 생각해 보니 아내 될 여자에 대해 한마디도 물어보지 않았다는 생각에 폭소를 터뜨렸다.

이건 뭐 조선 시대로군.

그 말뿐이었는데 예상했던 대로 아내와의 결혼 생활은 평탄치 못했다. 기본적으로는 당신에게 문제가 있었다. 아내는 명문대 음대를 나왔는데 키가 크고 날씬하고 거기다 얼굴까지 예쁘니 외견상으론 꿩 먹고 알 먹기라는 생각이 들었다.

대학 졸업을 한 달여 앞둔 겨울에 결혼했는데 신혼 첫날부터 당신은 긴장했다. 무엇보다 아내와 성관계를 갖고 싶다는 생각이 들지 않았다. 그러니 제대로 잠자리를 할 수 있을까, 아직 한 번도 여자와 잠자리를 해보지 않았다는 생각으로 당신은 긴장하지 않을 수 없었다.

아내와 나란히 침대에 누웠을 때 당신은 길거리를 지나가는, 경악하는 여자의 얼굴을 상상했다. 아내를 품었을 때 눈을 감고 길거리를 지나는 여자를 향해 팬티를 내리고 자위하는 상상을 했다. 그래서 겨우 성관계를 끝내고 나니 온몸이 땀으로 축축했다. 아내가 이상한 눈으로 바라보았지만 피곤하다는 이유로 씻지도 않고 그대로 잤다. 하지만 매번 그럴 수 없었다.

사법연수원을 마치고 검사로 임명되었는데 첫 직장이 서울중앙지검이었다. 주위의 사람들은 모두 놀랐고 그때부터 실세가 당신을 후원하고 있다는 소문이 퍼졌다. 하지만 당신은 승진을 거듭할수록 긴장되고 불안했다. 누구에게 대접을 받아서 가건 혼자서 가건 업소에 한 달에 여러 번 갔는데 갈 때마다 여자와 잠자리를 하는 게 아니라 여자에게 옷을 몽땅 벗고 서 있게 하고 앞에서 자위했다. 여자는 기겁했고 그럴수록 당신은 더 큰 쾌감으로 몸을 떨었다.

처가에서 업소에 드나드는 것을 아는 눈치였지만 아무런 말이 없었다. 처가에선 가족회사의 이름으로 수천억의 재산이 있는데 그 돈을 사적으로 빼내 쓰고 또한 불법으로 부동산 사업을 했기에 당신의 권력이 필요했다. 예전엔 고문 변호사를 두었지만 아예 검사를 가족으로 끌어들이는 게 더 안전하고 돈도 적게 들어간다는 사실 때문에 당신이 처가의 가족이 될 수 있었다.

결국 아내에게 들켰다. 아내가 샤워하는 동안 문틈으로 벗은 몸을 보며 자위를 하다 들켰는데 아내는 이렇게는 못 산다며 짐을 싸 들고 친정으로 갔다. 그동안 아내와 잠자리는 가뭄에 콩 나듯이 1년에 몇 번하지 않았는데 그것도 겨우겨우 치렀다. 당연히 아내는 당신에게 문제가 있다는 걸 눈치챘고 그러다 자신의 샤워하는 모습을 보며 자위하는 걸 보고는 아예 이혼을 선언한 것이었다.

당신은 잘못했다고 아내에게 몇 번이나 가서 빌었지만 소용없었고 장인이 당신을 불렀다. 같이 살되 서로의 사생활을 간섭하지 않을 것. 그리고 업소에 드나들되 절대로 누구에게 들키지 않을 것. 당신은 오히려 그 조건이 고마워 미칠 지경이었다. 아내하고는 다시 결합했지만 각방을 썼고 남들이 보기에 평화로운 가정을 유지했다. 아내는 나름대로 외출이 잦았고 화장도 짙어졌다. 당신은 오히려 그런 아내가 고마웠다. 누굴 만나든지 무슨 짓을 하든지 관심 없었다.

당신은 여전히 주요 보직을 맡았고 승진을 거듭하면서 오히려 더 길거리로 나왔다. 야구 모자를 쓰고 여차하면 뛰기 편하게 운동화를 신고서 어둑한 골목이나 인적이 드문 길에서 여자들을 기다렸다. 여자가 나타나면 주위를 보고 사람들이 없으면 바지와 팬티를 내리고 자위를 했고 기겁하는 모습을 보고 사정을 했다. 치밀하게 CCTV가 없는 곳에서 했다.

당신은 용케 잡히지 않았다. 아니 잡힌 적이 있었다. 하지만 경찰에서 신분을 알아보고는 스스로 해결해주었다. 물론 장인의 영향력이 컸고 대가는 충분히 전해줬다. 하지만 검사장 승진을 앞두고 조심했어야 했는데 운이 나빴던 걸까. 대부분 여자가 기겁하고 도망가기에 바빴고 그 후에 신고했는데 이번의 여고생은 기겁하면서도 전화를 했고 사진을 찍었다. 그런데 당신은 그런 여학생의 모습을 보며 주체할 수 없는 쾌감을 느끼면서 자위를 멈출 수가 없었다. 결국 여학생이 사진을 SNS에 올렸고 걷잡을 수 없이 사건은 커졌다.

오히려 잘 됐다.

당신은 햇빛이 잦아든 마당을 바라보며 중얼거린다. 막상 사건이 터지자 오히려 그렇게 마음이 편할 수 없었다. 이제 해방이다. 다시는 이런 수치심과 자괴감으로 몸을 떨 일도 없을 것이라는 생각이 들었다. 물론 처음엔 지금까지 쌓아온 모든 것을 잃는다는 허망함에 어떻게든 수습하려고 했지만 검찰 수뇌부에서도 여론이 워낙 좋지 않아 본보기로 삼자는 쪽으로 기울었다. 당신은 잘 알았다. 자신을 처벌함으로써 조직의 부패를 가리려고 한다는 걸.

당신은 이제 아무도 발견할 수 없는 곳에서 죽는 일만 남았다고 생각한다. 제발 죽은 자신의 모습을 아무도 보지 않기를 바랄 뿐이다. 죽으려고 마음먹으니 이렇게 마음이 편한걸. 당신은 마당의 풀을 뽑기 위해 일어선다. 그때 입구에 좀 전에 다녀간 노인 부부가 보자기를 들고 들어서는 것이 보인다.

"또 뭘 할라고? 몸도 안 좋아 비이는데."

할머니는 가까이 다가와 걱정스러운 표정으로 바라보더니 잠깐만 기다리라고 한다. 할머니가 보자기를 풀고 내놓은 것은 밥이다. 하얀 고봉밥. 당신은 꼴깍, 침을 삼킨다. 갑자기 극심한 배고픔을 느낀다. 좀 전에 물을 마실 때 느꼈던 것과 비교도 되지 않을 만큼 강렬하다.

"찬이 없어서. 촌에는 다 이렇게 산다오."

할아버지가 오히려 미안하다는 듯 말한다. 밥과 식은 된장국, 고추찜,

들깻잎 김치, 배추김치가 전부다. 당신은 아, 아닙니다. 말하기가 바쁘게 숟가락으로 밥을 퍼먹는다. 어릴 때 어머니가 해주던 그 맛이다. 결혼하면서 잊었다고 생각했던 맛. 방학 때 내려오면 해주던 밥맛이요 반찬이다. 여기 더 있소. 천천히 드시오. 그러다 체하겠소. 할아버지와 할머니의 말에도 아랑곳하지 않고 다른 밥그릇을 당겨 밥을 퍼, 먹는다. 먹을수록 배고픔이 더하다. 먹다가, 당신은 당황해한다. 이런 미친놈이 있나. 죽으려고 하는 놈이 허겁지겁 밥을 먹다니. 예전 같으면 거들떠보지도 않았을 밥과 반찬을 놓고. 속으로 헛웃음이 나온다. 하지만 입은 맹렬하게 밥을 달라고 요구한다. 손은 충실한 하인처럼 따른다. 할머니가 빈 그릇으로 마당의 수돗물을 떠 오며 물 좀 드시오, 체하겠소, 한다. 순식간에 두 그릇의 밥이 사라졌고 그제야 당신은 할머니가 떠 온 물그릇을 들고 벌컥벌컥, 마신다.

살 것 같다.

그런 생각을 하며 당신은 차마 노인 부부를 마주 보지 못하고 잘 먹었습니다, 인사를 한다. 태어나서 이렇게 맛있게 먹어본 적이 없다. 다 돌아갈걸. 할아버지는 혼잣말하며 주방으로 들어간다. 곧이어 윙, 하는 냉장고 돌아가는 소리가 들린다. 밥솥을 여닫는 소리도 들린다.

"이건 냉장고에 넣어둘 테니 나중에 드시오. 반찬은 저녁에 좀 더 해드릴 테니."

할머니의 말에 할아버지가 주방에서 말을 이었다.

"여 쌀도 있소."

"감사합니다."

당신은 또다시 고개를 숙이며 진심으로 인사를 한다. 인제 와서 생각해 보니 누구에게도 이렇게 진심으로 고맙다는 인사를 해본 적이 없던 것 같다. 모두가 의례적이었다. 그렇지. 당신은 자신의 삶이 온통 의례적이었다는 생각이 든다.

"얼른 갑시다. 우리 땜에 쉬지도 못하시고."

할머니가 할아버지에게 재촉한다. 죽은 지 얼마 안 되어서 집 정리하기가 거시기 했는데 안 하길 잘했구먼, 할아버지는 중얼거리며 신발을 신고 마당으로 내려선다.

"참, 밥할 줄 아시오?"

할머니의 말에 순간 당신은 난감하다. 지금까지 밥을 한 적이 없다.

"쌀을 씻어 밥솥에 넣고 물을 요만큼 넣고 그 뭣이야, 취사 누르면 돼요. 오늘 저녁밥은 안쳐놓았지만."

할머니는 손가락을 들어 이 굵기만큼만 높이 물을 부으라고 강조한다. 당신은 또다시 겸연쩍게 고맙다고 인사한다. 어째 던 둥 사시오. 할머니는 나지막이 말하곤 할아버지의 뒤를 쫓는다. 순간 당신은 섬뜩한 느낌이 든다. 죽음의 냄새. 할머니는 자신에게서 죽음의 냄새를 맡았다는 생각이 든다.

당신은 마루로 올라와 마당을 내려다본다. 평온하다. 아무런 걱정이 없다. 이런 평화가. 이제야 내 집을 찾은 느낌이다. 항상 남의 집에 사는 기분, 남의 옷을 입은 기분. 당신은 처음으로 집에서 안온하다는 느낌을 받는다.

언젠가는 성기를 잘라버리려고 했었지.

당신은 쓸쓸레 미소를 머금는다. 무슨 일을 앞두고 불안하거나 긴장할 때마다 여자를 찾아 길거리로 나오니 환장할 일이었다. 끝나고 나서도 수치감과 자괴감이란. 차라리 성기를 잘라내기로 마음먹었다. 아내와도 남남으로 지내니 문제가 없을 것 같았다. 어느 스님이 수행에 욕정이 방해되자 돌로 성기를 잘랐다지 않는가. 하지만 용기가 없었다.

만약 그때 성기를 잘랐다면.

당신은 주방에서 들려오는 소리에 귀를 기울인다. 칙칙칙……. 밥솥에서 김이 빠지는 소리다. 참으로 오랜만에 듣는 소리다. 중학교 때나 고등학교 때 고향 집에 오면 듣던 소리. 어머니의 소리. 무척 정답다는 느낌이 든다. 곰곰이 생각해 보니 초등학교 졸업 이전의 인생이 가장 행복했던 시기라는 생각이 든다. 동생들과 마당에서 뛰어놀고 어머니는 부엌에서 저녁을 준비하고. 아버지는 없다. 없으니 평온하다. 공부하란 소리도 출세하란 소리도 없다. 문득 어머니가 그립다. 지금쯤 어머니는 자신의 소식을 들었을 텐데, 얼마나 걱정을 하실까. 아버지는 아마도 약이라도 먹고 죽고 싶은 심정이겠지. 동생들은……. 문득 어머니를 모셔오고 동생들도 데리고 와 이 집에서 살면 좋겠다는 생각이 든다, 예전처럼. 초등학교 졸업 이전처럼.

당신은 중얼거린다. 아버지도 모셔야겠다. 처가에서 결혼할 때 땅을 많이 사주었지만 노름과 술로 다 팔아먹었다고 했다. 이번엔 전자제품 파는 가게를 내주었는데 아버지의 노름으로 겨우 산다는 애기를 들었다. 이참에 아버지도 모시고 와 여기서 함께 살고 싶다. 어차피 그 생활도 아버지에겐 안 어울리기는 마찬가지야. 동생들도 마찬가지지. 중학교 졸업하고 구미 공장에 들어갔다가 처가의 도움으로 대기업에 취직했는데 그 또한 생활이 맞지 않을 터였다. 이런 곳으로 와서 사는 게 모두에게 맞을 거야.

당신은 풀을 뽑기 위해 마당으로 내려선다. 풀을 뽑는 아버지도 보이고 주방에서 달그락거리는 어머니의 저녁 준비하는 소리도 들린다. 동생들은 마당에서 뛰어놀고 있다. 당신은 두 팔을 벌리며 마당을 뛴다.

잿빛 욕망

"어머, 저······."

아내는 그를 보자마자 놀란 표정을 지었다. 뒷말을 잇지 못했다. 하지만 그는 아내의 그런 표정에 아랑곳하지 않고 늘 그렇듯 미소를 띠곤 거실로 들어섰다. 2박 3일 동안 공무원 교육원에서 이뤄진 정신건강교육에서 제대로 잠을 자지 못했기에 쉬고 싶은 생각뿐이었다. 정신건강교육은 창조적 혁신역량을 강화하고 직무수행 능력과 행정의 질을 향상하기 위한 것이 명분이었으나 대부분 가지 않으려고 해 그가 한직이라는 이유만으로 어쩔 수 없이 가게 된 교육이었다.

"당신, 이번엔 더 작아진 거 같아요."

안방으로 따라 들어온 아내는 걱정스러운 얼굴로 그의 양복을 받아들며 키를 재 보기라도 하듯 그에게 가까이 다가섰다.

"왜 이래."

그는 한 발 뒤로 물러섰다. 대충 보아도 그의 키는 아내의 가슴에도 못 미치었다. 꿈을 꾸어서 그래, 꿈을. 그는 속으로 중얼거렸다. 아내는 그의 양복을 옷장에 건 뒤에도 한동안 그를 바라보다 씻고 식사하라는 말을 남기곤 밖으로 나갔다. 그는 잠시 서 있다가 평상복으로 갈아입고 나서 침대에 벌렁 누웠다.

꿈 때문이야, 꿈.

그는 한숨을 쉬었다. 잠을 자지 못할수록 키는 작아졌다. 키가 작아질수록 꿈은 그에 비례해서 많아졌다. 꿈은 보통 사람들이 꾸는 일반적 꿈이 아니었다. 누군가와 심하게 치고받는 싸움이거나 혹은 그가 일방적으로 상대방을 때리는 꿈이었다. 그는 도저히 이해할 수 없었다. 태어나서 지금껏 누구를 때려본 적이 없었다. 하물며 심하게 언쟁을 한 적도 없었다. 주위 사람들은 그를 성실하고 착한 사람으로 여겼다. 소위 법 없어도 살 사람이었다. 그는 그런 평판에 흡족해했다. 가정에 충실했고 다정한 남편이자 아빠였다. 아이들에게도 학교에 가서 친구들과 싸우지 말고 잘 지내라고 아빠로서 충고하기도 했다. 자신 또한 성실하고 착하게 사는 것을 인생의 미덕이자 당연한 의무라고 여겼다.

그런데 누군가를 때리거나 죽을 둥 살 둥 싸우는 꿈을 꾸다니. 그는 그런 꿈을 꿀 때마다 자기 자신을 이해하지 못했고 키는 작아졌다. 물론 눈에 띌 정도는 아니었지만 한 달이 지나고 일 년이 지나면 표시가 났다. 이제는 초등학교 저학년 정도밖에 되지 않았다.

예전에 그는 키가 작은 편은 아니었다. 중학교 때는 160cm 가까이 되었고 고등학교 때는 171cm까지 나갔다. 그때 키가 어른이 되고 나서도 계속 유지되었다. 그러나 이제는 사무실 의자에 앉으면 발이 바닥에 닿지 않았다.

싸우는 꿈을 꾸기 시작한 지가 5여 년이 지났을 어느 날이었다.

"계장님 발이 불편하세요?"

여직원이 결재 서류를 그의 책상 위에 놓으며 물었다. 그의 뒷자리에서 조금 떨어진 곳에서 근무하는 다른 계의 여직원이었다. 서류는 협조공문이었다.

"발? 아니."

그는 의자를 뒤로 빼고 슬리퍼를 신은 발을 이리저리 둘러보았다. 특별한 점은 없었다. 그렇다고 불편한 점도 없었다. 슬리퍼를 벗고 보아도 마찬가지였다

"우연히 봤는데 계장님이 항상 발뒤꿈치를 들고 계시길래 혹시 발이 불편하신가 했어요."

"아냐."

그는 아무렇지도 않다는 듯 슬리퍼를 신고 의자를 책상 앞으로 당겼다. 그리곤 여직원이 가져온 서류에 도장을 찍었다. 곧이어 그는 서류를 들고 가는 여직원의 시선을 느꼈다. 뭔가 가슴이 덜컥, 내려앉는 느낌이었다. 순간 그는 자신도 모르게 어, 하며 신음을 냈다. 여직원의 시선을 느끼며 자신도 모르게 발바닥을 앞뒤로 움직였는데 뒤꿈치에 와 닿는 바닥의 느낌이 없었다. 그는 의자를 뒤로 빼고 조심스레 고개를 숙여 아래를 내려다보았다. 마치 암 조직 검사를 하고 결과를 보는 심정이 이럴까. 또다시 그는 어, 하고 신음을 냈다. 역시 가슴에서 쿵, 하고 뭔가 무너지는 소리가 들렸다. 뒤꿈치가 공중에 떠 있었다. 일이 센티나 될까, 그 정도였다. 그는 뒤꿈치에 힘을 주었다. 그러자 의자의 삐거덕거리는 소리와 함께 엉덩이가 앞으로 쏠리며 뒤꿈치가 바닥에 닿았다. 자신도 모르게 휴, 하고 숨을 토해냈다. 그리곤 뒤를 돌아보았다.

다행히 그에게 말한 여직원은 보이지 않았다. 아마도 과장한테 결재받으러 간 모양이었다. 다시 발바닥을 여러 번 움직여보자 다행히 뒤꿈치는 바닥에 닿았다. 그러면서도 차마 엉덩이를 뒤로 빼지는 못했다. 오히려 조금 앞으로 당겼다. 5여 년 전이었다. 물론 지금은 발바닥 앞쪽, 그러니까 발가락도 바닥에 닿지 않았다.

그는 침대에 누운 채 이틀 동안 꾼 꿈을 되새겼다. 평소에 집에서 잘 때도 꿈을 꾸느라 잠을 제대로 못 자는데 낯선 곳이니 증세가 더 심해 이틀 동안 계속 꿈만 꾸었다. 이번엔 뱀과 똥이 나오는 꿈이었다.

첫날 밤 꿈은 이랬다. 직장 동료들과 함께 있는데 똥이 마려웠다. 장소는 어딘지 모르는 낯선 곳이었다. 그는 급하게 공중화장실을 찾았으나 어디에도 보이지 않았다. 금방이라도 똥을 쌀 것 같았고 급한 김에 낯선 집을 기웃거렸다. 하지만 집조차도 모두 문이 잠겨 있었다. 큰 건물 안으로 들어가도 어김없이 화장실엔 문이 잠겨 있었다. 그러다 화장실을 겨우 찾았으나 이번엔 오줌 누는 데만 있고 똥을 누는 곳이 없었다. 진땀이 삐질삐질 나왔다. 사람들은 보이지 않았고 그는 소변 누는 곳에 똥을 눌까 망설였다. 금방이라도 나올 것 같은데 재빨리 누고 나오면 누가 알까. 망설이고 있는데 덩치가 크고 수염이 덥수룩한 사내가 들어왔다. 그는 얼른 밖으로 나와 다른 화장실을 찾아 나섰지만 매양 비슷한 상황이었다. 이건 꿈이야. 그는 꿈을 꾼다는 사실을 알면서도 계속 화장실을 찾아다녔다. 드디어 똥을 눌 수 있는 화장실을 찾았고 급한 김에 바지와 팬티를 내렸다. 그런데 밖에서 사람들의 목소리가 나더니 사람들이 들어왔다. 희한하게도 그가 똥을 누는 곳은 칸막이가 없는 곳이었다. 들어올 땐 분명히 문을 열고 들어왔는데 귀신이 곡할 노릇이었다. 사람들은 뭐라 지껄이며 소변을 누었고 그는 빨리 누고 나가야겠다고 안간힘을 쓰는데 이런, 똥이 나오지 않았다.

정리하자면 이런 꿈을 계속 꾸다가 밤 3시경에 잠을 깼고 그 뒤로 잠이 오지 않아 아침 기상 시간까지 비몽사몽으로 지냈다. 그러니 낮에 교육을 제대로 받을 수 없었다. 강사의 말은 수많은 벌떼가 날아다니는 것 같은 웽~ 소리로 들렸다.

두 번째 밤에는 어느 낯선 곳을 걷고 있는데 뱀이 한 마리 있었다. 뱀을 피해 겨우 지나갔는데 또 뱀이 나타났다. 뱀을 건너뛰면 또 다른 뱀이, 이번엔 두 마리가 나타났다. 건너뛰면 서너 마리, 겨우 피해 지나가면 이번엔 수십 마리가 기어 다니고 있었다. 물릴까 봐 두려움에 떨면서 껑충껑충 뛰다 보면 숨이 가빠왔고 다리가 후들거렸다. 잠에서 깨어나서도 뱀을 피해 다니는 것 같은 환상에 시달렸다. 그렇게 밤새 뱀과 사투를 벌이다 보면 어느새 창밖이 뿌옇게 밝아왔다. 자신의 키가 1센티는 작아진 느낌이었다. 실제로 세면실로 가 세수를 하고 나서 거울을 보니 목은커녕 얼굴조차도 겨우 보일 지경이었다. 뒤꿈치를 들고 보면 겨우 가느다란 목이 보였다.

"어떡해요, 당신."

방에서 나와 식탁에 앉는 그를 곁눈으로 보던 아내는 그의 맞은편에 앉으며 말했다. 식탁 의자에 앉은 그의 발이 허공에서 흔들거렸다.

"어젯밤 잠을 도통 못 자서 그래. 낯선 곳이니 오죽하겠어."

그는 건조하게 말하곤 밥을 떠서 입에 넣었다. 마른 모래를 입에 문 느낌이었다. 된장찌개를 떠서 입에 넣자 씹기가 한결 나았다. 연거푸 된장찌개 세 숟가락을 입에 넣었다. 갈치구이와 더덕구이가 있었지만 먹고 싶은 마음이 없었다. 된장찌개로만 밥을 다 먹고는 일어섰다.

"약은 꼬박 먹는 거지요?"

아내는 그런 그를 바라보며 얕게 한숨을 쉬었다. 약은 정신과 약이었다. 여러 과를 거쳐 마지막으로 간 정신과에서도 원인을 찾지 못했다. 정신과 약은 그의 키가 줄어드는데 아무런 항거를 하지 못했다.

"내비게이션을 업그레이드해야겠어."

그는 대답 대신 내비게이션 얘기를 꺼냈다.

"내비게이션이 왜요?"

아내는 밥그릇을 개수대에 놓고 수돗물을 틀면서 물었다.

"그게 말이야."

그는 방으로 가던 발걸음을 멈추었다.

"한쪽 길밖에 몰라. 그 왜 있잖아. 대구에 가려면 고속도로가 있고 국도 4차선도 있잖아."

"그런데요?"

아내는 반찬을 냉장고에 넣다 돌아서서 그를 바라보았다.

"내비게이션은 계속 고속도로만 안내하는 거야. 국도로 설정해도. 나는 국도로 가고 있는데. 국도가 요금도 없고 고속도로나 진배없는데 말이야."

"원래 내비게이션은 주도로만 안내하는 거 아녜요?"

"국도도 해."

그는 쓴 한약을 마신 표정을 지으며 방으로 들어갔다.

그는 공무원 교육원으로 가는 길이 매번 헷갈렸다. 그래서 아예 집에서 출발할 때 내비게이션에 공무원 교육원을 도착지로 설정하고 출발했다. 그런데 요금소로 들어가지 않고 국도로 가자, 가는 길에 계속 되돌아오라는 안내가 나왔다. 100m 전방에서 좌회전하십시오, 라는 안내가 나왔고 무시하고 계속 가다 보면 또 200m 전방에서 우회전하십시오, 라는 안내가 연이어 나왔다. 내비게이션의 여자는 집요했다. 국도 4차선에 진입하고도 몇 번 더 되돌아오라는 안내를 하더니 결국 포기하고 계속 직진하라는 차가운 금속성 음성으로 안내했다.

그뿐만이 아니었다. 대구 시내에서도 대충 도청 가는 길을 아는지라 복잡한 8차선 도로로 가지 않고 이면도로인 2차선 도로로 길을 잡았다. 그 길은 가로질러 갈 뿐만 아니라 신호등도 많지 않은 도로였다. 그런데 내비게이션은 계속 100m 전방에서 좌회전하세요, 200m 전방에서 우회전하십시오, 라는 말을 계속했다. 자꾸 듣다 보니 왠지 그 길로 가야 할 것 같은, 가지 않으면 무슨 큰일이라도 생기는 것은 아닌지 걱정이 스멀스멀 솟아올랐다. 항상 도덕과 법을 충실히 지키며 살아온 그에게는 여자의 차가운 음성에 불안감이 솟아올랐고 등에 식은땀이 흘러내렸다.

그는 방으로 들어오자마자 드러누웠다. 잠이 쏟아졌다. 매일 누구와 싸우느라 잠을 못 자니 온종일 잠이 왔다. 그렇다고 막상 드러누우면 잠은 오지 않고 정신이 흐리멍덩했다.

그는 눈을 감았다. 매번 그렇듯 금방이라고 잠이 들 것 같은 느낌에서 정신이 점점 맑아 오는 느낌으로 바뀌었다.

어머.

집에 왔을 때 아내의 얕은 비명과 함께 일그러진 표정이 떠올랐다.

이번엔 아주 작아진 거 같아요.

그는 오른팔을 들어 이마로 가져갔다. 처음 몸이 이상하게 느낄 때가 생생하게 떠올랐다. 벌써 10년이 지났는데도 서늘한 느낌은 아직도 생생했다.

아침에 출근하기 위해 옷을 입을 때였다. 바지를 입었는데 헐렁한 느낌이었다. 뱃살이 빠졌나. 뱃살을 빼기 위해 특별히 운동하거나 식이요법을 한 것이 아니었기에 이상하다고 생각하며 윗옷을 입었다. 그런데 이번에도 또 헐렁한 느낌이 들었다. 마치 남의 옷을 입은 기분이었다. 팔을 앞으로 뻗으니 소매 끝이 손등을 모두 가렸다. 겨드랑이에서 찬 땀방울 하나가 주르륵 흘러내렸다. 그리곤 그뿐이었다. 이상하다고 생각했지만 그냥 지나쳤다. 다만 고개를 숙이고 옷을 한번 둘러보았다. 2년 전 아내가 세일한다며 사 온 체크무늬 양복이 맞았다. 마음에 들던 옷이라 자주 입는 편이었다.

다음엔…… 그는 음, 신음을 내며 오른팔을 이마에서 내리고 왼팔을 올렸다. 방에서 나와 현관에서 구두를 신을 때도 그랬다. 발이 쏙 들어갔다. 손가락으로 뒤를 벌릴 필요가 없었다.

"왜요? 뭐 잘못됐어요?"

아내가 물기가 남은 손을 앞치마에 닦으며 왔을 때 그는 구두를 이리저리 살피던 중이었다.

"근데, 원래 신발이 좀 컸었나?"

그는 이상하다는 투로 고개를 들고 아내를 바라보았다. 낭패감이 가득한 얼굴이었다.

"어? 구두가 왜 이리 크지? 전엔 왼쪽 구두가 조금 작은 거 같다고 투덜거렸잖아요."

"그래, 그랬지."

또다시 서늘한 느낌이 가슴을 스치고 지나갔다.

그때는 잠만 자면 싸우는 꿈을 꾸기 시작한 지가 1년이 지날 무렵이었다. 그 전날 꿈에는 누군가를 일방적으로 때리는 꿈이었다. 무엇 때문에 때리는지 기억나지 않았다. 상대방은 벽에 기대고 있는데 그가 양 주먹으로 인정사정없이 얼굴을 강타하는 것이었다. 때리고 또 때리고……. 상대방은 맞기만 하였다. 반항하거나 그런 것도 없었다. 상대방이 곧 죽을 것처럼 쓰러졌을 때야 그는 잠에서 깨어났다. 온몸이 쑤시고 아팠다. 주먹도 퉁퉁 부은 것처럼 아팠다. 더 곤혹스러운 것은 상대방이 누군지 모르는 사람이었다. 누군지 안다면 왜 때렸는지 이유라도 짐작하겠건만 전혀 모르는 사람이었다. 이런 꿈이 한두 번이 아니었다. 1여 년 동안 거의 매일이다시피 꾸었고, 그럴 때마다 깨어나서는 낭패감과 당혹감에 온몸을 떨었다.

아마 그 무렵 정신과에 갔다. 잠을 거의 못 자고, 잔다고 해도 싸우는 꿈에 시달리다 보니 도대체 출근해서 업무를 볼 수 없었다.

요즘 화나는 일이 있으세요?

예상했던 질문이었다. 수 없이 스스로 물은 질문이었다. 그는 고개를 저었다.

직장에서 스트레스를 많이 받나요? 업무나 아님, 상사나 동료들에게 나.

아뇨.

그는 단호하게 고개를 저었다. 직장은 상당히 만족하고 있었다. 상사나 동료들에게도 업무나 대인관계에서나 신임을 받고 있었다. 한마디로 그는 성실하고 무던한 사람이었다. 그러니 술자리에 가면 끝까지 그의 주위엔 항상 사람들이 많았다.

집에서는요. 사모님이나 애들과의 관계에 있어서 말이지요?

아뇨.

그는 또다시 강하게 고개를 저었다. 아내와의 관계도 원만하였다. 아내는 그야말로 현모양처였다. 전업주부로서 살림 잘하고 내조 잘하고 아이들에게도 다정한 엄마였다. 대학에 다니는 아들과 고등학생인 딸도 착했다. 그에게 한 번도 대들거나 반항하지 않았다. 그의 말에 고분고분했고 때로는 재롱을 부리기도 했다. 물론 용돈을 더 타기 위해서였지만 그럴 때마다 아내의 잔소리를 무시하고 용돈을 많이 주기도 했다.

일단 약을 먹어봅시다.

스트레스 때문인 것 같으니 마음을 편히 먹으라고 했다. 그건 의사가 굳이 말하지 않아도 그 자신도 짐작하는 바였다. 하지만 그가 마음 편안하게 먹지 않을 이유가 없었다. 성격은 느릿했고 여유로웠다. 강계장처럼 살면 세상 걱정 없겠소. 직속 과장인 황이 한 말이었다.

물론 그 무렵 이상한 건 있었다. 눈물을 흘릴 때가 있었다. 영화나 드라마를 보다 자신도 모르게 눈물이 주르륵 흘렀다. 이런, 내가 나이가 드는구나, 싶었다. 아내 또한 나이가 50세가 넘어서면서 드라마를 보며 자주 눈물을 훔치니 다들 그렇구나 싶었다.

아마 그 무렵이었다.

"어? 강계장이 나보다 키가 작았었나?"

황과장이 지나가다 그의 곁으로 와서 아래위로 보며 말했다.

"글쎄요."

그는 그 생각을 해 본 적이 없다는 듯 허허 웃고 말했다. 어림짐작으로 봐도 황과장이 자신보다 5cm는 더 큰 것 같았다.

"이상하다. 강계장이 나보다 키가 큰 것 같았는데."

황과장은 고개를 갸웃거리며 지났다.

"맞아요. 과장님이 더 작았는데. 제가 분명 알아요."

옆에 있는 계원인 여직원이 말했다.

"그런가?"

그는 또다시 허허, 웃고 말았지만 서늘한 기운이 가슴을 훑고 지나갔다. 그때쯤 분명하게 자신이 예전보다 작아졌다는 것을 알았다. 다만 서서히 그랬는지 아니면 자고 일어났더니 갑자기 그렇더라, 인지는 잘 판별되지 않았다.

다음날 과장에게 교육 다녀온 것에 대해 보고를 하고 나자 기획실에서 전화가 왔다. 누가 홈페이지 자유게시판에 글을 올렸는데 당장 조치하라고 했다. 그는 서둘러 시청 홈페이지로 접속했다.

'쓰레기더미로 난장판이 된 낙동강 자전거 쉼터'

제목이 먼저 눈에 들어왔다. 그는 재빨리 클릭했다. 정부에서 막대한 돈을 들여 낙동강 사업을 하고 자전거도로를 만들었는데 관리가 허술하다는 지적이었다. 낙동강을 따라 자전거도로가 형성되어 있는데 군데군데 나무 의자가 설치된 쉼터가 있었다. 그 어느 한 곳에 사람들이

캔이나 병 쓰레기를 버려 많이 쌓여 있다고 했다. 그러면서 국민의 세금을 받고 사는 공무원들은 도대체 그런 일도 안 하고 무엇 하냐며 힐난성 글로 마무리되었다.

그는 고개를 끄덕였다. 맞는 말이었다. 국민의 세금으로 먹고사는 자신이 국가시책으로 조성된 자전거도로 주위를 깨끗이 하지 않았다는 것은 직무유기였다. 자리에서 일어섰다. 직접 가서 보고 처리할 생각이었다.

"계장님이 직접 가시게요? 천 씨가 할 텐데요."

앞에 앉은 정주사가 말했다. 물론 그런 일은 기능직인 천 씨가 담당이었다. 하지만 이번 건은 자신이 직접 처리하고 자유게시판에 사과의 글과 함께 처리했다는 글을 직접 올리고 싶었다.

"같이 가보지."

그가 책상 위를 정리하자 정주사는 휴대전화기로 천 씨에게 빨리 사무실로 들어오라고 했다.

"계장님은 그냥 계셔요. 천 씨가 다 알아서 할 거예요."

정주사는 그렇게 얘기했지만, 그는 여기서 밀릴 수는 없다는 각오를 다졌다. 계속 한직으로 밀리다 공원 관리 주무로 왔다. 시민들과 직접 접촉할 일이 없다는 이유였다. 물론 과장은 배려라고 했다. 그가 아무래도 몸이 작아 불편하니 시민들과 부딪칠 일도 없는 곳으로 발령냈으니 마음 편안하게 근무하라고 했다. 하지만 그는 자꾸만 막다른 골목으로 쫓겨나는 기분이었다. 물론 지금의 부서가 민원인들과 직접 접촉할 일이 없으니 편안하기는 했다. 하지만 뒤에서 쑥덕거리는 소리를 안 들으래야 안 들을 수 없었다. 민원인들과 직접 접촉하는 부서를 피해서 좋다는 둥, 말들이 나오는 것을 그는 알고 있었다. 사무실에 앉아 컴퓨터로 하는 일은 키가 작다고 해서 못할 일은 없었다. 그러나 인사 이동철이 되면 괜히 불편해지는 것이었다. 다들 그가 자신들의 부서로 오는 것을 마뜩잖았다.

"에이, 계장님은 계셔요. 제가 얼른 처리하고 올게요."

언제 왔는지 천 씨가 그를 내려다보며 말했다.

"아냐, 같이 가자구."

그는 천 씨 쪽으로 다가갔다. 키가 천 씨의 가슴께까지 왔다.

"그냥 계셔요. 핑, 갔다 올게요."

잡을 새도 없이 천 씨는 출입문 쪽으로 성큼성큼 걸어갔다. 저렇게 빨리 가면 따라잡을 수 없었다. 그는 천 씨의 뒷모습을 물끄러미 바라보다 의자에 앉았다. 의자는 방석 4개가 올려져 있었다. 천 씨는 관용차로 갈 것이기에 자신의 차로 따라가면 되지만 오지 말라는 완강한 표현에 그는 포기하는 게 좋다고 생각했다. 예전 같으면 서로 그와 출장을 가려고 했다. 그와 함께 가면 일을 까다롭게 시키지도 않을뿐더러 끝나면 술도 얻어먹을 수 있기 때문이었다. 하지만 언제부턴가 부서원들이 자신과 동행하기 꺼린다는 것을 알았다.

점점 동료들은 점심 먹으러 갈 때조차도 자신에겐 말도 하지 않고 갔다. 퇴근 후 부서 모임에도 자신을 부르지 않았고 누구 하나 술 한잔하자는 말도 하지 않았다. 그럴 때마다 여전히 밤새 누군가와 싸우는 꿈을 꾸었다. 상대방이 아는 사람이기도 했고 모르는 사람이기도 했다. 어떨 땐 고등학교 졸업 후 한 번도 보지 못한 동기와 싸우는 꿈을 꾸기도 했다. 그는 깨어나서도 어이없어했다. 물론 동기와는 학교 다닐 때

별로 친하지도 않았고 당연히, 싸우지도 않았다.

그는 외로웠다. 시민들과 접촉하지 않는 주무에다 부서원들마저 그를 투명인간 취급하니 온종일 말 한마디 하지 않을 때도 있었다.

그는 그 날밤 꿈을 꾸었다. 혼자 여행하는 꿈이었다. 근데 가고자 하는 곳을 찾지 못해 조바심에 허둥대었다. 내비게이션을 켰지만 이상하게 가다 보면 막다른 곳이 나오기도 하고 산길이 나오기도 했다. 내비게이션을 끄고 가자 이번엔 낯선 곳을 헤매었다. 그러다 지쳐 가까운 모텔로 들어갔다. 모텔 주인이 나오는데 직장 여자 부서원이었다. 부서원은 그에게 객실 키를 건네주며 여자가 필요하냐고 물었다. 그는 필요 없다고, 좀 쉬고 싶다고 말했다. 키를 받아 객실로 들어가 침대에 누워 있는데 노크 소리가 났다. 그가 문을 열자 처음 보는 여자가 방으로 들어왔다. 자연스레 여자의 어깨를 두르고 침대로 갔다. 순식간에 그들은 알몸이 되었고 서로의 몸을 탐했다. 그리고는 여러 체형의 섹스를 했고 너무나 황홀했다. 결국 그는 절정의 순간에 사정했는데 여자의 얼굴을 보니 여자 부서원이었다. 놀람과 동시에 그는 꿈에서 깼다. 손을 팬티 속으로 집어넣었다. 아랫도리가 축축했다. 순간 수치감이 몰려왔고 고개를 돌렸다. 아내는 얕은 코를 골며 자고 있었다. 그는 조심스레 일어나 옷장에서 팬티를 꺼내 거실에 있는 욕실로 갔다.

허 참.

그는 어이가 없었다. 이 나이에 몽정하는 것도 이상하지만 매일 보는 부서원과 섹스를 했다는데 더욱 이해할 수 없었다. 실제로 부서원과 한 것처럼 아내에게 미안한 마음이 들었다. 잠옷 바지와 팬티를 벗고 샤워기로 아랫도리를 씻으며 아내에게 무릎을 꿇고 사죄라도 하고 싶은 마음이 들었다. 그는 지금껏 바람피우기는커녕 아내 외의 다른 여자에게 눈길 한 번 준 적이 없었다. 하물며 예전에 회식하고 노래방에서 동료들이 도우미를 강제로 그의 품에 안겨주었을 때도 슬그머니 그 자리를 빠져나오곤 했다. 외도한다는 것은 그의 도덕과 윤리의식에 상당히 반하는 것이기에 다른 사람이 외도할 때도 속으로 엄청나게 화를 내었다. 그러면서 그런 인간 말종과는 상종을 말아야겠다는 다짐을 하곤 했다. 그런 그가 아내가 아닌 다른 여자와, 그것도 매일 보는 부서원 여자와 섹스를 하다니. 물론 꿈이라지만 그는 실제로 한 것처럼 죄책감에 몸을 떨었다.

시장은 그에게 은근히 명퇴를 요구했다. 명퇴하면 과장으로 승진이 되며 명퇴 수당과 연금을 받으면 다닐 때의 월급과 크게 차이가 나지 않는다고 그에게 말했다. 하지만 그는 그런 말에 아랑곳하지 않고 꿋꿋하게 다녔다.

사람이 살다 보면 항상 나쁜 일만 생기는 것은 아니었다. 그에게도 기쁜 일이 생겼다. 물론 매일 밤 누군가와 싸웠지만 대학 졸업반인 그의 큰아들이 대기업에 취업했다는 소식을 아내에게서 들었다.

"글쎄, 눈물이 막 나오지 뭐예요."

아들에게서 합격 소식을 듣자 눈물이 쏟아져 나왔다고, 눈물을 흘리며 그에게 말했다. 그도 코끝이 시큰했다. 눈물이 날 것 같았기 때문이었다. 아내는 그에게 말을 하고 나서도 계속 눈물을 흘렸다. 그는 직장에 출근해 주위 사람들에게 이 사실을 알리고 싶었으나 모두 그에게 말을 걸지 않았기에 말할 기회가 없었다.

무탈한 생활이었다. 그는 여전히 매일 밤 싸웠지만 다른 일은 일어나지 않았고 직장에서의 명퇴압력에도 꿋꿋이 다녔다. 비록 투명 인간이 나마 직장에 다니고 있고 또한 곧 결혼할 아들을 생각하며 근검절약 하게 살아야겠다고 생각했다. 아내 또한 식당에 다니기 시작했다. 오전 에 나가 밤에 들어오는 생활이었지만 둘째가 대학입학을 앞둔 상황이 라 하루라도 더 젊을 때 돈을 모아야겠다고 아내는 말했다.

키가 점점 작아지면서 친구들도 그에게 연락하지 않게 되었다. 심지 어 초등학교 동창회조차도 연락이 없었다. 그 또한 이런 몸으로 초등학 교 동창회에 가서 동기들을 만날 자신이 없었다. 더구나 여자 동기들 은 더욱더 그랬다. 여자 동기 중에는 그와 섹스를 한 여자도 있었다. 물 론 꿈에서 그랬지만 황홀하고 생생한 느낌은 실제와 다름없었다.

아들이 직장에 들어간 지 1년이 지난 어느 일요일 아침에 아내는 아 들한테 여친이 있다고 했다. 서울에서 대학 나왔고 서울에서 직장생활 하고 있다고 했다. 집도 서울이라고 했다. 그는 그럼 당장 집으로 데려 오라고 했다. 자고로 남자는 결혼을 해야 생활이 안정된다는 생각이었 다. 아들도 결혼을 생각하고 있다고 했다.

"그럼 그쪽 부모와 상견례 날짜 잡으면 되잖아."

그는 아들이 어떤 여자와 결혼한다고 해도 찬성할 생각이었다. 아들 에 대한 믿음 때문이었다.

"근데, 그게 저…… 상견례를 하면……."

아내는 머뭇거렸다.

"왜, 무슨 문제 있어?"

"그게 아니고, 상견례를 하면 양가 부모 모두 만나야 하는데……."

"만나면 되지. 장소가 문제야? 우리가 서울로 가든지."

그는 머뭇거리는 아내의 태도에 미심쩍은 구석이 있어 자신도 모르게 음성을 높였다.

"그렇긴 한데……."

그만합시다, 하고 아내는 일어섰다. 아들이 오면 그때 얘기하자고 했다. 그는 어떤 서늘한 기운이 가슴을 훑고 지나가는 것을 느꼈다. 입을 열지 않았다. 그래야 할 것 같았다. 아내는 10시쯤에 식당에 간다며 상을 차려놓았으니 국만 데워서 식사하라고 했다. 그는 고개를 끄덕였다. 이제는 휴일 낮이나 저녁을 혼자 먹는 게 익숙해졌다. 평일 저녁도 혼자 먹었다. 처음에는 뭔가 어색했는데 자꾸 먹다 보니 익숙해지는 것이었다.

아내가 출근하고 난 뒤 그는 점심을 먹다가 텔레비전을 보며 눈물을 흘렸다. 노모와 아들이 오랫동안 헤어졌다가 상봉하는 장면이었다. 울컥, 하고 목이 매 한동안 밥을 먹지 못했다. 눈시울이 뜨거웠다.

아내와 그런 말을 한 후 며칠 후 그는 경찰서로부터 출두하라는 전화를 받았다. 사기 혐의였다. 그의 명의로 된 사람이 서울의 한 게임방에서 사이버머니를 사기 쳤다고 했다. 금액은 300만 원이 넘었다. 이틀 후 오후 2시까지 경찰서로 나올 수 있느냐고 물었다. 간다고 하자 여자 경찰은 사이버수사대로 나오라고 했다. 그는 지금까지 살아오면서 경찰서에 가본 적이 없었기에 당황했다. 자신은 게임을 할지도 모르고 더구나 서울에 간 적이 없었기에 마음은 놓였지만 불안한 마음은 있었다.

여경 앞에 앉으니 꼭 죄를 지은 것 같았다. 여경은 한참 동안 컴퓨터를 바라보더니 이런 사건이 자주 일어나는데 선생님이 범인이 아닌 줄 알지만 어쨌든 조서를 꾸며야 한다고 했다. 그러면서 3개월 전 몇 월 며칠 서울에 간 적이 있느냐고 물었다. 그는 몇 년 동안 서울에 간 적이 없다고 하자 여경은 컴퓨터 자판을 두들겼다. 튀니지라는 게임 아세요? 전혀요. 또 자판을 두들기며 말했다. 그 게임 사이트에서 누가 선생님 명의로 300만 원 게임머니를 사기 쳤다고. 몇 가지 더 물었지만 형식적인 물음이라 사실대로 대답했다. 서울의 청량리 한 게임방에서 범행이 이뤄졌다고 했다. 이런 일 자주 일어납니다. 개인정보는 스스로 조심하는 수밖에 없습니다. 여경은 위로의 말을 던지며 종이를 내밀었다.

"자, 이거 읽어보시고 지장 찍어주세요."

여경과 자신이 한 말이 대화형식으로 되어 있었다. 대충 읽고 이름 옆에 지장을 찍었다. 여경이 휴지를 내밀었다.

"집에 가서서 튀니지 게임 사이트로 회원탈퇴 요청을 하세요. 신분증 복사해서 보내면 선생님 명의로 그 게임 사이트에 회원 등록할 수 없습니다."

그는 공손하게 여경에게 인사를 하고는 경찰서를 나왔다. 혐의가 없다는 데에 안도감을 느꼈지만 경찰 앞에서 조사를 받은 자체로 가슴이 아팠다.

며칠 후 아내는 아들한테 전화가 왔는데 상견례는 생략하고 곧장 가을에 결혼식을 올렸으면 한다고 했다. 가을이면 2개월이 채 되지 않았다. 도리가 아닌데. 그는 중얼거렸다. 무슨 연유인지 모르나 꼭 해야 한다고 우겨서는 안 된다는 생각이 들었다.

"사돈 간에 인사야 결혼식 끝나고 피로연 자리에 따로 자리를 마련

한대요."

아내는 그의 눈치를 보며 말했다. 그는 아무 말도 하지 않고 고개를 끄덕였다. 곧이어 아내는 전셋값이 너무 비싸니 결혼 비용은 얼마 정도가 들까, 여러 말을 했지만 그는 잠자코 있었다. 처음인데 남들처럼은 해야 할 텐데. 그가 방으로 들어오는데 아내가 혼잣말로 했다.

그날 밤 그는 꿈을 꾸었다. 화내는 꿈이었다. 대부분 그렇듯 상대방은 모르는 사람이었다. 그런데 그가 상대방에게 엄청 화를 내었다. 어찌 그럴 수 있느냐고. 분해 죽겠다는 듯 그는 따지며 화를 냈다. 상대방은 변명도 하지 않고 가만히 있기만 했다. 밤새 모르는 사람에게 화를 내다 새벽에 잠이 깼고 더는 잠이 들지 못했다. 아침 7시가 되자 피곤한 몸을 이끌고 욕실로 가서 세수했다.

한 달 후 아들은 결혼할 여자를 데리고 왔다. 키가 크고 얼굴이 시원스레 생겨서 그는 마음이 흡족했다. 아내 또한 흡족한 눈치였다. 절을 받고 보니 이제 아들이 장가를 간다는 사실이 실감 났다. 절을 끝낸 아가씨는 그와 눈을 마주치려 하지 않았다. 가정교육이 잘 돼서 그런 거야. 그는 좋은 쪽으로 해석하려고 했다.

"그래. 잘 왔다."

그는 어른답게 덕담 한마디 하려고 했지만 자꾸만 눈길을 피하는지라 입을 다물었다. 아내와 아들은 예단에 관한 얘기를 나누었다. 그도 함께 얘기하려고 했지만 아내는 피곤할 텐데 방에 들어가 쉬라고 했다. 그는 서운한 마음이 들었지만, 방으로 들어갔다. 침대에 드러누워 오른팔을 들어 이마에 댔다. 막상 드러누우니 피곤이 몰려왔다. 잠이 쏟아지다가도 막상 베개에 머리를 대면 잠이 달아났다. 그는 눈을 감고 한동안 있다가 물을 마시기 위해 문을 열려는데 아들의 아빠는, 하는 소리가 들려왔다. 그는 문을 열지 않고 그대로 있었다.

"그러게 말이다. 아마 안 가시겠지."

아내의 말이었다

"꼭 안 와야 해요. 이 사람 집에는 아빠가 편찮으셔서 못 오는 거로 할게요."

아들의 말이었다.

"알았다. 내가 무슨 수를 쓰더라도 네 아빠 결혼식장에 못 가게 하마."

아내의 말이 그의 가슴을 찔렀다. 그는 돌아와 침대에 드러누웠다.

그날 밤 그는 꿈을 꾸었다. 차를 타고 가는 꿈이었다. 어딘지는 모르는데 내비게이션은 자꾸 돌아오라고 명령했다. 100m 앞에서 좌회전하십시오. 200m 앞에서 우회전하십시오. 그는 꼭 가야 한다는 절박함으로 내비게이션 여자의 말을 무시하고 달리면 그 여자 또한 집요하게 좌회전 우회전을 외쳤다. 아냐, 계속 가야 해. 돌아가면 갈 수 없어. 그는 안간힘을 쓰며 차를 몰았다. 계속해서 내비게이션의 여자는 좌회전하십시오, 우회전하십시오, 를 외쳤다.

하얀 욕망

그가 처음 몸에 이상을 느낀 것은 막 잠을 청할 때였다.

김장한다고 며칠 동안 부산을 떨던 아내는 이미 얇은 코를 골며 자고 있었다. 그는 하루 중 가장 기분이 좋을 때가 막 잠자리에 들어 잠을 청할 때였다. 직장에서 나름으로 인정을 받고 있었고 가정에서도 초등학생인 두 딸은 무탈하게 잘 크고 있었다. 아내 또한 자신과 아이들의 뒷바라지하는데 만족하고 있었기에 하루를 바쁘게 보낸 후의 잠자리는 평온 그 자체였다.

하지만 평소와 달랐다. 잠이 들지 않고 자꾸 뒤척였다. 몸은 물먹은 솜처럼 무거웠고 머릿속은 엉킨 실타래가 가득 찬 것 같았다. 그는 아마도 퇴근하다 본 성폭행 현장 때문이라고 생각했다. 내일은 좀 일찍 집을 나가 경찰서에 가서 퇴근 무렵 본 성폭행범에 대해 애기할 작정이었다. 파란색 파카에 청바지를 입은 성폭행범의 뒷모습이 눈에 또렷했다.

그는 그 상황을 잊어버리고 잠을 청하려고 옆으로 돌아누웠다. 그러자 아내의 얼굴이 정면으로 향했고 따뜻하고 평화로운 콧김이 얼굴을 간지럽혔다. 그는 이불속에서 손을 꺼내 아내의 얼굴을 쓰다듬으려다 아내가 깰까 싶어 도로 집어넣었다. 아내가 무척 피곤할 것이라는 생각이 들었다. 퇴근하니 아내는 잠들어 있었다. 전에 없던 일이었지만 이해했다. 며칠 동안 김장한다고 본가에 들락거리는 것을 보았기 때문이었다. 김장은 본가에서 누나 집이랑 남동생 집까지 네 집의 김장을 하므로 시간이 오래 걸리고 일도 많았다. 끝나고 나면 아내는 꼭 몸살을 앓았고 그는 매번 아내를 근사한 레스토랑에 데리고 가 포도주에 좋아하는 것을 사 주었다. 아내는 무척 행복한 표정을 지으며 몸살이 확 달아난다고 환하게 웃곤 했다. 또한 어머니가 고생했다고 준 돈으로 친구들에게 자랑했다. 하지만 아내는 그 돈을 자신을 위해 쓰지 않고 그나 딸들의 옷을 샀다. 그러지 말고 당신 옷 사 입으라고 지청구를 넣으면 입고 싶은 옷이 없다며 해맑게 웃곤 했다. 이틀 후에 그는 아내를 근사한 레스토랑에 데리고 가야겠다고 생각했다.

이제 자야겠다고 다시 눈을 감자 또다시 성폭행 상황이 또렷이 떠올랐다. 그가 그 성폭행 현장을 본 것은 부장이 주재한 회식을 마치고 귀가하던 중이었다. 부서원들을 깊은 이해심으로 잘 이끌어 신뢰를 받는 부장이었다. 그 또한 차장으로서 부장의 신뢰를 듬뿍 받고 있었다. 한우고기에 소맥을 마셨는데 부서원 모두 좋은 기분으로 양껏 먹었다. 누군가 2차로 노래방에 가자는 걸 그는 마다하고 집으로 돌아오던 참이었다. 그는 노래방 가는 걸 별로 좋아하지 않았다. 버스에서 내려 아파트 밀집 지역으로 오기 위해선 공원을 거쳐야 했는데 그는 아파트로 들어오기 전 공원 벤치에 앉아 담배를 하나 꺼내 물었다. 산책하거나 운동하는 사람도 보이지 않아 느긋하게 담뱃불을 붙였다. 담배 가격이 올라간 후 언제 끊어야지 하면서도 아직 못 끊고 있었다. 근데 이상하게 담배 한 대를 다 피우고 났는데 또다시 강한 흡연 욕구가 끓어올랐고 그는 다시 담배를 꺼내 불을 붙여 피우기 시작했다. 스스로 생각해도 이상한 일이었다. 전에는 한 번도 이런 일이 없었기에 고개를 갸우뚱거렸다. 이상한 점은 회식 자리에서도 있었다. 한창 주위 부서원들과 한우고기에 술을 마시는데 갑자기 몸이 공중으로 붕 떠오르는 느낌이었다. 마치 누군가 자신을 들어 올리는 느낌이랄까. 어? 그는 자신도 모르게 주위를 둘러보았다. 그러자 다들 옆 사람과 이야기하기에 바빴고 그에게 관심 두는 사람은 없었다. 그는 이해할 수 없는 불쾌한 생각이 들었고 술잔을 단숨에 비웠다. 술에 취한 것은 아니었다.

두 번째 담배를 반쯤 피웠을까. 갑자기 공원 구석에 자리한 소나무 숲에서 어떤 물체가 움직이는 것이 보였다. 이상하다 싶으면서 그는 그냥 피우던 담배를 마저 피우고 집으로 갈 작정이었다. 그런데 또다시 몸이 공중으로 붕 떠오르는 느낌이 왔다. 순간적이었다. 마치 누군가 자신을 번쩍 들어 올리는 느낌도 회식 자리에서와 같았다. 그는 요즘 무리해서 몸이 허약한 탓이라며 아내에게 말해 보약이라도 한 잘 먹어야겠다고 생각하며 담뱃불을 끄고 자리에서 일어났다. 그때 또다시 소나무 숲에서 어떤 물체가 움직이는 것이 보였다. 그는 호기심을 이기지 못하고 살그머니 소나무 숲으로 걸어갔다. 소나무 숲에 가까이 갔을 때 자신도 모르게 발걸음을 멈췄다. 여자의 비명 때문이었다. 악다구니를 쓰는 듯한 여자의 비명에 그는 머리카락이 곤추서는 것 같았다. 성폭행. 갑자기 머릿속에 떠오른 장면이었다. 순간 무서웠다. 그냥 되돌아가려다 다시 소리가 나는 쪽을 유심히 바라보았다. 그제야 파란색 파카를 입은 사내의 탱탱한 엉덩이가 먼저 눈에 들어왔다. 무릎쯤에 청바지가 걸려 있었다. 사내의 밑에는 치마가 올라가고 허연 허벅지가 드러난 여자가 발버둥을 치고 있었다. 온몸에 소름이 확 끼쳤다. 그는 뒤돌아서서 도망치기 시작했다. 당장이라도 달려가 사내의 뒤통수를 후려치고 여자를 구해야 한다는 생각과 달리 몸은 도망치고 있었다. 도망치는 몸이 눈에 보였다. 뒤돌아가서 사내를 후려치고 여자를 구해! 가슴속에서 누군가 소리쳤지만, 그가 정신을 차렸을 때는 이미 자신이 사는 아파트 706동 앞에 있었다. 이런. 그는 자신에게 화가 났다. 이렇게 못난 놈이라니. 그는 스스로 자책하며 지금이라도 달려가 여자를 구하고 사내를 흠뻑 두들겨 패고 경찰서로 데리고 가야 하나. 아니면 경찰서부터 신고해야 하나. 그는 머릿속에 복잡하게 떠오르는 생각에 아파트 앞 화단에 주저앉았다. 그는 평소에도 성매매하거나 바람피우는 남자들을 극도로 증오했다. 어릴 때부터 장학사였던 아버지의 영향 때문인지 유난히 도덕과 윤리의식이 강했다. 초등학교 때는 남자아이들이 여자아이들을 괴롭히는 것을 두고 보지 못했다. 또한 문방구에서 슬쩍 물건을 훔치는 아이들도 용서하지 못했다. 그는 그런 자신의 생활에 만족했고 평생 그렇게 살리라 마음먹었다. 지금껏 그렇게 살아왔다고 자부하고 있었다. 그런데…… 그는 화단에 앉아 담배를 꺼내 불을 붙였다. 연거푸 두 대를 피운 후에야 그는 명확한 생각이 들었다. 가서 남자를 두들겨 패고 여자를 구하자. 그는 굳게 결심을 하고 담뱃불을 꺼서 휴지통에 넣고 일어섰다. 한번 마음먹으니 다리에 힘이 불끈 들어갔다.

어?

그는 소나무 숲에 다다라 소리가 났던 곳으로 달려갔을 때 성폭행범 사내와 여자는 보이지 않았다. 벌써 도망쳤구나. 그는 주위를 두리번 거렸다. 나뭇잎이 어지럽게 널려 있고 풀잎이 옆으로 쓰러져 있어 무슨 일이 있었는지 알 수 있었다. 그는 스마트폰을 꺼냈다. 경찰에 신고할 작정이었다. 하지만 그는 스마트폰을 바라보며 망설였다. 피곤했다. 집에 가서 쉬고 싶었다. 지금 경찰에 신고하면 경찰서까지 가서 상황을 상세히 설명해야 한다. 그러면 최소한 두세 시간은 걸린다. 12시가 넘었는데. 그는 망설이다 스마트폰을 넣고 아파트로 걷기 시작했다. 내일 아침에 신고할 작정이었다. 지금은 너무 피곤해. 그는 중얼거리며 집으로 돌아왔다. 집에 와서도 아내에게 말하고 싶지 않았다. 말하면 아내 또한 겁에 질릴 것이고 신고하라고 할 것이었다. 내일 아침 좀 일찍 나가서 신고하고 회사로 갈 생각이었다. 그때 아내에게 말하면 될 일이라고 생각했다.

그는 밤새 비몽사몽으로 지냈는데 꿈에서 어떤 사내와 싸웠다. 어딘지 왜 싸웠는지 기억이 나지 않았다. 낯모르는 사내였고 무슨 일인지 그는 사내에게 무척이나 화가 나 있었다. 처음엔 주먹질하며 서로 엉겨 붙어 뒹굴었는데 나중엔 그가 일방적으로 사내를 때렸다. 왼손으로 사내의 멱살을 잡고 오른손으로 얼굴을 수없이 강타했다. 사내는 고스란히 맞고만 있었다. 전혀 모르는 사내였기에 그는 아침에 깨어나서는 어이가 없어 했다. 지금까지 그는 누구와 싸운 적이 없었고 하물며 심하게 말다툼도 하지 않았다. 근데 주먹질까지. 그것도 일방적으로 때리다니. 그는 식은땀을 흘러 축축한 몸으로 침대 위에서 뒤척였다. 몸에서 진이 모두 빠져나간 느낌이었다. 일어날 힘조차 없어 멍하니 천정을 바라보았다. 아무리 생각해도 어이없는 일이었다. 밤새 누군가 싸우다니. 그것도 일방적으로 때리는 꿈이라니. 하지만 또 하나 께름칙한 게 있었다. 사내는 파란색 파카와 청바지를 입고 있었다. 눈에 익은 옷이라 생각했는데 그 옷은 퇴근하다 본 성폭행범의 옷과 비슷했다. 가슴이 철렁 내려앉았다. 그가 평소에 산에 갈 때나 산책할 때 잘 입는 옷과 비슷했다. 그는 한숨을 크게 내쉬었다.

"어머. 아직 안 일어나고 뭐 해요?"

아내는 몇 번이나 밖에서 불렀다며 문을 열고 들어왔다.

"어마, 땀 좀 봐. 당신 몸이 안 좋아요?"

그가 미처 대답하기 전에 아내는 놀라서 그에게 다가와 이마에 손바닥을 댔다.

"아냐. 악몽을 꾸어서."

그는 얼버무렸고 아내는 또다시 어디 몸이 안 좋으냐고 물었다.

"오늘 회사 가지 말고 쉬는 게 어때요?"

아내의 말에 그는 정말 아무 생각 없이 하루 쉬고 싶다는 생각이 들었다. 하지만 그는 지금까지 결근이나 병가를 낸 적이 없었다. 하물며 초등학교부터 고등학교까지 개근상을 놓치지 않았다.

"가야지."

그는 끙, 신음을 내며 일어났다. 잠깐 현기증이 일어 손으로 이마를 짚었다.

"어제 몇 시에 들어온 거예요?"

아내는 그가 씻으러 방을 나가자 뒤를 따라가며 물었다.

"글쎄. 좀 늦은 거 같은데."

그는 만사가 귀찮아 대충 얼버무리고 욕실로 들어갔다.

"혹 무슨 소식 못 들었어요? 어젯밤에 아파트 공원 소나무숲에서 누가 성폭행을 당했다는데."

아내의 목소리가 문이 닫히기 전에 욕실 안으로 들어왔다. 순간 그는 또다시 가슴이 쿵, 내려앉았다. 그러더니 가슴이 벌렁벌렁 뛰었다.

이런.

그는 바늘로 쿡쿡 쑤셔대는 듯한 머리를 흔들었다. 자신의 옷과 흡사한 파란색 점퍼와 청바지를 입은 사내의 엉덩이 깐 뒷모습이 휙, 눈앞을 지나갔다. 그는 분노와 현기증이 일어 주저앉을 뻔했다.

그는 아침을 먹지 못하고 출근을 했다. 시내버스를 타고 가는데도 몸이 허공에 떠 있는 것 같았다. 걸을 때도 마찬가지였다. 그는 아주 뜨거운 물에 몸을 푹 잠그면 좋겠다고 생각하며 회사 건물에 도착했다. 그때 그는 하마터면 고함을 지를 뻔했다. 회사 정문에는 경찰 둘이 한 사내를 수갑 채워 양쪽에서 팔을 잡고 연행하고 있었는데 수갑 찬 사내를 보고는 주저앉을 뻔했다. 자기 자신이었다. 아무리 눈을 감았다 다시 떠도 분명 수갑을 찬 사내는 자기 자신이었다. 감색 양복에 푸른색 와이셔츠. 불그스름한 넥타이. 모든 게 똑같았다.

이럴수가.

그는 꼼짝하지 못하고 그 자리에 서서 자신이 경찰차에 오르는 것을 바라보았다. 주위에는 부장을 비롯한 부서원들과 시민들이 둘러싸고 그의 행동 하나하나를 지켜보고 있었다. 그들 모두 침통한 표정이었다. 그 사람은 내가 아니라고 뛰어가려는데 수갑 찬 그가 차에 오르기 전

잠깐 그를 돌아보았고 그는 순간 얼른 외면했다. 숨이 턱, 막히는 것 같았다.

도대체 무슨 일인가.

그는 회사로 가지 못하고 경찰차가 떠난 뒤에도 한참 동안 그 자리에서 있다가 겨우 스마트폰을 꺼냈다. 하지만 손에 힘이 없어 스마트폰을 바닥에 떨어뜨렸고 신음을 내며 허리를 굽혀 스마트폰을 겨우 집어 들었다. 하지만 전화를 하려고 스마트폰을 보았을 때 액정화면은 마치 거미줄처럼 방사형으로 가느다란 선들이 뻗어 있었다. 그는 액정화면이 깨진 것에는 개의치 않고 제발 전화를 할 수 있도록 고장이 아니길 간절히 바라며 전원 스위치를 눌렀다. 다행히 액정화면에 불은 들어왔으나 홈 화면으로 있던 아내와 딸의 사진이 일그러지게 보였다. 하지만 그것조차도 개의치 않았다. 그럴 여유가 없었다. 우선 통화목록을 누르고 부서원 이름을 찾았다. 한참 밑에 박 대리의 이름이 보였다. 그는 얼른 오른손가락으로 누르는데 또다시 바닥에 떨어뜨리고 말았다. 스마트폰을 쥐고 있는 손에 힘이 들어가지 않았다. 스마트폰을 집어 들어 몇 번이나 시도한 후에 겨우 박 대리에게 전화를 걸었다.

"어? 차장님 도대체 어찌 된 영문입니까?"

신호음이 울리자마자 전화를 받은 박 대리는 다짜고짜 물었다.

"그, 그러니까. 지금 무, 무슨 이, 일이냐고."

그는 떨리는 목소리로 겨우 말했다.

"아니 무슨 말씀입니까? 지금 경찰서 아닙니까?"

"아, 아니 그, 그게. 그, 그러니까."

그는 무슨 말을 어떻게 해야 할지 몰라서 더듬거렸다. 그때 수화기 너

머에서 우 차장이야? 바꿔봐, 하는 부장의 목소리가 들렸다. 아마도 박 대리 주위로 직원들이 몰려 있는 것 같았다.

"우 차장, 도대체 어찌 된 일인가? 설마 자네가 그런 건 아니겠지?"

부장은 반신반의하는 말투로 물었다.

"도, 도대체 무, 무슨 말인지 모, 모르겠……."

그는 말하다 또다시 스마트폰을 떨어뜨렸고 바닥에 뒹군 스마트폰에서 이봐, 우 차장, 우 차장, 하는 소리가 들렸다. 그는 힘겹게 허리를 굽혀 스마트폰을 들어 귀로 가져갔다.

"그, 그러니까. 무, 무슨 일입니까?"

"아니 그걸 나한테 물으면 어떡하냐. 그러니까 자네가 어제 성폭행한 것은 아니란 말이지? 확실하지?"

부장은 추궁하는 심문관처럼 물었다.

"예? 성, 성폭행……이요?"

그는 어이가 없었다. 성폭행이라니. 내가? 그는 크게 웃음이라도 터뜨리고 싶었다.

"그렇지? 맞지? 자네가 그럴 리 있나? 분명 오해일 거야."

부장은 여전히 의아하다는 투로 말했다.

"절, 절대 아닙니다, 절대로."

"맞아. 자네는 그럴 사람이 아니지. 자네만큼 법을 잘 지키고 반듯하게 행동하는 사람이 어디 있나. 하여튼 빨리 끝내고 회사로 와."

부장의 말에 그러면 그렇지, 차장님이 그럴 리가 있나, 하는 직원들의 소리가 스마트폰에서 흘러나왔다.

"아, 알았습니다."

그는 전화를 끊고 나서 안도의 한숨을 지었다. 다행히 부장과 부서원들이 자신을 믿는 것 같아 안심되었다. 그는 담배를 꺼내며 앞에 있는 상가 골목으로 들어갔다. 다행히 좁은 골목 안에는 사람들이 없었다. 그는 다급히 담배에 불을 붙이고 입으로 가져갔다. 연거푸 연기를 내뿜자 정신이 돌아오는 것 같았다. 어느새 필터까지 타들어 간 담배를 바닥에 던지곤 다시 담배를 꺼내 불을 붙였다. 그 담배 또한 얼마 가지 않아 금방 필터까지 타들어 갔다. 목이 칼칼했다. 솜이 목구멍에 꽉 찬 것 같았다. 커피라도 한 잔 마시면 소원이 없을 것 같았다.

또다시 담배를 꺼내던 그는 순간 아내가 알고 있을 것 같다는 생각에 미치자 어떤 불기둥이 머리 꼭대기로 솟구치는 것 같았다. 그는 얼른 담배를 바닥에 버리고 스마트폰을 꺼내 집으로 전화를 했다. 손이 덜덜 떨렸다. 골목으로 들어서던 행인이 멈칫하더니 되돌아갔다.

"당신이야?"

아내는 울먹이는 목소리로 전화를 받았다. 그는 한숨을 내쉬었다. 벌써 연락이 갔구나. 할 말이 없어 가만히 있자 아내가 다급히 말했다.

"당신, 맞지? 어찌 된 일이야? 아까처럼 끊지 말고 자세히 말해봐. 당신이…… 설마 아니지? 응? 말 좀 해봐."

아내는 애원했다.

"여보. 내 말 잘 들어. 이거 뭔가 음모에 빠진 거 같아. 그러니까 정신 바짝 차려야 해."

그는 아내에게 말을 하면서도 자신에게 말을 하는 것 같았다. 그래 정신을 바짝 차려야지. 그는 자신도 모르게 고개를 끄덕였다.

"음모? 무슨 음모라는 거야? 아침에 당신이 출근하고 곧장 경찰이

닥쳤어. 당신 서재에 있던 컴퓨터랑 서랍에 든 노트 같은 것도 다 가져
갔어. 어젯밤에 일어난 성폭행 용의자라나."

아내는 울먹이며 말했다.

"뭐라고? 컴퓨터를?"

그는 기겁했다. 컴퓨터엔 여성의 누드 사진이 많았다. 취미로 사진을
찍기에 수시로 누드 사진을 수집해 저장해 놓았는데 그걸 경찰이 가져
갔다면 이상한 쪽으로 사태가 흘러갈 거라는 예감이 들었다.

"당신이 한 거 아니지? 응? 당신이 그럴 리가 없잖아. 얼마나 자상
하고…… 나한테나 딸한테도. 근데 경찰이 당신이 그랬다고 물증이 나
왔다고 그러는데 난 도저히 못 믿겠어. 참, 당신 자주 입던 옷 있지 파
란색 점퍼랑 청바지도 가져갔어. 시시티브이에 찍힌 거랑 같다면서."

"음."

그는 할 말을 잊고 신음을 냈다.

"당신 경찰서지? 내 곧 갈게."

아내는 억지로 울음을 참는 듯 침을 삼키고 나서 말했다.

"아냐. 오지 마. 경찰서 아냐."

"아니라고? 다 봤는데. 텔레비전에도 나왔어. 경찰서에 있는 당
신……."

"난 아니라고. 회사 앞이야. 왜 나를 못 믿어."

그는 버럭 고함을 질렀다.

"믿어. 당신 믿지."

"그래. 하여튼 뭔가 잘못됐어. 어디서부터 뭐가 잘못된 건지 나도
모르겠어. 그러니 마음 단단히 먹고 있어."

그는 후들거리는 다리에 힘을 주고 담배를 꺼내 입에 물었다.

"당신 아까 전화해서는 경찰서라고 했잖아. 그러더니 바로 끊었는데."

"내가 전화했었다고? 아냐. 잘못 걸려왔겠지. 난 당신에게 전화한 적 없어."

그는 담배 연기를 길게 내뿜었다. 누굴까, 아내에게 전화한 놈은. 순간 어젯밤 엉덩이를 까놓고 성폭행을 하던 놈이 떠올랐다. 맞아, 그놈이야. 그놈이 나한테 덤터기를 씌우고 집으로 전화한 거야, 내 목소리로 변장해서. 그는 연거푸 담배를 피웠다. 또다시 금방 필터만 남아 다시 새 담배를 꺼내물었다.

"분명히 전화했었어. 경찰서라고. 놀라지 말라고."

"아니라니까. 참, 그리고 당신에게 미처 말 안 한 게 있는데…… 어젯밤 사실 성폭행하는 거 봤어, 퇴근하다. 그래서 경찰서에 신고하려고 했는데 너무 피곤해서 오늘 아침에 하려고 했는데."

"당신이 봤다고?"

아내가 그의 말을 잘랐다.

"응."

"아침에 그런 말 안 했잖아. 내가 어젯밤 성폭행 사건 일어났다고 얘기해도. 당신 설마…… ."

"뭐야. 당신 엉뚱한 거 상상하는 거 아냐?"

그는 담배 연기를 내뿜다 고함을 질러 사레가 걸려 캑캑거렸다.

"당신 믿지. 하여튼 지금 경찰서로 갈게. 참, 변호사는 선임했어? 오빠한테 물으니까 변호사부터 선임하라는데."

"뭐라고? 형님한테도 전화했다고?"

그는 어이가 없었다. 아내마저 나를 성폭행범으로 믿다니.

"아냐. 먼저 전화 왔었어. 텔레비전 보고."

또다시 아내는 울먹였다.

"알았어. 하여튼 난 범인이 아니니까 그렇게 알고 경찰서도 오지 마. 나 회사 앞인데 좀 알아볼 게 있어."

그는 전화를 끊었다. 자꾸 통화할수록 자신이 범인 된 기분이었다. 벌써 텔레비전에 나왔다니. 그는 스마트폰으로 뉴스를 검색했다. 맙소사. 그는 스마트폰을 내팽개치려다 간신히 참고 다시 뉴스를 보았다. 어젯밤 일어난 성폭행 사건을 다루면서 그를 유력한 용의자로 경찰에서 조사하고 있다는 내용이었다. 그러면서 이웃 사람의 증언이라며 착하고 성실한 사람인데 그럴 줄 몰랐다는 기사까지 있었다. 환장할 일이었다. 그는 담배를 물고 담벼락에 기대었다.

그는 거리로 나왔다. 회사원들이 모두 출근을 했는지 거리는 한산했다. 길이 낯설었다. 항상 사람들에게 떠밀리다시피 길을 걸었고 출근을 했는데 한산한 거리를 걸으니 다른 장소에 와 있는 느낌이었다. 어디로 가야 하나. 회사로 갈 수는 없다. 그렇다고 집으로 갈 수도 없다. 경찰서로 가기엔 두렵다. 그는 가방을 오른쪽 옆구리에 낀 채 무작정 걸었다. 꿈을 꾸고 있는 것 같았다. 어떻게 내가 성폭행을 했단 말인가. 있을 수가 없는 일이었다. 지금까지 살아오면서 누구에게 해를 끼친 적이 없었다. 하물며 미물이라도 함부로 죽이지 않았다. 학교 다닐 때부터 선생님 말씀 잘 듣고 부모님 말씀 잘 듣는 모범적인 생활을 해왔다. 대학 졸업하고 군대를 다녀와서도 준법정신이 강했다. 회사에서 회식

후 노래방에서 도우미를 부른다거나 2차로 성매매 알선을 해 주는 술집으로 가는 걸 극도로 경멸했다. 지금껏 아내 외에는 누구에게도 추파를 던지지 않았다. 그런데…… 환장할 일이었다.

그는 길을 걷다 원조 해장국이란 간판이 걸린 식당으로 들어갔다. 아침을 안 먹고 나온 터라 우선 뜨끈한 국물이라도 먹으면 정신이 돌아올 것 같았다. 벽에 걸린 텔레비전은 혼자 떠들고 있었고 손님은 하나도 없었다. 일단 사람들이 없으니 안심이 되었다. 그는 자리에 앉자마자 해장국을 주문했다.

"해장국은 아침에만 팔아요."

얼굴이 수더분하게 생긴 여자가 말했다. 그는 벽에 걸린 메뉴판을 보며 그럼 설렁탕이라도 달라고 했다. 여자는 주방에다 설렁탕 하나요, 외치곤 김이 모락모락 오르는 보리차를 그 앞에 놓았다. 그는 보리차를 조금씩 마셨다. 뜨거운 것을 마시니 한결 마음이 놓이는 것 같았다. 이미 준비가 되어 있었던지 얼마 지나지 않아 설렁탕이 나왔다. 그는 공깃밥을 전부 국에 넣고 말았다. 연거푸 떠먹으니 속에서 열이 나고 몸이 따뜻해지는 것 같았다.

"천천히 드시오, 그러다 체하겠소."

여자의 말에 그는 아랑곳하지 않고 계속 입에 떠넣었다. 씹는다기보다는 그냥 입에 퍼 넣고 삼키는 형상이었다. 어느새 국그릇의 바닥이 보였다. 이마의 땀방울 하나가 설렁탕 그릇에 툭, 떨어졌다. 그제야 그는 휴지를 꺼내 이마를 닦았다. 기운이 좀 나는 것 같았다. 죽다가 살아난 느낌이었다. 그는 마지막 남은 국물까지 깨끗이 비운 후에야 입 주위를 물수건으로 닦으며 길게 숨을 내쉬었다. 담배가 간절했지만 조금 있다 나가서 피우기로 했다. 우선 커피믹스를 종이컵에 타왔다. 휴식 시간에 부서원들과 담배를 피우며 마시던 커피믹스와 같아 무척이나 반가웠다. 마치 몇 개월 만에 마시는 것 같았다. 이제 마음의 안정을 찾았고 처음부터 무엇이 어떻게 잘못되었는지 곰곰이 생각해볼 작정이었다. 그때였다.

"저런 놈은 단박에 쥑이야 한다카께."

여자의 쇤 소리가 들렸다. 순간 그는 가슴이 쿵, 무너지는 것 같았다. 고개를 돌리니 여자가 텔레비전에 눈을 박고 있었다.

"저 보소. 저게 인간인가. 인간이 어째 저런 일을."

여자는 혀를 쯧쯧, 찼다. 그는 고개를 돌려 텔레비전을 바라보았다. 아. 그는 자신도 모르게 신음을 냈다. 자신이, 기자들에게 둘러싸여 고개를 숙인 채 있는 모습이 보였다.

화면 밑에는 성폭행범 태연히 출근하다 회사 앞에서 잡혔다는 글자가 쓰여 있었다.

죽을 죄를 지었습니다.

플래시가 터지고 기자들의 여러 질문에 그는 고개를 숙인 채 오직 죽을죄를 지었습니다, 죄송합니다, 란 말만 연거푸 했다.

"시상이 어째 돌아가는지. 저런 놈은 살려주면 안 된다카이. 많은 사람이 보는 앞에서 쥑이야 된다카이."

여자는 그 앞에 있는 식탁을 치울 생각은 않고 아예 의자에 앉았다.

전 그럴 사람으로 전혀 보지 못했습니다. 동료들에게도 잘 대해줬고 여직원들에게도 전혀 집적거린다거나 그런 일은 없었습니다. 도저히 이해할 수 없습니다.

그는 고개를 숙이고 있다가 퍼뜩 고개를 들었다. 박 대리였다. 그는 다시 고개를 숙이고 구두로 바닥에 떨어진 물에 원을 빙글빙글 그렸다.

죄송합니다. 저희 직원이 그랬다는 게 믿기지 않습니다. 어젯밤 늦게 술을 마시고 헤어졌지만 그러리라고는 전혀 몰랐습니다.

이번엔 부장이 나와 카메라 플래시를 받으며 곤혹스러운 표정을 짓고 있었다.

"안 그렇소? 잉?"

"예?"

여자의 말에 그는 깜짝 놀라 고개를 여자 쪽으로 돌리려다 텔레비전을 보는 척했다.

"아, 집이나 직장에서는 그렇게 착하게 했다면서 이 무슨 해괴한 짓을 했단 말이요. 다 쇼야 쇼여, 착하다는 건. 안 그렇소?"

여자 또한 텔레비전에서 눈을 떼지 않은 채 말했다.

"아, 예. 그럼요."

그는 혹시 여자가 자신을 알아볼까 봐 조마조마하며 말했다.

"남자들은 다 똑같다니께. 늑대여 늑대. 속에는 다 늑대가 들어있다카이."

여자는 그의 말에 아랑곳하지 않고 말했다. 그는 일어섰다. 우선 이 자리를 벗어나는 게 더 급선무였다.

"여기 얼마입니까?"

그가 여러 번 말했을 때야 여자는 느릿하게 카운터로 왔다. 팔천 원이요. 여자는 그를 보며 갸웃거렸다. 그는 재빨리 지갑에서 만 원을 꺼내 카운터에 놓고 몸을 돌렸다.

"여기 잔돈……."

여자의 목소리가 그가 닫은 문에 걸려 허공으로 흩어졌다.

이제 어디로 가나.

그는 고개를 숙인 채 걸으며 중얼거렸다. 우선 집에 가서 푹 쉬고 싶었다. 푹 자고 나면 모든 게 제대로 돌아와 있을 것 같았다. 그는 발걸음을 멈췄다. 순간 분노가 일었다.

아니다. 그놈이 누군지 알아야 한다. 도대체 왜 내 행색을 하며 그런 끔찍한 짓을 했는지 그것부터 밝혀야 한다.

그는 갑자기 뒤로 돌아 허겁지겁 경찰서로 향했다. 가서 내가 아니라고. 저놈은 내가 아니라고 밝혀야 한다. 그는 숨을 헉헉거리며 빠르게 걸었다.

아.

순간 그의 머릿속에 하나의 장면이 떠올랐다. 쪼그리고 앉아 물을 끼얹는 여자의 모습. 얼굴이 화끈 달아올랐다. 아직도 그 장면을 기억하고 있다니. 그는 수치심에 몸을 떨었다.

그가 초등학교 다닐 때였다. 해 질 무렵 여느 때와 같이 동네 아이들과 골목길에서 놀고 있는데 한 아이가 갑자기 길에 접한 건물을 가리켰다. 그 집은 새로 이사 온 젊은 부부가 사는데 길에 면한 건물은 대문과 화장실과 수도가 있는 건물이었다. 아이들은 무슨 뜻이냐는 듯 건물과 아이를 번갈아 보았다. 그러자 아이는 득의양양하게 아이들 곁으로 왔다.

"시방 저 안으로 여자가 들어갔는데…… 봤대이."

아이의 목소리 낮춘 은밀한 말에 다른 아이들은 여전히 말뜻을 꿰지 못하고 아이의 표정만 살폈다. 모두 여자가 화장실에 간 것으로 여겼다.

"시방 목간한다니께, 목간."

목간이라는 말에 아이들은 숨을 멈추고 침을 꼴깍 삼켰다. 그러면서 일제히 건물로 눈길을 돌렸다.

"내가 직접 봤다니께."

아이는 여전히 목소리를 낮춘 채 말했고 아이들은 서로 얼굴을 마주 보았다. 따라와. 아이는 턱짓을 했고 아이들은 떨리는 가슴을 안고 따라갔다. 흙벽돌에 시멘트를 바른 벽에 엄지손가락이 들어갈 만한 구멍이 있었고 아이는 눈짓을 했다. 머뭇거리던 아이 중에 머리통 하나는 더 큰 아이가 주뼛거리다 벽으로 다가가 눈을 가까이 댔다. 아이들의 침 넘어가는 소리가 유난히 크게 들렸다. 그는 집으로 가야 한다는 생각으로 망설이고 있는데 머리통이 큰아이가 얼굴이 빨개져서 하, 하, 하며 숨을 크게 내쉬며 눈을 뗐다. 처음 본 아이의 눈짓에 다른 아이가 눈을 가져갔고 여전히 얼굴이 빨개지고 호흡이 가빠져서 눈을 뗐다. 마침내 그의 차례가 왔고 그는 머뭇거렸다. 그러자 처음 본 아이가 인상을 썼다. 공범이 되어야 했다. 그래야 뒤탈이 없으니까. 그는 호기심 반 주눅 반으로 구멍에 눈을 가까이 댔다. 가슴이 두근거렸고 숨이 가빠왔다. 갑자기 오줌이 마려웠고 집에 가고 싶다는 생각이 들었다. 얼른 눈을 뗐다. 처음 본 아이가 다시 한번 더 구멍에 대고 안을 보더니 다른 곳으로 가라고 눈짓했다. 아이들은 슬금슬금 물러나 각자 저녁 먹으러 갔다. 가면서 한 아이가 중얼거렸다. 여자들도 거기에 터러기가 있네. 겨드랑이에도 있고. 그는 못 들은 체 아무 말도 하지 않았다.

다음 날 그는 심하게 몸살을 앓았고 학교에 가지 않았다. 죄책감이었다. 무언가 큰 죄를 지은 것 같았다. 그 상황을 떠올리면 괜히 고추가 간지럽고 오줌이 마려웠다. 엄마도 제대로 보지 못했다. 한동안 마을 아이들과 어울리지 못하고 집에서만 지냈다. 사춘기가 되어서도 여학생들에게 무덤덤했던 게 아마도 그때의 죄책감 때문이라고 그는 생각했다. 덕분에 공부에만 집중할 수 있었고 우리나라 최고의 대학이라는 곳에 갔다.

아직도 그 상황을 생생히 기억하고 있는 자신에게 또다시 놀랐다. 잊어버렸다고 여겼던 일이었다. 하지만 며칠 전에 일어난 것처럼 생생했고 가슴 역시 두근거렸다.

경찰서에 도착하자 정문에 서 있던 의경이 막아섰다. 그는 움찔했다.

"무슨 일로 오셨습니까?"

의경의 말에 그는 고개를 숙이고 수사과에 볼일이 있어 왔다고 했다. 그러자 그의 얼굴을 유심히 보던 의경은 오른쪽으로 쭉 가서 왼쪽으로 돌아가라고 하곤 제자리로 돌아갔다. 그는 자신도 모르게 휴, 한숨을 내쉬었다. 머뭇거리다 용기를 내어 내처 건물 안으로 들어가 수사과 팻말이 쓰인 사무실 앞에 섰다. 모든 사람이 자신을 쳐다보는 것 같아 고개를 숙이고 주위를 두리번거렸다. 일렬로 있는 형사 책상 앞 의자에 앉아 조사를 받는 사람들이 꽤 많았다. 태어나서 처음으로 수사과란 곳에 온 그는 긴장하며 성폭행범이 어디 있는지 살폈다. 잘 눈에 띄지 않아 한 발을 안쪽으로 집어넣고 살피는데 순간 그는 몸을 움찔했다. 안쪽, 창문이 있고 그 옆 시계가 달린 벽 쪽에서 그는 수갑을 찬채 조사를 받고 있었다. 형사는 다그치는 모습이었고 그는 고개를 숙인 채 연신 고개만 주억거렸다.

도대체 어떤 놈인데…….

그는 조심스레 안으로 들어갔다. 여기저기서 고함치는 형사들의 목소리에 그는 움찔거렸다.

"그러니까, 직원들과 술을 마시고 퇴근하다 그랬다고 했는데……."

형사의 목소리가 겨우 들리는 곳에서 그는 걸음을 멈추고 창문 밖을 보는 척했다.

"술을 많이 마셔서. 죽을죄를 지었습니다. 한 번만 용서해주십시오."

그는 고개를 연신 주억거렸다.

"그 아파트 공원에서 3년 전에도 비슷한 성폭행 사건이 있었는데 당신이 그랬죠? 순순히 부는 게 좋습니다. 피해자한테서 나온 디엔에이 받아놓은 게 있어 금방 탄로 납니다."

형사는 다 알고 있다는 듯 물었고 그는 고개를 끄덕였다.

"그, 그때도 회식 끝나고 집에 오다……."

그는 말을 멈추었고 형사가 컴퓨터를 치다가 멈추곤 추궁했다.

"집에 오다?"

"집에 오다 벤치에 앉아 담배를 피우는데…… 여자가 지나가는 걸 보고는 그만…… 아이고 죽을죄를 지었습니다."

"그러니까 술을 마시고 밤늦은 시간에 여자를 보니 갑자기 욕정이 생겨 그랬단 말이지요?"

형사는 컴퓨터 자판기에 손을 가져갔다.

"저도 왜 그랬는지 모르겠습니다. 미치겠습니다."

그는 더는 듣고 있을 수가 없었다. 고개를 돌리려는 순간 조사를 받던 그가 그를 쳐다보았다. 아. 분명 자신이었다. 옷도 지금 자신이 입고 있는 것과 같았다. 그는 계속 그를 바라보았다.

"왜요. 아는 사람이요?"

"아닙니다."

지나가던 수사관이 묻자 그는 황망히 얼버무렸다. 얼른 사무실을 나왔다. 더는 그를 지켜볼 자신이 없었다. 복도를 걸어 나오는데 문득 예전의 기억이 떠올랐다. 목욕하는 여자를 훔쳐본 후 심한 죄책감과 수치심으로 며칠을 앓았는데 그 뒤로 가끔 꿈을 꾸었다. 꿈에 그가 아무도 몰래 그 건물로 가는 것이었다. 가서 목욕하는 여자를 볼 때도 있고 목욕을 하지 않아 못 볼 때도 있었다. 몇 살 때까지 꾸었는지 모르지만, 가끔 어른이 된 그는 그게 꿈이었는지 실제였는지 잘 구분이 되지 않았다.

수갑 찬 그가 자신의 목덜미라도 잡을까 그는 빠른 걸음으로 경찰서를 나섰다.

사이버 욕망

사내가 산을 오르고 있다. 가슴까지 자란 잡풀을 헤치며 검은 양복을 입은 사내가 산을 오르고 있다. 양손에 검은 비닐봉지를 들고 있다. 왼손에 든 비닐봉지에서 엄지손가락 굵기만 한 나일론 끈이 삐죽 나와 있다. 사내의 등이 허하다.

"야, 한잔해라."

8220은 누군가가 어깨를 툭 치는 느낌에 눈을 번쩍 떴다. 장례식장이다. 졸았구나. 8220은 옆에 앉은 3983이 따라준 술잔을 들어 입으로 가져가며 산을 오르던 사내를 떠올렸다. 사내의 뒷모습이 눈에 퍽 익었다. 실제 본 것처럼 사내가 산을 오르는 모습이 너무나 생생했다. 양손에 검은 비닐봉지를 들고서 검은 양복 사내의 여전히 산을 오르고 있는 모습이 손에 잡힐 듯했다. 누굴까.

처음 장례식장에 왔을 때는 모두 밤샘을 해야 하지 않겠나 하고 미리 작정한 상태였다. 8220과 건설업을 하는 4750, 브랜드 옷가게를 하는 6842, 그리고 시외에서 식당을 크게 하는 3983과 상주(喪主)인 7548과는 친하게 지낸 편이었다. 한때는 함께 계를 했었고 시골이라 초등학교에서 고등학교까지 함께 다녔다. 조문객은 예상한 대로 많지 않았다. 잘 나가던 주류도매업이 몇 년 전 부도가 났고 따라서 7548은 주위의 경조사에도 자주 빠지게 되었다. 실내에는 벽 쪽으로 중늙은이 대여섯 명이 히죽거리며 술을 마시고 있었고, 그 옆엔 7548의 동생 친구들인 듯한 칠팔 명의 젊은이들이 상을 두 개 차지하고 술을 마시고 있을 뿐이었다.

저녁이 가까워져 오자 조문객이 조금 밀려오기 시작했는데 좁은 실내가 더 좁아졌다. 그래서였을까. 누군가가 7548 그 녀석 계모임도 안 나오잖아, 하자 그래 한참 됐지, 하는 소리가 옆자리에서 터져 나왔다. 그걸 신호로 일행은 주위를 슬금슬금 눈치 보았고 여차하면 일어설 준비를 했다. 때마침 한 무리의 조문객들이 조문을 끝내고 빈자리를 찾아 주위를 휘둘러보며 서 있는 게 보였다.

"이리 오시지요. 자리도 없을 텐데."

6842의 말에 일행들은 재빨리 일어섰다.

일행은 주차장까지 나왔지만, 바지 주머니에 손을 넣고 말없이 주위를 어슬렁거렸다. 어디에서 밤이 될 때까지 시간을 죽이느냐가 문제였다. 어차피 집에서는 장례식장에서 밤새는 것으로 알고 있었다. 이런 좋은 기회를 놓칠 수가 없었다. 하지만 초저녁부터 포커를 칠 수는 없었다. 그때 6842가 4750의 차 렉스턴을 발로 찼다.

"야, 차 좀 갈아라. 폐경기 지난 거 아냐? 그리고 차 남바가 4750이 뭐냐. 합치면 육인데 육이 세 개면 저주의 숫자인 거 몰라?"

"지랄하고 자빠졌네, 짜슥. 그래도 이 차 갖고 전국을 누빈다 짜슥아. 너는 6842면 막통 아냐. 그러니까 네 차나 바꾸라, 임마."

어디로 갈까를 정하지 못한, 혹은 너무 빨리 자리를 뜨는 게 아무래도 상주인 친구에게 미안한 듯, 그들은 4750 렉스턴에 몰려들어 한마디씩 내뱉었다.

"무슨 일이 있나?"

3983이 담배 한 개비를 내밀었다. 8220은 손을 내 저었다. 담배를 피우면 속이 메스껍고 토할 것 같았다.

"벌써 3년이 넘었지?"

"언제까지 그렇게 살 거야?"

친구들이 8220 주위에 모여들었다.

"빨리 합쳐야 할 건데 말이야."

"말도 마라. 한번 가면 다시는 돌아오기 싫은 데가 미국이야. 미국 얼마나 좋나. 돈만 있으면 애들 유학 보내고 싶은 맘 솔직히 다 있는 거 아냐?"

"어쨌든 네 몸은 네가 챙겨야 해. 마나님도 없는데."

8220은 친구들을 둘러보았다. 자리를 떠나 혼자 있고 싶었다. 먼저 갈게. 나중에 상주(喪主) 보고 가라. 8220은 차에 올라탔다. 자리 잡거든 전화할게. 4750이 말했다. 8220은 대답하지 않고 가속페달을 밟았다.

자식 안 됐어. 자식이 뭐길래. 친구들의 말이 차 꽁무니에 따라붙었다.

'섬' 에는 연어가 와 있었다. '초가집' 에 도착하니 심부름하는 아이가 눈으로 섬을 가리켰다. 마치 8220이 미리 올 줄 알았다는 듯이 연어는 섬을 차지한 채 두 손으로 턱을 괴고 통유리 밖을 바라보고 있었다. 섬은 8220이 지은 별칭이었다. '초가집' 은 시외에 자리한 전통 주점으로 ㄱ자 전통 한옥이었다. 벽돌이 황톳빛 흙벽돌이고 지붕은 짚으로 덮였다. 마루도 있고 온돌방도 있었다. 원두막처럼 생긴 것이 있는데, ㄱ자 끝에서 집 뒤로 지름이 5M 정도 되는 둥근 홀이었다. 벽은 두꺼운 통유리로 되어 있어 밖이 훤하게 비쳤다. 지붕은 굽은 통나무 자체를 원뿔형으로 잇고 위에 짚을 덮었다. '초가집' 뒤에는 인가는 없고 온통 논인 데다 집의 위치가 높아 모내기라도 했을 때 통유리를 통해 밖을 바라보면 마치 짙푸른 바다 위에 떠 있는 느낌이 들었다. 가을의 누런 벌판이나 한겨울의 눈이 쌓였을 때도, 가을 안개가 자욱이 몰려와 통유리를 감싸 안을 때도 현세를 벗어나 아득히 먼 하늘에 둥둥 떠 있는 느낌이었다. 계절이 바뀔 때마다 마치 딴 세상에 온 듯한 착각이 들 정도였다. 그래서 8220이 지은 별칭이 '섬' 이었다. 8220이 올 때마다 심부름하는 아이는 으레 섬으로 안내했고 8220도 당연히 제 자리처럼 섬으로 갔다.

"네가 여기 웬일이냐?"

8220의 말에 연어는 고개를 돌려 의아한 눈빛으로 8220을 바라보았다.

"웬일이라뇨?"

8220과 함께 섬에 몇 번 온 적은 있으나 연어 혼자 이렇게 섬에 불쑥 나타난 적은 한 번도 없었다.

"지금 누굴 놀리시는 거예요?"

"놀리다니?"

8220은 연어의 맞은편에 앉았다.

"아저씨가 나오라고 했잖아요. 바쁜 일이 있다는 데도. 정말 기억 안 나세요?"

"내가?"

"아저씬 항상 그렇다니깐."

이런 적이 한두 번이 아니었다. 연어를 부른 기억이 전혀 없는데도, 그리고 어디로 갈까 망설이다 아무 생각 없이 들어간 카페에, 기막히게도 8220이 올 줄 알고 있었다는 듯 연어는 미리 와 있었다.

연어는 고개를 돌려 통유리 밖을 바라보았다. 8220도 연어의 눈을 쫓아 밖으로 눈길을 돌렸다. 조금 떨어진 산에서 하얗게 무리 지어 핀 싸리꽃이 눈에 띄었다. 마치 몽실몽실 피워 오르는 연기 같았다. 하루 중 가장 마음이 편안한 때였다. 그때 8220은 석굴을 떠올렸다. 절대의 암흑 속에서 지금껏 느껴보지 못했던 안온함.

8220이 석굴을 발견한 것은 몇 개월 전 친구들과 등산하러 갔을 때였다. 시내에서 얼마 떨어지지 않은 해발 900여 미터 되는 산이었다. 등산로 초입엔 거대한 채석장이 폐광된 채로 을씨년스럽게 있었는데 채석장 뒤로 전체가 석산이었다. 소나무들도 고지대에서 자란 것처럼 굵고 키가 작았다. 그날 8220은 엉뚱하게도 친구들과 떨어져 석굴에서 시간을 보내다 나왔다. 처음부터 8220은 맨 뒤에 처져 주위를 두리번거리며 한 시간여 뒤따라가다 자신도 모르게 다른 길로 접어들었는데 우연히 자신의 키보다 두 배는 높은 바위가 무더기로 삐죽삐죽 솟아 있는 것을 보았다. 구경도 할 겸 잠시 쉬었다 가자며 가까이에 있는 작은 바위에 기대앉았는데 바위 틈새로 조그마한 굴이 보였다. 자연석굴이었다. 8220은 조심스럽게 가까이 다가갔다. 입구는 한 사람이 겨우 들어갈 만큼 좁았다. 8220은 한 손으로 벽을 짚고 다른 한 손으로 라이터를 켠 채 석굴 안으로 조심스럽게 들어갔다. 굴은 오른쪽으로 굽어 돌며 밑으로 약간 경사졌다. 안으로 들어갈수록 이상하게 일말의 두려움은 싹 가시고 마음이 편안해졌다. 안으로 좀 더 들어갔을 때 십여 명은 둘러앉을 만한 공간이 나왔다. 간간이 물 떨어지는 소리가 울리고 완전히 암흑 상태였는데 마음은 더없이 편안했다. 이제껏 한 번도 느껴보지 못한 평온함이었다. 라이터 불을 끄고 8220은 벽에 기대었다. 등이 서늘했다. 땀이 마르며 온몸까지 서늘한 기운이 퍼져갔지만, 그 또한 상쾌하게 느껴졌다. 절대적인 암흑. 손을 눈앞에 가져가도 보이지 않았다. 8220은 잠깐 눈을 붙이고 있다가 아차 싶어 눈을 번쩍 떴다. 친구들이 찾을 것 같았다. 라이터 불을 켜고 밖으로 나오니 일행들은 보이지 않았다. 친구들을 불렀지만 아무 반응이 없었다. 8220은 친구들에게 전화하곤 하산했다. 그 뒤로 8220은 몇 번 더 석굴을 찾으러 산에 올라갔지만 찾지 못했다.

"무슨 생각을 그렇게 골똘히 하셔요?"

"응?"

8220은 연어를 바라보다 석굴, 하고 나지막이 말했다.

"예?"

"석굴……"

"또 석굴 생각이요? 참, 아저씨도."

"가끔 이 섬이 석굴이 아닐까 하는 생각이 들기도 해."

"대책 없네요, 정말."

연어는 어이없다는 표정을 지었다.

"하지만……"

"청승 그만 떨고 우리 동동주 마셔요."

"……"

8220은 고개를 들어 연어의 얼굴을 보았다. 자주색 루주를 바르고 검은색 입술 선을 그린, 도톰한 입술은 매혹적이었다. 어깨까지 내려오는 머리카락에 분홍색 야구 모자를 눌러쓴 모습은 세련되어 보였다.

연어를 만난 것은 다음(daum) 사이트에 있는 친목 카페였다. 인터넷이란 묘한 곳이었다. 나이면서도 나 아닌 사람이 활동하는 공간이었다. 가명에다 생각나는 대로 숫자를 입력한 생년월일, 한 번도 가보지 않은 낯선 지명의 주소로 가입하여 나그네란 이름으로 카페 활동을 했다. 투명 인간이라도 된 듯한 느낌이었다.

겉으로는 영화나 음악에 관심 있는 사람들의 모임이지만 서로서로 부담 없이 얘기를 나누는 카페였다. 연어는 그녀의 카페 닉네임이었다. 8220도 연어의 본명에 대해서는 몰랐다. 인터넷의 속성상 익명성을 중요시했다. 1여 년 카페 활동에서 8220은 연어와 친해졌다. 우연히 연어가 사는 곳이 공교롭게도 그가 사는 곳의 인근 도시라는 것을 알게되었다. 메일을 보냈고 답장을 받았다. 메일을 자주 주고받았고, 자주만났다. 자주 만나면서 밤을 함께 지새우기도 했다. 밤을 지새울 때는 용돈을 주기도 했다.

동동주가 그들 앞에 놓이자 연어가 8220의 사기잔에 술을 따랐다.

8220도 연어의 잔에 술을 채워 주었다.

"천천히 마셔라. 맛있다고 많이 마시다간 큰코다친다."

"저도 많이 마셔 봤어요."

"술 취해서 집에 들어가면 걱정하실 텐데, 부모님이."

8220은 말을 하고 나서 아차, 했다.

"좆나 걱정하네. 아저씨, 신경 끄세요."

연어는 가족에 관해 얘기하는 걸 매우 싫어했다. 연어에겐 오직 현재와 자신만 존재할 뿐 과거와 미래, 가족 따윈 관심이 없었다. 8220은 그런 연어의 태도에 부러움과 적의를 동시에 느꼈다. 8220은 담배에 불을 붙였다. 어쨌든 연어를 만날 때마다 이곳 섬처럼 마음이 편안했다. 석굴에 들어갔을 때와 느낌이 비슷하다고나 할까. 동동주 두 동이 금방 바닥이 났다.

8220은 일어서려다 다리를 휘청거렸다. 빈속에 술을 마신 탓인지 취기가 금방 올랐다. 연어도 비틀거렸다. 8220은 휘청거리는 연어의 팔을 잡고 밖으로 나왔다. 생각보다 연어는 많이 취해 있었다. 오늘은 그냥 집에 보내줘야겠다고 생각하며 연어를 조수석에 밀어 넣었다. 아무래도 산을 오르는 사내의 환영이 자꾸만 눈에 거슬렸다. 잡풀에 미끄러져 넘어질 때 언뜻 보였던 검은 비닐봉지 속의 사 홉짜리 소주병과 삐죽 튀어나온 나일론 끈이 자꾸만 눈에 밟혔다. 사내의 야윈 어깨와 허한 등이 어딘가 눈에 익은 것이 께름칙했다. 평소 같으면 연어와 저녁을 먹고 술을 마시고 모텔에 가는 게 순서였다. 그다음 연어는 아무일도 없었다는 듯 태연하게 집으로 가고. 비록 연어가 이제 막 나이 스물을 넘긴지라 처음 연어를 만날 땐 어색하고 부담스러웠지만, 시간이 흐를수록 만나는 것이 자연스러워졌다.

'초가집'을 벗어나 시내 쪽으로 방향을 트는데 고개를 옆으로 늘어뜨리고 잠이 들었던 줄 알았던 연어가 차를 세우라고 손짓을 했다.

"왜 화장실이 급해?"

"저기…… 저기로 가 봐요."

"어디?"

연어가 손짓으로 가리키는 곳은 산밑이었다. 거대한 어둠이 떡 버티고 있었다.

"저기, 저 전봇대로 가면 길이 있어요. 아까 택시 타고 올 때 봤어요. 산 쪽으로 길이 있다고요."

"거긴 왜. 취했어. 그만 집에 가자."

"아뇨. 가 봐요. 가보고 싶어요."

연어는 완강했다. 8220은 술 좀 깰 겸 쉬었다 가자 싶어 연어가 말한 전봇대가 있는 곳으로 차를 몰았다. 전봇대 가까이 가니 산 쪽으로 차 한 대 겨우 지나갈 만한 길이 보였다. 아마 농로인 것 같았다. 길로 천천히 들어갔다. 달이 뜨지 않은 시골 산은 능선만이 희미하게 보일 뿐 산 전체가 거대한 암흑 덩어리였다. 길이 좁아 약간 실수라도 하면 곧장 옆으로 꼬꾸라질 것 같아 헤드라이트에 의지해 조심조심하며 땀이 나는 손에 힘을 주었다. 하지만 연어는 태평스럽게 얇게 코를 골았다. 조금 더 가니 오른쪽으로 사과 과수원이 나타났다. 길은 급경사로 산 위쪽으로 나 있었다. 차를 세우고 시동을 껐다.

옆을 돌아보니 연어는 여전히 고개를 옆으로 꺾은 채 얇은 코를 골고 있었다. 8220은 창밖을 보았다. 한 치 앞도 안 보일 정도로 어두웠다.

산속이라 그런지 어둠이 짙었다. 순간 석굴에 온 듯한 착각에 빠졌다. 평온함이 기분 좋게 온몸을 감쌌다.

석굴이야, 석굴. 8220은 석굴을 떠올리며 시트를 뒤로 눕히고 눈을 감았다. 평생을 이대로 있어도 좋을 듯했다. 어디서 물 떨어지는 소리가 나는 듯했다. 깊은 동굴에서 울리는 굵고 가라앉은 소리였다.

깊고 깊은, 단잠에 빠져 있던 8220은 요관(尿管)이 팽팽해져 터질 듯한 느낌에 눈을 떴다. 귀에서 거친 숨소리가 났다. 연어였다. 연어는 8220의 아랫도리가 모두 벗겨진 무릎에 올라타 성기를 꼭 움켜쥐고 있었다. 아랫배가 묵직하게 느껴졌다. 두 손으로 연어를 안았다. 옷을 한 점도 걸치지 않은 연어의 몸은 열기로 화끈거렸다. 속살이 어둠 속에서도 하얗게 빛났다. 이제 고작 나이가 초등학생으로 느껴질 정도로 피부는 여리고 부드러웠다. 순간 지금처럼 언젠가 똑같은 경험을 한 적이 있는 것 같았다. 생경하지 않았다. 누굴까. 언제였을까. 8220은 연어와 관계를 맺을 때마다 이상한 느낌을 받았다.

연어의 몸이 점점 뜨거워지고 숨소리가 거칠어졌다. 긴 머리카락이 8220의 가슴에서 출렁거렸다. 말이 갈기를 휘날리며 달리듯 연어는 격렬하게 몸을 움직였다. 연어의 머리가 천장에 부딪혀 차체가 쿵쿵거렸다. 빵빵, 빠~앙. 손을 잘못 놀렸는지 갑자기 클랙슨 소리가 울렸다. 연어의 몸이 움직일 때마다 차체가 출렁거렸다.

연어는 특히 야외에서 섹스하기를 좋아했다. 작년 여름께 함께 드라이브하다 산 밑 그늘 풀밭에서 쉴 때였다. 그때 갑자기 연어는 8220의 몸을 쓰러뜨리고 올라탔다. 연어는 8220의 옷을 벗기려 하고 8220은 몸을 비틀며 반항했다. 남들이 보면 어떡해. 핏. 연어는 코웃음을 쳤다. 아저씬 남들이 그렇게 중요해요? 보면 보라지 뭐. 연어는 더 거칠게 8220의 옷을 벗겼다. 8220은 어, 어, 하다가 옷이 다 벗겨졌다. 연어는 곧장 등을 8220쪽으로 돌리고 몸에 올라탔다. 마치 말이 달리듯 연어는 긴 머리를 출렁이며 격렬하게 몸을 움직였다. 8220은 혼미한 정신으로 물끄러미 연어의 뒷모습을 보았다. 연어는 갈기를 휘날리며 힘차게 들을 가로지르는 말이었다.

　8220은 눈을 감았다. 아내의 얼굴이 희미하게 떠올랐다. 여보, 우리 이혼해요. 무슨 말이야? 유학 간 애들 뒷바라지하러 따라갔다가 두 번째 귀국한 날이었다. 진짜 말고 위장 이혼이요. 아무래도 그쪽에 터를 잡아야겠어요. 이젠 여기선 못 살겠어요. 애들이 대학만 가면 돌아온다고 하지 않았소. 큰애가 고1, 작은애가 중2였다. 입시 지옥에 애들을 그냥 둘 수가 없었다. 또한, 미국의 중간 정도의 대학만 졸업해도 서울대 졸업한 것보다 더 대우해 준다지 않는가. 애들이 앞으로 평생 더 나은 삶을 살 수 있다는 데야 가족끼리 떨어져 있는 것이 대수라 싶었다. 작은 애가 대학 들어가면 아내는 돌아오기로 했다. 그곳에 영주권을 얻어야겠어요. 거기에 혼자 사는 애 친구 아버지가 있는데 결혼만 하면 영주권을 얻을 수 있데요. 물론 위장이지요. 그리곤 나중에 이혼하고 다시 당신과 합치면 당신도 영주권을 얻을 수 있어요. 제가 뭐든 해서 기반을 잡을게요. 아내가 기반을 잡을 수 있도록 집을 처분하고 원룸을 얻었다. 8220의 월급날 통장에서 아내의 통장으로 월급의 80%가 자동 이체되었다. 다 잘 될 것 같았다. 퇴근하고 기어들어간 텅 빈 원룸의 정적도 참을 수 있었다. 휴일 저녁 창문 틈새로 어둠이 밀려들 때의 호젓한 느낌도 8220은 견딜 수 있었다. 하지만 8220

은 얼마 지나지 않아 앞으로 견딜 수 없다는 것을 알았다. 아내와 위장 결혼한 백인 사내가 실상은 아내의 정부(情夫)였다. 작은애를 통해 알았다. 애들도 돌아오지 않겠다고 했다. 벌써 40대 중반. 이제는 새로 일어설 수 없다는 두려움. 안주도 없이 소주를 병째 마시며 호젓한 느낌에 가슴이 시렸다. 아내와 애들과 함께 식사하던 식탁이 자꾸만 떠올랐다.

8220은 그때의 막막한 느낌이 떠올라 주먹으로 연어의 등을 세게 쳤다. 아, 연어는 여전히 격렬하게 움직이는 몸을 멈추지 않았다. 갑자기 연어에게 살의(殺意)를 느꼈다. 8220은 상체를 일으켜 두 주먹으로 연어의 등을 쾅 쾅 두드리기 시작했다.

정사를 끝냈을 때, 8220은 몸의 존재를 느끼지 못했다. 마치 영혼만이 남아 암흑 속을 부유하는 듯했다. 다른 날과 확실히 달랐다. 조수석으로 건너간 연어의 몸은 보이지 않았다. 단지 가는 숨소리만이 들려올 뿐이었다. 8220은 한동안 몸을 움직이지 않고 시트에 누워 있었다. 고즈넉했다. 죽어도 좋을 듯했다. 오랜만에 맛보는 느낌이었다.

어느새 동쪽 하늘이 뿌옇게 밝아왔다. 8220은 어둠 속에서 주섬주섬 옷을 찾아 입고 담배를 꺼내 물었다. 시트에 누운 채 담배에 불을 붙이고 나서 라이터 불을 끄려던 8220은 등골이 서늘한 느낌에 옆을 돌아보았다. 아니, 하마터면 8220은 입에 문 담배를 떨어뜨릴 뻔했다. 모로 누워 잠들어 있는 연어는 연어가 아니었다. 단발머리를 한 앳된 소녀였다. 헉, 8220은 라이터 불을 가까이 가져갔다. 머리 모양이나 얼굴이 전혀 달랐다. 불빛 때문인지 소녀는 눈을 찡그리며 떴다.

"너…… 머리가 대체…… 어, 찌 된 거야?"

"머리라뇨?"

소녀는 오른손을 들어 머리를 만지더니 어, 하며 상체를 일으켰다. 그리곤 부리나케 주위를 둘러보았다. 발밑에서 시커먼 것을 집어 든 소녀는 재빨리 머리에 덮어썼다. 가발이었다. 이제야 소녀는 연어로 돌아왔다. 화장이 지워진 얼굴은 영락없이 나이 어린 소녀였다. 미성년자가 분명했다. 그건 어쩔 수 없는지 연어도 난감한 표정을 지었다. 불 좀 끄라고 했다.

"너…… 대체…… "

8220은 불을 껐다.

"신경 쓰지 마세요."

연어는 어둠 속에서 옷을 주섬주섬 찾아 입었다.

"너…… 설마……."

네가 LOVE란 말이냐? 아들의 옛 여친? 이라는 말이 목구멍까지 나왔지만 8220은 꿀꺽 삼켰다.

"왜요? 두려우세요? 남들의 이목이 그렇게 좆나 겁나세요? 난 속이지 않았어요. 아저씨가 못 알아봤을 뿐이지."

연어는 담배를 꺼내 물고 시트에 몸을 묻었다. 이럴 수가…… 8220은 머리가 하얗게 비워지는 느낌이었다.

"아저씬 항상 그래요. 잘 나가다가도 안 그런 척."

"무슨 말이냐?"

"오늘만 해도 그래요. 최대한 화끈하게 해달라고할 땐 언제고 끝났을 때 뜨악하게 바라보는 건 또 뭐예요. 내 참."

"무슨 소리야. 네가 먼저 시작했잖아. 난 오늘은 할 맘 없었다."

"웃기시네 정말. 저번엔 길가 풀밭에서 강제로 옷 벗기고 미친 듯이 해달라더니. 용돈은 얼마든지 준다고."

"그럼 그때 내가 시작했단 말이야."

"내 참, 아저씨. 오늘도 전 그만 집에 가자고 하니깐 산 밑에 좋은 데가 있다며 막무가내로 여기로 차를 몰았잖아요."

8220은 멍하니 연어를 바라보았다.

이럴 수가.

정신을 차리고 보니 어느새 원룸 주차장에 있는 자신을 보고는 8220은 마치 상한 우유를 마신 듯한 표정을 지었다. 급히 담배를 한 대 꺼내 물었다. 어째서 내가 여기에 있나. 장례식장에서 나온 기억을 더듬었다. 연어. 그래 연어를 만났지. 그런데 확실하지가 않았다. 마치 실타래가 헝클어져 있는 듯한 머릿속은 연어를 실제로 만난 것이 아니라 꿈을 꾼 것 같았다. 8220은 창밖으로 담배 연기를 길게 내뿜었다. 달빛이 내려앉은 주차장은 너무나 고요해 비현실적으로 느껴졌다. 마치 딴 세상에 온 느낌이 들었다.

맞아.

8220은 눈을 감고 기억을 더듬었다.

연어가 아들의 옛 친구였다는 걸 알았지. 벗겨진 가발에서.

8220은 고개를 흔들었다.

아. 어떻게 연어가 아들의 여자친구였단 말인가. 꿈을 꾼 거야, 꿈을.

예전에 8220은 아들이 음란 사이트나 혹은 폭력 사이트 같은 유해 사이트에 접속하나 하는 기우에서 아들의 컴퓨터를 여러 번 보다가 아들의 여자친구를 알게 되었다. 아들의 아이디와 비밀번호를 초등학교 때 자신이 만들어 준 것이라 잘 알고 있었다. 유해 사이트 차단 프로그램을 설치했고 아들 또한 그쪽으로 별 관심을 가지지 않는 것 같아 컴퓨터를 끄려다 우연히 메일을 보게 되었다. 여자애와 오랫동안 주고받은 메일이 받은 편지 보관함에 있었다. 아내에게서 들어서 이미 알고 있었지만, 메일을 직접 읽어보니 기분이 묘했다. 인근 도시에 산다는 아내 친구의 딸이기도 했다. 아내의 말에 의하면 공부도 잘하고 행실도 단정하다고 했다. 하지만 메일 내용을 보고는 놀랐다. 그 또래들이 쓰는 은어야 그렇다 하더라도 사랑한다느니 보고 싶다느니 하는 말들이 예사로 나왔다. 그 애의 아이디가 'LOVE'였다. 혹시 애들이 나쁜 방향으로 사귀지 않나 하는 노파심에서 아들의 메일을 자주 훔쳐보게 되었다. 그 애들은 여전히 사랑한다는 말을 자주 사용했다. 아니 그 애들은 사랑이란 말 대신 ‘LOVE’란 언어를 사용했다. ‘사랑’이란 언어보다 ‘LOVE'가 풍기는 느낌이 묘했다. 이국적이면서도 한 번도 해 보지 못한, 결코 해 볼 수 없는 말 같았다.

그런 마음에서였을까. 아들은 유학하러 가면서 LOVE를 비롯해 대부분 친구를 정리했는데 그 후 8220은 가짜 아이디로 아들 친구라 하여 메일을 보냈다. 답장이 왔다. 처음 답장을 받던 날, 8220은 전신이 짜릿한 느낌을 받았다. 8220은 메일을 주고받으면서 새롭고 싱싱한 활력을 얻었다. 하지만 계속 메일을 주고받은 게 실수한 것 같았다.

8220은 새 개비의 담배를 피우고 나서 룸미러를 보았다. 어? 8220은 얼굴을 이리저리 돌려보았다. 얼굴이 보이지 않았다. 룸미러를 상하

좌우로 돌려보았지만, 여전히 얼굴이 나타나지 않았다. 떨려오는 손으로 볼을 만져 보았다. 꺼칠한 살갗이 손바닥에 전해 왔다. 손바닥으로 얼굴 전체를 쓰다듬었다. 약간 열이 오른 얼굴이 손바닥에 전해 오는 것이 느껴졌다. 하지만 룸미러 속에는 차 뒤편의 줄지어 선 차들만이 보일 뿐이었다. 8220은 자신이 충격을 받아 일시적인 착시현상이라고 생각하며 담배를 끄고 문을 열고 나왔다.

8220은 원룸에 들어오자마자 바닥에 드러누웠다. 아침에 텔레비전을 켜고 나갔는지 텔레비전에는 연예인들이 나와 웃고 떠들고 있었다. 어찌 된 일인가. 몸은 아래로 추락했다. 정신이 혼미했다. 천장에 달린 전등이 흐릿하게 보였다.

잠시 누워 있던 8220은 욕실로 들어갔다. 수도꼭지에 머리를 들이밀고 찬물을 틀었다. 찬 기운이 정수리를 쳤다. 머리가 서늘해지며 찬 기운이 발끝까지 쫙 퍼졌다. 수건을 꺼내 머리와 얼굴을 닦으며 거울 앞으로 다가갔다. 어? 8220은 거울 속을 유심히 바라보았다. 수건이 허공에서 제 혼자 흔들거렸다. 얼굴이 없었다. 수건을 쥐고 있는 손도 보이지 않았다. 이럴 수가. 수건을 줄에 걸어놓고 손으로 얼굴을 더듬었다. 이목구비가 뚜렷이 손에 전해졌다. 손을 머리로 가져갔다. 물 묻은 머리카락이 손에 잡혔다. 뒤로 옆으로 손을 움직여 보았지만, 특별히 이상한 점이 없었다. 다만 거울 속에서 보이지 않을 뿐이었다. 고개를 숙였다. 발을 보았다. 바지가 허공에 붕 떠 있었다. 셔츠와 바지를 벗었다. 속옷을 벗고 거울 앞에 섰다. 거울 속은 텅 비어있었다. 손으로 팔과 배 다리를 만져 보았지만, 형체가 뚜렷하게 느껴졌다. 하지만 거울 속에는 아무것도 없었다. 머리에서 물기가 가슴과 등으로 떨어지며 오싹한 느낌이 들었다. 8220은 아무 느낌도 없이 멍하니 거울 속을 바라보다 고개를 푹 숙였다. 순간, 8220은 다시 고개를 치켜들었다. 거울을 보았다. 거울 속에는 한 사내가 나란히 있는 두 기의 봉분 앞에 소주병을 놓고 절을 하고 있었다. 아니 저 사내. 8220은 소리를 질렀다. 분명 장례식장에서 잠결에 언뜻 본 그 검은 양복의 사내가 분명했다. 검은 비닐봉지 하나는 바람에 나풀거렸고 또 하나에는 엄지만 한 나일론 끈이 보였다. 아니 저긴. 8220은 또 한 번 경악했다. 소주병을 꺼낸 빈 비닐봉지가 날아간 소나무가 눈에 익었다. 봉분 뒤로 반원으로 처진 굵은 소나무들. 분명 자신의 부모 산소였다. 어떻게 저 길…… 8220은 눈을 감고 머리를 세차게 흔들었다. 물이 거울에 튀어 사내의 모습이 물에 출렁거리는 듯했다. 절을 마친 사내는 소주를 꿀 꺽꿀꺽 마셨다. 물에 얼룩진 사내의 얼굴이 일그러져 선명하진 않았지만 역시 눈에 익었다. 누굴까. 손으로 거울에 묻은 물기를 닦아냈지만, 사내의 모습은 얼룩져 비뚜름하고 흐릿했다. 소주 한 병을 금방 비운 사내는 비닐봉지에서 나일론 끈을 꺼내 봉분 뒤 소나무로 걸어갔다. 소나무 가지에 나일론 끈 한쪽을 묶고 한쪽은 둥글게 매듭을 지었다. 아니, 안돼. 8220은 온몸이 오싹해지는 것을 느끼며 거울을 짚었다. 둥글게 매듭지어진 나일론 끈에 사내가 목을 넣는가 싶은 순간 8220은 스르르 주저앉았다. 타일의 차가움이 엉덩이와 허벅지로 전해왔지만 8220은 꼼짝도 할 수 없었다.

간신히, 오른손으로 욕탕을 짚고 상체를 일으켰다. 다리가 후들후들 떨려 곧 주저앉을 것 같았다. 거울을 보았다. 뿌연 거울 속에는 아무것도 없었다. 손바닥으로 거울을 닦았지만 역시 거울 속에는 사내도 자신도 보이지 않았다.

욕실 밖으로 나와 옷을 입은 8220은 텔레비전을 보다 자칫 비명을 지를 뻔했다. 두 기의 봉분 뒤에 반듯하게 누워 있는 검은 양복의 사내와 화면 중앙 하단엔 '40대 기러기 아빠 부모 산소에서 자살'이라는 고딕체 글씨가 눈에 들어왔다. 오락프로가 끝나고 뉴스를 하는 것 같았다.

며칠 동안 집과 회사에 전화해도 받지 않아 혹시나 해서 왔더니 봉분 뒤 소나무에 목을 맨 채로…… 제수씨에게 사기 이혼당해 우울증에 시달렸는데……

뒷모습만 보이는 사내가 말을 했다. 분명 고향에 있는 장형(長兄)이었다. 음성 변조를 했지만, 뒷모습이 확실했다.

아내와 자식들이 유학 가고 난 뒤 친구들과 잘 어울리지 않았어요.

확실히 우릴 피했어요.

퇴근하면 곧장 원룸으로 가 컴퓨터를 끼고 살았어요. 회사에서도 많은 시간을 사적으로 컴퓨터를 해 징계를 받은 것으로 알고 있습니다.

친구들인 듯한 사내들의 뒷모습이 말을 했다. 반듯하게 누운 시신이 확대되어 다가왔다. 얼굴을 모자이크 처리했지만, 아침에 장례식장에 입고 간 검은 양복이며 모습이 영락없는 자신이었다.

음…….

8220은 컴퓨터 앞에 앉아 담배를 꺼내 물었다. 담배 연기를 길게 내뿜으며 모니터를 들여다보았다. 동굴 속 같은 시커먼 모니터 속에는 자신의 얼굴이 비치지 않고 담배 연기만 주위로 퍼져갔다. 그는 피우던 담배를 종이컵에 비벼 끄곤 다시 한 개비를 물었다. 그리곤 익숙하게 컴퓨터 전원 스위치를 눌렀다.

그림자 욕망

놈이 끼어 있는 자리는 늘 거북스럽다. 아니, 놈이 있는 자리뿐만 아니라 놈의 행동거지, 말투, 옷차림 하나까지 마음에 드는 것이 없다. 놈만 보면 구역질이 날 정도다. 어깨까지 내려오는 긴 머리며 얼굴을 반이나 덮은 지저분한 수염. 때와 장소를 가리지 않고 내뱉는 음담패설. 누구의 시선도 의식하지 않는 멋대로의 행동. 그는 평생토록 놈을 이해할 수 없다고 생각한다.

그는 식당을 나오자마자 골목길을 벗어난다. 화실에 가서 시간을 보내다 술자리가 끝날 때쯤 식당으로 갈 작정이다. 어제 그가 '그림 사랑' 회원들에게 저녁을 사겠다며 무엇을 먹겠냐고 물었다. 물론 물은 건 예의였다. 그의 머릿속엔 조용하고 쾌적한 일식집이 자리 잡고 있었다. 회원들 저마다 회장님 맘대로 하세요, 라고 했지만, 놈은 달랐다. 내가 잘 아는 과붓집이 있는데, 했다. 손두부 찌개를 아주 죽이게 잘하는 데 있거든요. 회원들은 모두 그러자, 했고 그는 어쩔 수 없이 과붓집으로 정했다. 예상대로 지저분하고 시끄러웠다. 홀에는 많은 사람이 옆 테이블엔 신경 쓰지 않고 큰소리로 지껄이고 있었다. 놈이 미리 얘기한 모양인지 다행히 방을 차지하긴 했지만, 홀에서 들려오는 소리로 회원들이 둘러앉아 제대로 얘기를 못 할 지경이었다.

　그는 큰길로 나와 인도를 따라 걷는다. 술집이 많은 곳이라 그런지 술에 취해 무리 지어 다니는 사람들이 많다. 9시도 안 되었는데 벌써 가로수를 붙잡고 토하는 사람들도 눈에 띈다. 썩었어. 푹 썩었어, 세상이. 인상을 찡그린다. 그는 술집이 밀집해 있는 거리를 벗어나자마자 슈퍼 앞에 서서 휴대전화기를 꺼내 집으로 전화를 건다. 중1인 큰딸이 받는다. 저녁은 먹었니? 다정스럽게 묻는다. 예. 엄마 바꿔드릴게요. 딸애는 중학교에 올라가고부터 의도적으로 피하는 것 같다. 사춘기려니 생각해도 마음 한쪽이 허전한 것은 어쩔 수 없다. 어떻게 키운 녀석인데. 그는 딸애의 얼굴을 떠올린다. 제 엄마를 닮아 얼굴이 전체적으로 둥글고 살이 통통하게 찐 편이다. 그가 보기엔 달덩이처럼 예쁘기만 한데 딸애는 제 엄마를 닮아 못생겼다고 늘 불만이다. 세상이 아무리 썩었어도 딸애만은 반듯하게 키우고 싶었다. 그런데 6학년에 올라갔을 때 어처구니없는 일이 벌어졌다. 염색해달라는 거였다. 녀석이 직접 말한 게 아니라 아내를 통해서였다. 중학교 올라가면 못하니까 연예인들처럼 머리를 꾸며 보고 싶다고 했다. 그는 딸애가 그런 요구를 할 리가 없다고 생각했다. 그가 생각하기에 딸애는 말 잘 듣고 공부 잘하는 극히 모범생이었다. 그는 화를 내며 요구를 단칼에 거절했다. 그런 염색을 하는 애들은 뻔한 애들이니 같이 어울리지 말라는 말도 덧붙였다. 아내가 한 번만 요구를 들어주자고 은근히 얘기했을 때도 그는 아내에게 역정을 냈다. 그때부터였을까, 딸애는 그와 눈을 마주치지 않으려

했다. 그가 다정스럽게 말을 걸어도 녀석이 먼저 피했다. 딸애에게 섭섭한 생각이 들었다. 썩은 세상에 딸애만은 곱게 키우고 싶었는데 전혀 자신의 마음을 이해 못 하는 것이 못내 서운하다.

말씀 안 하세요?

갑자기 휴대전화기에서 아내의 목소리가 툭 튀어나온다.

어, 전화 바꿨나?

그는 당황하여 말을 더듬는다.

몇 번이나 말을 해도 대답이 없어서요.

그랬는가?

그는 헛기침을 몇 번 하고 나서 말한다.

저녁은 먹고? 애들은?

그럼 먹었지요. 애들은 공부하고 있어요. 당신도 식사하셨어요?

아내는 살갑게 말한다. 아내는 말 그대로 현모양처다. 그는 그런 아내가 마음에 든다. 아내에게 조금 있다 들어가겠노라고 말하곤 전화를 끊는다. 그는 특별한 일 외에는 집에 늦게 들어간 적이 없다. 그림을 그리더라도 12시를 넘기지 않았다. 회원들이 그가 없을 때 '범생이'라고 부르는 걸 안다. 그는 그런 말이 좋다.

슈퍼와 치킨집이 붙어 있는 상가를 지나 화실 건물이 있는 왼쪽 골목으로 걸어간다. 아무 문제 없는 집을 생각하니 한결 마음이 유쾌하다. 하지만 막상 화실 앞에 도착하니 어쩔 수 없이 놈이 떠오른다.

그림 그리는 후배와 함께 화실에 나타난 놈은 처음부터 불쾌했다. 꽁지머리며 돼지 털 같은 수염이며 몇 년간 세탁하지 않은 듯싶은 옷차림이 그랬다. 하지만 후배한테 그림을 배운 터라 아는 형이라며 회원으로 받아달라는 청을 거절할 수가 없었다. 몇 년 전 후배는 30여 평의 개인 화실을 만들어 낮에는 자신의 그림에 몰두하고 밤에는 일반인들에게 그림을 가르쳤다. 그도 학교 다닐 때부터 그림에 관심이 많았던 터라 그림 배우러 화실에 나왔다. 그림을 배우니 생각했던 것보다 훨씬 더 생활에 활력이 붙었다. 나이 사십에 새로운 것을 한다는 게 여간 좋은 게 아니었다. 다른 사람들도 대부분 학창 시절부터 그림에 관심이 많았기에 열심히 했고, 1년이 넘자 그림을 어느 정도 그리게 되었다.

그 무렵 후배는 갑자기 일이 생겨 화실 운영을 그만두게 되었다. 그림을 배우던 이들은 이대로 그만둘 수 없다며 모임을 조직하고 돈을 거둬 화실을 계속 꾸려나가기로 했다. 이름을 '그림 사랑'이라 하고 나이가 제일 많은 그를 회장으로 뽑았다. 대부분 30대 후반에서 40대 초반의 직장인들이었고 결혼한 이들이었다. 그림을 그리고 싶은 이들은 누구나 회원이 될 수 있었다. 하지만 놈처럼 정식으로 미대를 졸업한 사람은 한 명도 없었다.

놈은 화실 구석에 생활공간까지 마련해 달라고 했다. 화실 청소 및 관리를 책임진다고 했다. 그는 자기와 동갑인 것을 생각하며 비웃었다. 하지만 놈은 어느 무엇에도, 누구에게도 얽매이기 싫어 혼자 산다고 신입 환영회 술자리에서 자신 있게 말했다. 그는 다음날 각목과 합판을 구해와 화실 한쪽에 칸막이를 쳤다. 앵글로 침대를 만들고 간단한 살림 도구를 가져왔는데 그 또한 가관이었다. 밥그릇 하나에 수저 한 짝. 휴대용 가스레인지, 찌그러진 양은 냄비가 전부였다. 설거지를 화장실에서 했으니 더 초라할 수밖에 없었다. 그런데 정작 놈은 아무렇지도 않은 듯했다.

그는 그런 놈을 경멸했다. 될 수 있으면 놈이 없는 시간에 그림을 그리려고 했지만 퇴근하고 가면 언제나 놈이 있었다. 그림 또한 놈처럼 마음에 들지 않았다. 놈의 그림은 음탕했다. 조금 전 술자리에서 놈은 술을 마시다 대뜸 회장님 백마 타 봤슈? 하고 물었다. 그는 불쾌하여 놈의 얼굴을 외면하는데 놈은 아랑곳하지 않고 지껄였다. 어떤 젊은 놈이 미국엘 유학 갔는데 말이여, 백마를 타고 싶었는기라. 그래서 그런 곳엘 갔는데……. 놈의 음담패설에 회원들은 배를 잡고 낄낄거렸다. 놈은 계속 말을 이었다. 사실 백인 여자보다 흑인 여자, 그러니까 흑마가 더 좋은데 말이야. 더 쫄깃쫄깃하다고나 할까? 여자 회원들은 고개를 숙이고 킥킥거렸다.

그는 이쯤에서 도저히 참을 수 없어 화장실 가는 척하고 식당을 나온 것이다. 놈을 도저히 이해할 수 없고, 이해할 필요도 없다고 생각한다. 문 옆에 있는 분전함에서 열쇠를 꺼내 문을 연다. 놈의 그림은 보지 않으리라. 그는 불을 켜지 않은 채 안으로 걸어간다. 창문으로 들어온 빛으로 사물이 어렴풋이 보인다. 놈의 그림은 안쪽에 있어 보이지 않는다. 다행이라는 생각이 든다. 놈의 그림은 그림이 아니라 저질 포르노라는 게 그의 지론이다. 놈은 남녀 나신을 추상적으로 그렸다. 그가 눈길을 주지 않으려 해도 어쩔 수 없이 보게 된 그림 몇 점들이 다 그랬다. 남자의 나신, 여자의 나신, 소녀의 나신, 남자의 나신에 여자의 음부가 그려진 그림, 반대로 여자의 나신에 남자의 성기가 달린 그림. 서로 몸을 둥글게 말아 상대방의 성기를 물고 있는 태극 모양의 그림. 그는 놈의 그림을 경멸했다. 그는 소파 쪽으로 걸어가며 놈의 그림이 있는 쪽을 애써 외면하는데 갑자기 뭉크의 그림 몇 점이 머릿속에 떠오른다. 업무가 밤 10시쯤 끝나 집으로 바로 갈까 하다가 화실에 들른 날이었다. 회원들은 일찍 집에 갔는지 보이지 않고 놈 혼자서 소파에 앉아 화집을 보고 있었다. 그가 들어오는 것도 모른 채 화집을 바라보던 놈이 그를 발견하고는 팔을 강제로 끌고 소파에 앉혔다.

이 그림 좀 봐요. 이 그림.

놈은 흥분하였는지 목소리가 떨렸다. 그는 그가 내민 그림을 물끄러미 바라보았다. 풍만한 엉덩이가 육감적인 알몸의 여자가 누르스름한 무엇을 안고 있는 그림이었다. 그는 불쾌감으로 고개를 돌리며 일어서려 했다. 놈이 그의 팔을 잡았다.

난 이 그림을 볼 때마다 전율을 느낍니다.

그는 놈의 얼굴을 바라보았다. 뻘겋게 달아오른 얼굴에 광채를 발하는 눈은 흡사 청도에서 보았던 싸움하는 수소의 그것이었다. 놈의 몸에서 수소의 거친 숨결이 뿜어져 나오는 듯했다. 그는 놈에게서 엉덩이를 옆으로 비켰다. 놈은 그의 얼굴을 흘깃 보더니 그림에 대해 중얼거렸다.

이 벌거벗은 여자는 소녀요. 아직 누구의 손길도 닿지 않은 처녀지요. 소녀가 안고 있는 누르스름한 것은 해골이요. 오른쪽에 있는 외계인처럼 생긴 게 바로 태아요. 태아란 말이요. 왼쪽에 올챙이처럼 위로 올라가는 것은 정자요. 정자. 아…….

그림을 쥔 놈의 손이 떨렸다. 순간 그는 머리카락이 곤두서고 피부에 소름이 돋는 듯했다.

이 그림도 보시오. 이 그림.

그는 몇 장을 넘겼다. 콧수염을 기른 남자가 벌거벗은 채 침대에 죽어 있고, 중앙엔 나신의 소녀가 죽은 남자를 뒤로하고 서 있는 그림이었다.

아…….

놈은 어떠냐는 듯 그를 바라보았다. 그는 도망치고 싶었지만 어떤 힘에 눌려 다리를 뗄 수가 없었다. 놈은 계속해서 책장을 넘기며 그에게 그림을 보여주었다. 침대 위의 빨간 깔개에 앉은 벌거벗은 여인. 빨간색 회색 등의 색깔이 어지럽게 칠해져 있는 배경에 긴 머리카락을 늘어뜨린 채 고개를 숙이고 있는 나신의 여인. 침대 위에서 벌거벗은 채두 손으로 치부를 가리고 앉아 있는 소녀. 놈은 그림을 넘기며 연신 고개를 끄덕거리기도 하고 하, 숨을 크게 내뱉기도 했다. 그는 그만 도망가리라 하며 망설이는데 놈이 책을 탁, 소리 나게 탁자 위에 놓았다. 표지엔 MUNCH 라고 쓰여 있었다.

난 말이오. 이 뭉크의 그림들을 볼 때마다 가슴이 뜨거워지고 몸이 부들부들 떨린다오.

그는 놈의 강한 시선을 피했다.

난 도대체 이런 그림을 이해할 수 없소. 그림은 일단 아름다워야 하오.

그는 겨우 말을 마치고 문으로 걸어갔다. 숨이 막힐 것 같아 견딜 수 없었다. 그가 문을 열려고 하는 순간 그의 뒤에서 '쿵' 하는 소리가 들렸다. 뒤를 돌아보았다. 놈이 벌거벗은 채 바닥에 뒹굴고 있었다. 뒹굴다 물감을 손에 짜 얼굴에 바르고 가슴 팔다리에 발랐다. 그는 놈을 똑바로 볼 수가 없었다. 머리카락이 봉두난발이 되었고 수염에는 여러 물감이 묻었다. 놈은 여러 색깔을 한 짐승처럼 보였다. 아니, 분명 짐승이었다. 놈은 계속 이상한 신음을 내며 바닥에 뒹굴었다. 그는 놈의 얼굴을 바라보다 순간, 가슴이 저릿한 느낌을 받았다. 너무나 익숙한, 낯익은 얼굴이었다. 그는 도망치듯 집으로 왔지만, 꼬박 밤을 새웠다. 섬뜩한 기운이 사라지지 않았다. 마치 자신이 물감을 온몸에 바르고 바닥을 뒹굴기라도 한 듯 가슴이 떨렸다. 며칠 동안 화실에 나가지 못했다.

소파에 앉아 그때의 일을 생각하자 몸이 부르르 떨리는 것 같다.

그림은 아름다워야 해.

그는 중얼거린다. 그는 자신의 그림에 대해 만족한다. 완성된 그림은 집 거실이나 방에 걸어두거나 친구들에게 주기도 했다. 그가 주로 그리는 그림은 풍경화였다. 들이 있고 산이 있는 그림. 물이 흐르고 물에 비치는 커다란 나무나 다리가 있는 그림. 그는 놈의 그림을 떠올리며 입꼬리를 치켜올린다. 놈을 경멸하는 것처럼 놈의 그림도 경멸했다. 더럽고 추잡한 놈. 음탕한 놈. 놈을 다시는 상대하지 않으리라 생각하며 자신의 그림이 있는 곳으로 천천히 걸어간다. 밝은 불빛이 아니라 창문을 통해 희미하게 들어오는 빛으로 회원들의 그림을 보니 또 다른 느낌이 든다. 어두운 면은 더 어둡고 밝은 부분은 어두운 부분과 대비되어 사실감이 든다.

그는 문 쪽에 있는 자신의 이젤 앞에 선다. 놈과 멀리 떨어지다 보니 문 옆까지 밀려났다. 캠퍼스가 창문을 등지고 있어 그림이 잘 보이지 않는다. 하지만 뭔가 이상한 느낌이다. 우선 캠퍼스의 크기가 다르다. 자신이 그리던 것은 60호인데 이것은 90호가 넘는 것 같다. 또한 가로로 세워져 있는 게 아니라 세로로 세워져 있다. 그는 천천히 그림 가까이 다가간다.

아니…….

그는 그림을 들어 창문 쪽으로 돌린다. 여자의 나신 그림이다. 어둠 속에서 보니 붓 자국이 없어 더 추상적이다. 그는 옆에 있는 그림을 들어본다. 나무와 바위가 어우러진, 농협에 다니는 회원이 그리던 풍경화다. 다른 그림을 봐도 회원들이 그리던 그림이 맞다. 근데 유독 그의 그림만이 바뀌어 있다. 그는 놈을 떠올리다 그림을 바닥에 팽개치고 놈이 그리던 장소로 뛰어간다. 놈의 이젤엔 침대에 드러누워 성기를 움켜쥐고 자위하는 사내의 그림이 놓여 있다. 옆을 둘러봐도 자신의 그림은 보이지 않는다. 그는 돌아서다 멈칫거린다. 그는 천천히 몸을 돌린다. 놈의 그림을 들어 창 쪽으로 가져간다. 황토색의 자위하는 사내를 유심히 바라보던 그는 악, 비명을 지른다. 그림 속의 사내는 그 자신이다. 그는 자신도 모르게 그림을 놓자마자 그림이 바닥에 뒹군다. 캠퍼스 위의 그가 성난 성기를 움켜쥐고 자위하고 있다. 캠퍼스 위의 그는 눈을 감은 채 황홀경에 빠져있다. 수치심으로 몸을 부들부들 떨던 그는 캠퍼스 위의 그의 얼굴을 발로 짓이기기 시작한다. 얼굴이 일그러지고 황톳빛 상체의 가슴 부위에 불에 덴 듯한 흉터가 남는다. 캠퍼스 위의 자신의 얼굴 형체가 알아볼 수 없을 정도로 되었을 때야 그는 짓이기던 발을 멈춘다. 입에서 거친 숨이 뿜어져 나온다. 하지만 성기와 엉덩이를 보자 다시 캠퍼스 위에 올라가 형체를 알아볼 수 없을 정도로 구두 밑창으로 비빈다.

숨을 몰아쉬던 그는 자신이 그리던 장소로 흐느적거리며 걸어간다.

이젤에 놓여 있는 나신의 그림을 머리 위로 들어 벽을 향해 내리친다. 캠퍼스의 나무가 퍽, 소리를 내며 부러진다. 캠퍼스에서 나신의 여자가 얼굴이 뒤틀린 채 기묘하게 웃고 있다. 캠퍼스의 나무가 부러지자 천을 떼어내 바닥에 놓고 그림의 형체가 완전히 변할 때까지 짓이긴다.

그는 놈이 그린 그림 전부를 짓이기다 극심한 피로를 느끼며 그림 위에 엎어진다. 잠시 후 갑자기 그는 고개를 들어 아래에 깔린 그림을 바라본다. 남자는 남자끼리 여자는 여자끼리 광활한 풀밭에서 성의 유희를 즐기고 있다. 남자와 여자의 얼굴을 자세히 본다. 남자는 자신이고 여자는 농협에 다니는 회원의 얼굴이다. 그는 몸을 돌려 천정을 바라본다. 천정에서 놈의 벌거벗은 몸뚱이가 빙글빙글 돌아간다. 하나가 아니고 여럿이다. 똑같은 놈들이 마치 춤을 추듯 빙글빙글 돌아간다. 원시인들이 사냥감을 앞에 놓고 집단으로 춤을 추는 것 같다. 그는 자신도 놈과 함께 춤추는 것 같은 느낌이 언뜻 든다. 놈의 몸뚱이가 낯설지 않다. 언젠가 밤늦게 보았던 놈의 모습이 머릿속에 나타난다.

놈이 웬일인지 20여 일 동안 화실을 비운 다음 날이었다. 놈은 원래 밖에서 자는 날이 많아서 며칠 동안 모습이 안 보인다고 아무도 걱정을 하지 않았다. 하지만 10여 일이 지나자 회원들 사이에 걱정스러운 얘기들이 나왔다. 15일 정도 지나자 찾아봐야 하지 않겠냐는, 직접 찾아보겠다는 회원들이 나타났다. 하지만 놈은 어디든 떠나고 싶을 때 떠나고 오고 싶을 때 오는 놈이라 마땅히 어디 물어볼 때도 없었다. 20여 일쯤 지났을 때, 그는 직장 일을 늦게 끝내고 12시가 넘어 집으로 돌아오다 화실 창틈으로 희미한 불빛이 새어 나오는 걸 보았다. 그는 놈이 돌아왔구나 하며 그냥 지나치려다 이상한 예감에 화실로 갔다. 화실 문을 소리 나지 않게 열고 안을 들여다보았다. 바닥에 수많은 촛불이 켜져 있었고 놈은 벌거벗은 채 의자에 앉아 그림을 그리고 있었다. 그 앞엔 벌거벗은 몸에 여러 색의 물감을 칠한 여자가 천정을 보며 누워 있었다. 여자는 농협에 다니는 회원이었다. 아이가 둘 딸린 주부인데 무척이나 수줍음을 탔었다.

놈이 그리는 그림은 황토색 바탕으로 여자 회원을 그리는 중이었다. 원래 그런 그림을 그리는 놈이라 매우 놀라지 않았지만, 앞에 모델로 누워 있는 주부 회원은 의외였다. 그 회원도 놈이 자리를 비운 동안 화실엔 한 번도 나오지 않았다. 다음날 그 회원은 태연했다.

그는 자리에서 벌떡 일어선다. 누가 들어올까 두려운 생각이 든다. 누가 들어와 이 그림들을 본다면. 많은 사람 앞에서 옷을 모두 벗으면 이런 기분일까. 그는 쌓여있는 그림들을 바라본다. 살의를 느낀다.

사랑은 사람을 구속해요. 언젠가 놈에게 한 회원이 결혼 안 하냐고 물었을 때 놈은 너털웃음을 지으며 말했다. 근데 제가 왜 결혼해요? 저는 누구에게도, 그 어떤 것에도 얽매이지 싫답니다요. 놈은 부러운 눈치를 보내는 회원들 앞에서 당당하게 말했다. 여행을 떠나고 싶을 때 떠나고, 가고 싶은 데 가는 놈의 자유가 회원들의 동경을 산 지 몰랐다. 하지만 그는 속으로 미친놈이라고 치부했다. 자신의 화목하고 아무 문제 없는 가정을 떠올리며 말했다. 인간은 인간스러울 때가 가장 아름답지요. 자유? 그거 좋지요. 하지만 지나치면 추합디다. 그의 말이 끝나자 놈은 크게 웃었다. 인간스러움요? 그게 뭔데요? 가정을 위해 아침 일찍 출근해서 밤늦게까지 일하러 다니는 게 인간스러운 행동입니까? 한 사람만 사랑하고 다른 사람은 사랑을 느껴도 사랑하지 못하는 게 가장 인간스러움일까요?

그는 그림을 서너 개씩 들고 화실 뒤에 있는 담벼락 옆으로 옮긴다. 누가 들어오기 전에, 누가 보기 전에 빨리 불태워야 한다. 그림을 다 옮기고 나서 다시 한번 더 화실을 둘러보고 담벼락으로 온다. 위에 있는 그림을 든다. 그림 속 자신의 배꼽에 라이터를 켠다. 파란 불꽃이 일며 순식간에 자신이 사라지고 없다. 불에 그을린 캔버스 중앙이 휑하니 뚫려있다. 순간, 가슴이 아리다. 뭔가 소중한 것을 잃는 느낌이다.

그는 분노로 떨리는 손에 힘을 주며 그림 하나하나에 불을 붙인다. 순식간에 천이 없어지고 불에 그을린 캔버스들이 바닥에 뒹굴고 있다.

마지막 한 점을 들고 불을 붙이려다 그는 아, 하고 탄성을 지른다. 이제 막 해가 떠오르는 수평선에 걸려있는 붉게 물든 구름을 배경으로 수많은 그가 수많은 여자와 또는 남자들과 섹스를 하는 그림이다. 멀리서 찍은 사진처럼 인물이 희미했지만, 그 남자들이 자기 자신이라는 것을 그는 직감으로 안다. 바닷속에서, 모래사장에서 수많은 그가 성의 유희를 즐기고 있다. 그는 그림을 유심히 바라보다 잊혔던 어떤 장면 하나를 머릿속에 떠올린다.

놈이 회원으로 가입한 지 얼마 되지 않은 때에 단합대회란 명목으로 회원 전원이 경북 영덕으로 놀러 간 적이 있었다. 앞을 가로막는 섬 하나 보이지 않는 바다를 향해 회원들은 탄성을 질렀고, 그를 비롯하여 회원들 저마다 준비해간 화구로 바위로 밀려와 하얗게 부서지는 파도를 그렸다. 아마 내륙지방에 사는 사람들이라 좀처럼 이런 풍경을 그림으로 그릴 기회가 없었기 때문에 약간의 흥분으로 그림을 그렸다. 그런데 놈은 그림 그릴 생각은 않고 바다 바로 옆에 있는 바위에서 혼자 깡술을 마시는 것이었다.

다음날 새벽, 전날 밤에 과음한 탓으로 심한 갈증에 눈을 떴을 때 놈은 방에 없었다. 아예 이부자리도 없었다. 함께 밤늦도록 바닷가에서 술 마신 기억은 나는데 같이 민박집으로 온 기억은 없었다. 창문을 열고 바다를 바라보던 그는 깜짝 놀랐다. 놈은 웬 여자와 함께 바다에서 수영하고 있었다. 무척 다정스러운 돌고래 한 쌍 같았다. 수영 실력도 상당했다. 제법 멀리까지 갔다 오기도 했다. 그렇게 한참 동안 수영을 하던 두 사람이 바닷가로 나오더니 길고 긴 섹스를 했다. 밀려오는 바닷물에 잠긴 채. 그는 수치심을 잃고 그들의 행동을 끝까지 바라보았다. 그의 몸이 한껏 달아올랐다.

그는 그림을 다시 들어 자세히 본다. 남자들은 분명 자기 자신이다. 여자들도 어딘지 모르게 낯설지 않다. 얼굴을 그림 가까이 가져간다. 음, 그는 자신도 모르게 짧은 신음을 토한다. 그림 속의 여자들은 모두 화실 회원들이다. 섹스 파트너 중엔 남자 회원도 있다. 아내는 없다. 섹스하는 형태도 다양하다. 남자끼리, 여자끼리 하는 형상도 있다. 마치 동물 무리가 아침 해가 떠오르는 바닷가에서 집단 교미를 하는 것 같다. 그의 얼굴이 벌겋게 달아오른다. 그림 중앙에 라이터 불을 붙인다. 순식간에 수많은 그와 여자들을 삼킨다. 다리에 힘이 빠져 주저앉을 것 같다.

그림이 다 타고 각목만 남자 그는 화실로 올라가 칸막이 안으로 들어간다. 구석구석 뒤진다. 침대 밑에서 조각용 삼각 칼을 꺼낸다. 날 끝을 오른손 엄지로 만져본다. 사각사각 소리가 나는 듯하다. 그는 삼각 칼을 오른쪽 바지 주머니에 넣고 화실 문을 잠그는 것도 잊고 계단을 내려간다.

식당 앞에 도착한 그의 얼굴은 땀으로 범벅이 되어 있다. 갑자기 딸의 얼굴이 떠오른다. 앞으로 딸의 얼굴을 제대로 못 볼 것 같다. 그는 문을 열고 들어가 홀을 가로질러 회원들이 있는 방문을 거칠게 연다. 놈이 보이지 않는다. 회원들은 큰 소리로 떠들며 술을 마시고 있다.

그…… 놈 어디 갔어?

그는 말을 더듬는다. 회원들은 그를 돌아보지 않고 얘기를 계속한다. 그는 화가 나 방으로 들어가 고함을 지른다.

그 새끼 말이야. 털보 새끼. 어디 갔어!

회장님은 어디 갔지?

화장실 갔나 봐요.

그럼 슬슬 나가지.

회원들은 그의 말에 아랑곳없이 자기들끼리 얘기하다 일어선다. 그는 시청에 다니는 남자 회원의 멱살을 잡으려다 참는다. 나가서 얘기하지. 홀에 있는 사람들을 의식하여 회원들을 따라 밖으로 나와 계산대로 걸어간다. 놈은 화장실에 갔으리라. 밖에 나가서 보자. 계산대 앞에 서서 지갑을 꺼낸다.

얼마요?

계산대에 앉아 있는 주인은 아무 반응이 없다.

얼마입니까?

음성을 높인다. 뒤에는 회원들이 하나둘 밖으로 나간다. 주인은 옆에 켜놓은 텔레비전에서 눈을 떼지 않는다.

여기 얼마요, 마담?

그의 오른쪽 옆에서 굵은 목소리가 나자 그제야 주인은 반색하며 소리가 나는 쪽을 바라본다. 그도 옆으로 고개를 돌린다. 놈이다. 그는 주머니에 든 조각칼을 만지작거린다.

팔만 칠천 원이네요.

주인은 놈에게 말한다. 그는 구만 원을 꺼내 주인에게 내민다. 주인은 받을 생각은 않고 놈만 바라본다. 놈이 만 원짜리 아홉 장을 꺼내 주인에게 건넨다. 주인은 받아 삼천 원을 되돌려준다. 그는 불쾌감으로 주인을 노려본다. 주인은 아랑곳하지 않고 놈에게 자주 오라고 친절하게 말한다.

회장님, 돈 많이 안 나왔어요?

농협에 다니는 주부 회원이 놈에게 말한다. 뭐? 회장님? 그는 의아하게 놈과 주부 회원을 바라본다.

조금요. 2차로 노래방 갈까요?

좋지요.

놈이 먼저 나가고 주부 회원이 뒤를 따른다. 그는 주인을 향해 뭐라 한마디 하려다 밖으로 나간다. 회원들이 놈 주위에 몰려있다.

회장님께서 2차는 노래방으로 우리를 모시겠답니다.

농협에 다니는 주부 회원이 마치 중요 뉴스라도 알리는 듯 큰 소리로 말한다.

우리 회장님은 언제 봐도 멋져요.

여자 회원이 놈의 팔짱을 낀다.

회장님, 사모님한테 전화 안 하세요? 늦는다고?

여자 회원의 말에 놈은 너털웃음을 짓는다.

우린 사랑이란 이름으로 서로 구속하지 않아요. 늦게 들어오든 다음 날 들어오든 상관하지 않아요.

역시 우리 회장님은 자유주의자!

병원에 다니는 아가씨가 놈의 팔을 낀다.

그는 어이가 없어 놈을 노려보다가 가까이 다가간다.

너 나 좀 보자.

그는 분을 삭이며 말한다. 하지만 놈은 그를 쳐다보지도 않고 옆에 있는 여자 회원들과 얘기를 주고받으며 큰소리로 웃는다.

자, 갑시다. 밤새도록 놉시다.

놈은 평소의 습관대로 오른팔을 머리 위로 휘어지게 들어 올리며 유흥가가 밀집된 쪽으로 걸어간다.

이 새끼가.

그는 놈의 뒤를 따라가 어깨를 잡는다.

어?

그는 자신의 손을 바라본다. 놈의 어깨가 잡히지 않고 그대로 통과한다. 다시 달려가 뒤통수를 후려친다. 하지만 그의 주먹은 놈의 머리를 통과한다. 그는 걸어가는 놈의 모습을 멍하니 바라본다. 농협에 다니는 주부 회원이 그의 몸을 통과하여 놈의 뒤를 따른다. 남자 회원과 다른 회원들도 그를 통과해 놈을 따라간다.

이럴 수가.

그는 유흥가로 사라지는 놈의 뒷모습을 오랫동안 바라본다. 주머니에 손을 넣어 조각칼을 만지작거리다 뒤돌아 걷는다. 허방을 짚은 느낌이다. 어디로 갈까. 지금 심정으론 집으로 갈 생각이 없다. 순식간에 길을 잃은 느낌이다. 갈 데가 없다. 그는 바지 주머니에 손을 넣고 망설이다 화실 쪽으로 길을 잡는다.

얼마나 지났을까. 그는 소란스러운 느낌에 눈을 뜬다. 여기가 어디지? 그는 잠시 자신이 어디 있는지를 몰라 주위를 두리번거린다. 화실이다. 소파에 누워 있는 자신을 깨닫고 그는 황급히 일어나 앉는다. 머리가 깨질 듯 아프다.

"회장님 왜 먼저 나오셨어요?"

농협에 다니는 회원이 묻는다. 언제 왔는지 회원들 대부분 화실로 와 있다.

"회장님이 가고 나니까 그만 흥이 깨져서 화실에서 차나 한잔 마시려고 왔어요."

다른 회원이 아쉽다는 표정을 짓는다. 그는 어찌 된 영문인지 몰라 농협에 다닌 회원에게 묻는다.

"지금 노래방 끝나고 오는 길이에요? 난 피곤해서 잠깐 졸았나 봅니다."

그의 말에 다른 회원이 말한다.

"노래방에서는 그렇게 신나게 노시더니. 좀 쉬세요. 차 한 잔 드릴게요."

회원은 물이 끓고 있는 커피포트 쪽으로 걸어간다.

"내가 노래방에 갔었다고?"

그는 어이가 없다는 표정을 지었고 회원들이 그를 바라보았다.

"난 식당에서 그냥 바로 이리로 왔어요. 놈하고 갔잖아요."

"놈이요? 누구지?"

회원들은 의아한 듯 서로 바라보았다.

"놈 몰라요? 저기 칸막이에서 생활하던 놈 말이요?"

엉큼한 그림만 그리는 놈 있잖소, 라고 말하려다 침을 삼킨다. 회원들이 자신을 놀리는 것 같아 불쾌한 생각이 든다.

"저기는 회장님이 사용하시는 공간이잖아요."

회원들의 말에 마침내 그는 불컥, 화를 냈다.

"왜 자꾸 사람을 놀리고 그래요."

그는 피곤하다는 듯 머리를 뒤로 젖히고 눈을 감았다.

"이거 대추차인데 한 잔 드셔요. 마시면 술이 깰 거에요."

회원의 말에 그는 눈을 뜨고 자신은 술을 마신 적이 없다고 말하려다 급한 마음에 말머리를 돌린다.

"여기에 있던 놈이 그린 그림 봤어요?"

그의 의심스러운 눈빛에 회원들은 고개를 갸우뚱거린다.

"그림요? 무슨 그림요?"

"놈이 그린 그림이요."

그는 쿡쿡 찌르는 머리를 오른손 엄지와 검지로 누르며 마음을 진정시켰다.

"놈은 대체 누구예요? 아까부터 자꾸 놈이라 그러고. 그림은 또 뭐에요?"

농협에 다니는 회원이 눈을 동그랗게 뜨고 말한다.

"그 왜 있잖아요. 음탕한 그림이요. 놈은 맨날 그런 그림만 그리잖아요."

그는 숨이 차서 씩씩거렸고 회원들은 무슨 뚱딴지같은 소리라는 듯 고개를 저었다.

"음탕한 그림은 또 뭐에요?"

그의 말을 종잡을 수 없다는 듯 회원이 물었다.

"아."

그는 말을 할 수 없었다. 뭔가 속임수에 빠진 느낌이었다. 마치 딴 세상에 와서 외계인과 얘기하는 기분이었다. 그는 겨우 몸을 일으켜 문쪽으로 향했다. 우선 집에 가서 푹 쉬고 나면 모든 게 제자리로 되돌아올 것 같았다.

"잠깐만요."

농협에 다니는 회원이 칸막이에서 점퍼를 가져왔다.

"옷 놔두고 가셨어요. 밖에 추울 텐데."

그는 회원이 건네주는 카키색 점퍼를 물끄러미 바라보았다. 털보가 입던 옷이었다. 1년 내내 빨지도 않고 입어 속으로 욕하던 옷이었다.

"이건 내 것이 아니고 놈의 것이잖아요."

그는 재빨리 몸을 돌려 문을 열고 나왔다. 어둠이 와락 달려들었다.

저항의 욕망

그는 가든에 들어서며 현관에 있는 황금소나무 분재를 바라보았다. 1M 남짓한 황금소나무는 잎이 노란 황금색을 띠었는데 굵기가 남자 어른 허벅지만 했다. 마치 능구렁이가 몸을 꼬며 고개를 치켜들고 있는 형상이었다. 어찌 보면 도전적인 느낌이 들었다. 볼 때마다 마음이 편치 않았는데 오늘따라 유난히 불쾌했다. 나무인 주제에 도전적인 모습으로 지켜보다니. 그는 황금소나무인 데다 수형도 잘 잡혀 부르는 게 값이라는 주인의 말을 떠올리며 두 손으로 소나무를 뽑아 마당으로 던져버리면 좋겠다는 생각이 들었다.

"오셨어요?"

자주색 한복을 입은 여인이 두 손을 모으고 공손히 인사를 했다. 식당의 여주인이었다.

"허, 날씨가 좋습니다. 아직 안 왔지요?"

그는 황급히 고개를 돌리곤 온화한 미소를 지었다. 아들 녀석이 먼저와 기다릴 리가 없다는 것을 알면서도 소나무를 보며 들었던 생각을 지우기라도 하듯 물었다.

"곧 오겠지요. 안으로 드시지요."

여인은 한쪽으로 비켜섰다. 그는 고개를 끄덕이며 2층을 향해 앞장 섰다. 이 지역에서 제일 고급식당이자 그가 단골로 자주 오는 곳이었 다. 특히 2층은 한옥 구조로 잘 꾸며져 있어 그가 오면 항상 이용했다.

"방 하나 더 준비했지요?"

그는 윗옷을 받아드는 여인을 향해 물었고 그럼요, 여인은 공손히 답 했다. 그는 자리에 털썩 앉았다. 치욕스러운 하루였다. 성질머리대로 했으면 좋겠는데 문제는 상대가 아들이라는데 있었다. 어떻게 그럴 수 가 있단 말인가. 그는 아무리 생각해도 이해할 수 없었다.

"그럼."

여인은 허리를 깊숙이 숙여 인사하곤 밖으로 나갔다. 그는 아들 생각 하느라 미처 여인이 나가는 걸 보지 못했고 나중에야 닫힌 문을 물끄 러미 바라보았다.

허 참.

그는 손가락으로 탁자를 탁탁, 두드리며 아들을 떠올렸다. 착한 녀석 이었다. 착해도 너무 착해 걱정까지 했던 터였다. 어릴 때부터 불쌍한 사람을 보면 그냥 지나치지 못했다. 하물며 친구가 다치거나 일이 생기 면 마치 자기 일처럼 마음 아파했다. 고등학생이 되어서도 마찬가지였 다. 한 달여 전쯤 가족과 함께 식당에서 저녁을 먹고 주차장으로 가는 데 녀석이 도로를 향해 뛰어가는 것이었다. 의아해서 바라보니 폐지를 손수레에 가득 실은 할아버지가 오르막길을 힘겹게 오르고 있었는데 달려가 뒤에서 밀어주는 것이었다.

저 녀석이.

그는 순간 화가 났다. 학원 시간에 늦겠다며 서둘러 나온 참이었다. 당연히 학원 시간에 늦었고 그는 혼을 냈다.

시간을 그런 데 낭비하면 실패한다. 그러다 너도 폐지 줍는 할아버지 꼴이 날 것이다.

그래도 도와야지요.

아들은 학원 늦은 것쯤은 아무렇지도 않게 말했다.

빨리 가. 빨리.

아내가 재촉해서 아들이 학원으로 갔기에 망정이지 아니면 그는 더 충고했을 것이었다. 그 후에도 아내를 통해 친구를 돕거나 불쌍한 사람을 도왔다는 얘기를 듣고는 언짢게 생각했다. 그런 녀석이 어떻게 이상한 행동을 해 자신의 얼굴에 먹칠하고 천하의 나쁜 놈이 되었단 말인가.

그는 물컵을 들어 단숨에 들이마셨다. 그때 밖에서 두런거리는 소리가 들리더니 노크 소리가 났다.

"들어와."

그는 자세를 똑바로 했다. 누구에게나 흐트러진 모습을 보여서는 안된다는 게 그의 철칙이었다.

아들은 노크하며 심호흡하였다. 그냥 하고 싶어서 했을 뿐인데 일이 점점 커지는 느낌이었다. 다른 아이들도 왜 이러지? 우리가 뭘 그렇게 잘못했지? 하는 표정들이었다.

아이들은 언제나 교사들을 곯려줄 마음이 있었다. 2학기가 되면서 교사들은 이제 곧 너희들도 고3이다. 지금 성적이 고3 성적을 좌우하고 너희들 인생도 결정할 것이다. 교사의 말에 아이들은 우~ 야유를 보냈다.

아, 씨발.

어디선가 욕하는 소리도 들렸다.

17번 앞으로 나와.

아이들은 이름이 아니라 번호로 불렸다. 번호도 이름의 가나다라 순서가 아닌 한 달에 한 번 치르는 모의고사 성적순으로 매겨졌다. 번호가 불린 아이는 앞으로 나가 수학 문제를 풀어야 했다.

이 새끼 이것도 못 풀면서.

지휘봉이 머리에서 딱! 소리가 났다. 얼굴이 붉어진 아이는 인상을 쓰며 자리로 돌아왔다.

13번 나와!

11번 나와!

19번 나와!

앞으로 나가는 아이들 모두 지휘봉으로 머리를 한 대씩 맞고 돌아왔다. 10번 앞번호는 안 불렀다.

24번! 아니 됐어. 니들은 어차피 못 풀 거니까.

20번 뒤로는 아예 시키지도 않았다. 어차피 수업은 10번 앞에 있는 아이들 위주로 진행되었다. 교사가 판서할 때 가운뎃손가락을 펴 교사를 가리키는 아이들을 친구들은 칭송했다.

그러던 어느 날 교사가 아이들에게 꾸중하고 칠판을 향해 돌아섰을 때 한 아이가 바지를 내렸다. 여교사였는데 순식간에 교실은 웃음바다로 변했다. 어떤 아이는 손으로 책상을 두드리기도 했다.

뭐야?

교사는 뒤를 돌아보며 추궁했지만, 아이들은 웃음을 멈추려고 안간힘을 쓸 뿐이었다. 여교사는 어느 정도 눈치챈 것 같았지만 그냥 수업 진도를 나갔다. 그 이후로 그 아이는 친구들 사이에 영웅이 되었다. 그 아이는 평소에 말이 없었고 조용한 편이었기에 아무도 그 아이가 그런 행동을 하리라고는 상상조차 하지 못했다. 아이들은 마치 자신이 그런 행동을 한 것처럼 속이 후련했다. 특히 뒷번호에 있던 아이들이 그랬는데 그 아이에게 쉬는 시간에 맛있는 것을 사주기도 했다. 하지만 앞번호에 있는 아이들 몇몇은 드러내놓고 싫은 기색은 안 했지만, 경멸감을 슬쩍 내비치기도 했다. 하지만 오히려 그런 행동들이 그 아이를 더 영웅으로 만들어주는 구실이 되었다. 그러니까 앞번호 아이들이 싫은 기색을 보일수록 그 아이의 주가는 올라가는 셈이었다. 우리들의 영웅. 심지어 주먹패들도 그 아이를 특별하게 대해주었다.

어느 환경에서나 영웅이 생기면 그 영웅을 모방하는 경향이 있는데 학교에서도 마찬가지였다. 이제는 작은 영웅의 무용담도 시들할 무렵 수업 시간에 갑자기 한 아이가 나지막이 소리쳤다.

십일 센티!

난 십이 센티!

소리가 난 쪽에서 킬킬거리는 웃음소리가 낮게 깔렸고 판서를 하던 교사는 뒤를 돌아보며 조용! 하고는 다시 판서했다. 웃음소리가 완전히 가시기 전 아이가 큰 소리로 말했다.

난 십사 센티다!

갑자기 낮게 깔린 웃음소리가 짙은 안개처럼 교실에 울려 퍼졌다.

내가 일등이다.

큰소리친 아이가 다시 말했고 교사는 판서를 멈추고 뒤를 돌아보았다.

뭐가 십사 센티란 말이야. 조용히 하고 공부해!

교사의 말에 아이들은 너도 재봐. 너도 재! 하는 소리로 웅성거렸다.

뭘 재라는 소리냐. 조용히 안 할 거냐?

교사의 말에 아이들의 웃음소리는 잠잠해졌으나 웅성거리는 소리는 여전했다. 수업이 끝난 후 십사 센티라고 소리친 아이는 또 다른 영웅이 되었다. 대물이라는 별칭과 함께.

그때 그 선생님은 몰랐을까.

아들은 잠깐 생각했다. 아이들 표정에서 뭔가를 읽었을 텐데 수업은 그대로 진행했다. 아이들이 성기를 내놓고 자로 재며 누가 큰가, 내기 한 것을 정말 몰랐을까. 아님, 뒷번호 애들이라 생각하고 제발 사고만 치지 마라, 아예 상대를 안 한 것일까. 괜히 상대하다가 봉변당할까 두려웠을까.

"늦었구나."

그는 자리에 앉으라고 했다. 아들은 그의 맞은편에 앉았다. 낮에 학교에 다녀간 그가 문자를 보냈다. 6시까지 가든으로 오라고 했다.

"무얼 먹을 거냐? 먹고 싶은 거 시켜라."

그는 메뉴판을 아들에게 건네주었다. 아들은 메뉴판을 옆에 놓았다.

"먹고 왔어요."

"먹다니? 맛있는 것 사준다고 했잖니?"

그는 부드럽게 말했다. 언제나 그는 큰소리치는 일이 없었다. 오히려 큰소리치지 않을 때가 더 무서울 수 있다는 것을 아들은 알고 있었다.

"친구들이랑 편의점에서 사 먹었어요."

"학원 친구들 말이야?"

같이 사고 친 애들 말이냐? 는 말이 튀어나오는 걸 겨우 참으며 그는 말했다. 아들은 고개를 숙인 채 예, 했다. 그는 그런 아들을 보다 고개를 끄덕거렸다. 할 말이 많은데 무슨 말부터 해야 할지 모르겠다는 표정이었다.

"그런 데서 사 먹지 말라 했잖니. 저녁은 집에 와서 어머니가 해주는 음식 꼭 먹고. 다 불량식품이란 말이야."

그는 엉뚱하게 다른 것에 대해 화를 내고 있다고 생각했다.

"친구들이 같이 먹자고 해서요."

"그런 친구들과 어울리지 마라. 친구를 잘 사귀야 돼. 그리고 지금 친구보다 공부가 우선 아니야? 친구들과 어울리지 말고 공부만 하라고 했잖니."

그의 말은 여전히 톤이 낮았다.

"예."

아들은 곧장 대답했다.

"과외 시켜줄까? 학원 왔다갔다하는 시간도 줄일 수 있고. 그 학원 선생이 잘 가르친다 해서 보내줬다만."

"과외도 좋지요. 시켜주세요."

아들은 망설이지 않고 말했다. 그는 그런 아들에 대한 믿음직스러운 마음이 순간 들었다. 아들은 항상 자신의 말에 거역한 적이 없었다. 또한, 다그치기 전에 스스로 할 일을 했다. 그렇게 커왔으니 이번 일은 더욱 이해하지 못했다.

"그래, 이제 1년 조금 더 남았잖니. 어느 대학 가느냐에 따라 네 인생이 달라져. 죽었다 생각하고 공부만 해라."

그의 목소리가 한결 누그러졌다. 아들은 또다시 망설임 없이 예, 했다. 아들은 알고 있었다. 자신이 무얼 하겠다고 해서 시켜줄 아빠가 아니었다. 어릴 때부터 농구를 하고 싶으면 축구를 하라고 했고 축구를 하고 싶으면 탁구를 하라고 했다. 그러니 무얼 재미있게 하다가도 아빠나 엄마가 하라고 하면 갑자기 하기 싫어졌다. 책을 읽으려는데 책 좀 읽어라, 공부하려고 하는데 공부해라, 그러면 정말이지 죽기보다 하기 싫었다. 하지만 해야 한다는 걸 알았기에 고분고분 부모의 말에 따랐다. 부모는 그런 아들을 착하고 성실하고 말 잘 듣는 아들이라고 주위에 자랑했다.

"그래도 무얼 좀 먹지 그러니?"

그는 자상한 얼굴로 말했다.

"아뇨. 배불러요."

"그래라, 그럼. 참, 저번에 봉사활동 말이다. 도서관장에게 말했으니 안 나가도 된다. 내일 확인서 보내준다고 했다."

"예."

며칠 전에 학교에서 의무적으로 하라는 봉사활동을 도서관에서 친구들이랑 하겠다고 했을 때 어머니가 무얼 그런 걸 다 하느냐고 아빠에게 얘기하겠다고 했는데 역시 받았구나 싶었다.

"그 선생은 몇 살이냐?"

"예?"

아들은 무슨 뜻인지 몰라 고개를 들어 그를 바라보았다.

"그 여선생을 사랑하냐?"

"네?"

아들은 또다시 눈을 휘둥그레 뜨고 그를 계속 바라보았다. 그럼 도대체 왜 그런 거야, 하는 말이 튀어나오는 걸 그는 겨우 참았다.

아들은 그의 말에 픽, 웃음이 나오려는 걸 속으로 삼켰다. 여선생을 사랑하다니. 차라리 사랑한다면 그런 행동을 하지 않았을 것이다. 앞 시간에 있었던 수학 수업에 앞으로 끌려가 문제를 풀지 못해 지휘봉으로 머리를 맞은 아이들은 다음 시간에 있던 국어 시간에 또다시 여교사에게 잔소리를 들었다. 그러자 여교사가 판서할 때 한 아이가 바지와 팬티를 내렸고 그 옆 아이도 내렸다. 그러자 아들을 포함해 그 주위에 있던 아이 셋이 또 바지와 팬티를 내렸는데 순식간의 일이었다. 주위의 친구들은 호기심으로 그들을 바라보았고 몇몇은 자기들도 바지를 내릴까 말까 망설이는 눈치였다. 순식간의 일이었다. 누가 먼저 하자는 제의도 없었다. 그들 주위에 있는 아이들은 놀람과 경탄의 표정을 지었고 멀리 있는 아이들도 무슨 일인가 하고 고개를 빼고 돌아보았다. 처음엔 낌새를 눈치 못 채고 판서를 계속하던 여교사는 웅성거림에 판서를 멈추고 뒤를 돌아보았다. 하지만 아이들은 옷을 올리지 않았고 반 아이들은 또 다른 영웅의 탄생을 경의의 눈빛으로 바라보았다.

뭐야?

여교사는 처음엔 조용히 시킬 요량으로 뒤로 갔다. 교사들은 좀처럼 뒤로 가는 일이 없었다. 떠들지만 않는다면. 심지어 잠을 자도 코를 골지 않으면 그냥 놔두었다. 진도 나가는 게 급했다. 물론 뒷번호 아이일 때의 경우였다.

아들을 포함해 아이들은 여교사가 가까이 와도 계속 그대로 있었다. 처음부터 누가 갑자기 시작했던 것처럼 누군가 멈추어야 다른 아이들도 멈출 것 같았다. 하지만 멈춘다는 것은 영웅에서 탈락하는 것이기에 곁눈으로 옆 아이의 눈치를 보며 계속 있었다. 아들도 마찬가지였다. 어, 이건 아닌데, 하면서도 입을 수가 없었다. 지나고 나니 괴이한 일이었다는 생각이 들었다. 하지만 당시에 그런 멈추어야 한다는 생각보다 여교사가 다가오면서 점점 일그러지는 표정을 보며 더 큰 쾌감을 느꼈던 것은 사실이었다. 마치 자신의 몸이 엄청나게 커지는 느낌이었다. 그래 내 세상이고 내 모습이야, 하는 느낌이었다. 그동안 남의 세상에서 남의 인생을 사는 기분이었는데 잠시나마 자신들의 세상에서 자신의 인생을 산다는 생각이 들었다.

여교사는 아이들의 행동을 정확히 보았고 기겁을 하며 물러섰고 곧장 교무실로 갔다. 아이들은 그제야 팬티를 올리고 서로를 바라보며 환희의 미소를 지었다. 승리의 쾌감이랄까. 매번 지다가 처음으로 승리한 느낌이었다. 반 아이들이 5명의 영웅 탄생을 윗옷을 벗어 공중으로 던지며 축하해주었다.

하지만 축배를 들기엔 일렀다. 20분도 채 지나지 않아 남자 교사가 교실로 들어와 영웅들을 잡아들이기 시작했다. 영웅들은 영웅답게 스스로 자신이 했다고 자진해서 앞으로 나섰고 지휘봉으로 뒤통수를 얻어맞고 학생지도실로 끌려갔다.

"괜찮다. 다 잊어버리고 공부나 열심히 해라."

아들은 아빠에게 크게 꾸지람을 들을 것으로 생각했던 터라 그의 의외의 행동에 놀랐다. 그때 노크 소리가 났다. 그가 헛기침하자 문이 열렸다.

"주문은 어떻게 해드릴까요?"

식당에 들어올 때 안내하던 한복 입은 여인이었다.

"이 녀석이 저녁을 먹고 왔다네. 여긴 됐고 저 옆방만 좀 신경 써주게나."

그의 말에 여인은 공손히 고개를 숙였다.

"참."

문을 열고 나가려는 여인을 그는 불러세웠다. 상의 안주머니에 흰 봉투 두 개를 꺼냈다.

"그분들 가실 때 이것 좀 전해주게."

여인은 익숙하게 두 손으로 받아 뒤로 물러났다.

"좀 있다가 교육장하고 교장 만나기로 했다. 소문 안 나게 절대 말조심하고."

"예."

아들은 빨리 벗어나고 싶은 마음에 곧장 대답했다.

니들 왜 그러냐? 공부를 못하면 이해나 되지. 공부 잘해, 집도 모두 괜찮아, 도대체 니들 왜 그랬냐?

교장의 어처구니가 없다는 표정이 떠올랐다.

"그만 가 봐라. 난 저 방으로 건너가야겠다. 오실 시간 됐다."

그의 말에 아들은 일어섰다. 돈 필요하니? 아빠가 묻자 아들은 필요 없다며 문을 열고 나갔다. 아들의 뒷모습을 보는 그의 표정이 어두워졌다.

치욕이었다. 오늘 아침 교장으로부터 아들의 행동에 대해 대충 얘기를 들었을 때 전혀 이해되지 않았다. 그럴 리가 없다고, 우리 아들은 절대 그럴 리가 없다고 했다. 그러자 교장은 웃으며 다들 클 땐 실수를 한다며 학교에 4시까지 다녀가라고 했다. 교육청에서 조사를 마치고 돌아갔다고 했다. 아내는 친정에 볼일이 있어 자신이 갈 수밖에 없었다.

4시 정각에 가니 4명의 어머니가 교장실에 앉아 있었다. 교장은 어머니들의 항의를 받고 있었다.

아니 우리 애들을 어떻게 본단 말입니까?

우리 애들은 절대 그럴 리가 없어요.

크는 애들 그럴 수도 있는 거지, 그런 일로 무슨 큰일 난 것처럼 난리를 치세요.

그는 교장이 권하는 자리에 앉아 듣기만 했다. 교장의 말은 간단했다. 여교사의 수업 중 5명의 아이가 팬티를 벗었다. 그걸 여교사 보았고 곧장 교장인 자기한테 보고했다. 자신은 학생부장을 시켜 실태를 파악하라고 했고 사실로 드러났다. 그렇지만 교육청에는 사실대로 보고할 수 없어 머뭇거리는 사이 어떻게 알았는지 교육청에서 전화가 왔고 축소해서 보고했다. 팬티를 벗은 게 아니라 5명의 학생이 수업 중에 바지를 내리는 등 장난을 쳤다. 해당 여교사한테는 미리 조용히 넘어가자고 타일러서 아무 문제가 없다고 보고했다. 그래서 교육청에서도 일단 신고가 들어간 이상 조사를 할 수밖에 없다고 하여 오늘 조사를 나왔다. 다행히 교육청에서도 팬티는 안 벗은 것으로 얘기가 되었다.

교장의 말을 듣고 그는 마치 드라마를 보는 느낌이었다. 내 아들이 5명 중 한 명이라니. 여교사가 수업하는데 팬티를 벗다니. 도저히 이해되지 않았다. 하지만 순간 떠오르는 것은 언론에 이 사실이 알려지면 안 된다는 생각이었다. 요즘 성 문제가 사회적으로 많이 이슈화되는데 자칫 큰 문제로 벌질 수도 있다는 생각이었다. 다른 학부모들이 혹 아이들이 징계를 받으면 나중에 대학 갈 때 불이익을 받을까 징계를 안 받기 위해 항의를 하는 도중에 그는 눈을 감고 팔짱을 낀 채 잠잠해지길 기다렸다.

대식이 아버님께서는 어떻게 생각하십니까?

교장은 그가 몇 번 식사 대접을 비롯해 선물을 했기에 안면을 트고 있었다. 그는 주위의 학부모들을 둘러보았다.

우선 소문이 안 퍼지게 입단속을 잘해야 합니다. 언론에 알려지면 심각할 수 있습니다. 요즘 성 문제로 하도 시끄러워서.

그의 말에 학부모들은 미처 그 생각을 못 했다는 듯 심각한 표정으로 교장을 바라보았다.

예. 바로 그겁니다. 지금 애들 징계가 문제 아닙니다. 언론에 나면 징계가 아니라…….

교장의 말에 학부모들은 입을 다물었고 그는 학교에서 책임지고 학생들 입단속 잘해달라고 했다. 교장은 최선을 다하겠다고 했다. 소문나면 교장 자신도 그냥 지나가지 못할 형편이었다. 그 또한 내년 지방선거에 도의원으로 나설 계획이 있는데 소문이라도 나면 지금까지 공들여온 게 모두 수포가 될 수 있었다. 학부모들에게도 한 번 더 입단속 조심하라고 이르곤 학교를 나왔다. 물론 학교를 나와서 교장과 교육장에게 저녁에 만나자고 연락을 했다.

　방을 나온 아들은 휴, 한숨을 내쉬었다. 언제부턴가 아빠와 함께 있으면 가슴이 답답했다. 신발을 신고 주홍빛 외등이 켜진 식당 마당으로 나오는데 눈에 익은 녀석이 주차장을 가로질러 가고 있었다. 순간 녀석이 지나간 자리의 차들을 바라보았다. 역시 옆으로 하얀 실금이 그어져 있었다. 눈에 익은 검은색 차도 보였다. 아빠의 차였다. 아빠의 차도 영락없이 앞 범퍼에서 뒷문까지 하얀 실금이 그어져 있었다. 피싯, 웃음이 나왔다. 아빠의 일그러진 표정이 상상되었다. 녀석은 소위 모범생으로 알려진 데다 공부도 반에서 2등을 달리고 있었다. 법대에 가서 판사가 되는 게 꿈이라고 했다. 아마도 판사가 되면 힘없고 가난한 자들을 위해 힘쓸 것 같기도 한데 그건 두고 봐야 할 것 같다. 어른이 되면 누구나 변하니까.
　아들은 녀석을 향해 손을 흔들며 달려가려다가 포기하고 학원으로 걸어갔다. 지옥으로 가는 기분이었다.

　교육장 교장과 식사를 마치고 주인 여인이 봉투를 두 사람에게 주는 동안 그는 화장실에 다녀왔다.
　"너무 걱정하지 마시오. 언론사에도 아는 제자가 있으니까 조용히 넘어갈 겁니다."
　"그럼요. 해당 교사한테도 단단히 말해뒀으니 딴짓은 안 할 겁니다.”

교육장과 교장은 그에게 인사를 하곤 주차장으로 걸어갔다. 그는 일단 큰일 없이 지나갈 것 같은 예감에 기분이 좋았다. 담배를 꺼내 물고 하늘을 보니 별이 하나도 보이지 않았다. 곧 태풍이 한반도에 상륙한다더니 바람도 불지 않고 고요했다. 그는 담배에 불을 붙이고 나서 손목을 들어 시계를 보았다. 9시 23분. 집에 가기엔 이른 시간이었다. 오피스텔에 가서 윤양과 놀다 집에 가야겠다고 생각했다. 윤양에게 지금 간다고 문자를 넣었다.

“어?”

그는 담배를 입에 물고 윤양의 벗은 몸을 생각하며 차에 다가갔다가 담배를 떨어뜨리고 말았다. 검정 차에 지렁이처럼 하얀 실금이 실뱀처럼 너울져 있었다.

“어, 어떤 놈이.”

그는 어이가 없어 주위를 둘러보았지만 아무도 보이지 않았다. 도대체 어떤 놈이. 나에게 원한이라도 있는 놈? 순간 여러 사람을 떠올려보았지만 마땅한 사람이 생각나지 않았다. 그는 주먹으로 차를 내리치려다가 가까스로 참았다. 담배를 꺼내 불을 붙였다. 2년 전의 한 장면이 눈앞에 스쳐 지나갔다.

친구와 거나하게 술을 마시고 길을 걸어가는 중이었다. 자주 가던 단골 주점에서 아가씨와 진하게 놀고 오던 참이었는데 갑자기 친구가 그의 팔을 잡았다.

잠깐만. 이놈의 새끼들이.

친구는 골목 안을 노려보다 비틀거리며 걸어갔다. 골목이 큰 도로에서 안쪽으로 들어간 곳이었는데 학원 건물 옆이었다. 골목 안에는 고등학생으로 보이는 아이들 대여섯 명이 담배를 피우고 있었다. 아마도 학원에 다니는 애들 같았다. 아이들은 어른들이 보는데도 아랑곳하지 않고 담배를 피우며 잡담을 나누고 있었다.

이놈의 새끼들 버르장머리를 고쳐줘야지.

미처 말릴 틈도 없이 친구는 비틀거리며 골목 안으로 걸어갔다. 그는 오줌이 마려운 참이라 골목 옆 담에 바지를 내리고 오줌을 누었다. 오줌을 누고 뒤따라갈 작정이었다.

야, 머리에 피도 안 마른 놈들이!

친구의 말이 들렸고,

뭐야, 이거는.

아이들의 짜증 섞인 목소리가 들렸다.

야, 담배 안 꺼? 니들은 애비도 없냐?

아, 씨발.

아이들의 투덜거리는 소리가 들렸다. 무슨 일이 벌어질 것 같아서 빨리 누고 가고 싶었지만, 오줌은 계속 나왔다.

이놈들이 모두 군기가 빠져서. 니놈들 때문에 나라 발전이 안 되는 거야, 응?

아, 씨발!

아이들의 짜증 섞인 목소리가 올라간다 싶더니 퍽, 하는 소리와 함께 억, 하는 친구의 비명이 들렸다. 퍽, 퍽, 하는 소리가 연속으로 들렸다. 친구의 목소리는 들리지 않았다. 그는 누던 오줌을 멈추고 바지를 올렸다. 손에 오줌이 묻었지만 닦을 겨를이 없었다. 이놈들이 감히. 그는 골목 안으로 접어들었을 때 차마 앞으로 나아가지 못했다. 아이들은 쓰러진 친구를 발로 밟다가 멈추더니 일제히 바지와 팬티를 내리는 것이 아닌가. 그러더니 성기를 내놓고 자위를 하기 시작했다.

이럴 수가.

그는 오도 가지도 못하고 그 자리에 서 있었다. 어떤 아이는 그를 돌아보곤 히죽, 웃기까지 했다. 이건 분명 꿈이지 싶었다. 꿈이 아니고서야 어찌 이런 일이 일어난단 말인가. 아이들이 거대한 인간처럼 느껴졌다. 자신으로서는 도저히 상대하지 못할 거인들이었다. 한동안 자위를 하던 아이들은 전쟁에서 승리한 개선장군의 미소를 지으며 팬티와 바지를 올리곤 부들부들 떨고 있던 그를 지나쳐 학원 건물로 사라졌다. 그제야 그는 정신을 차리고 신음을 토해내는 친구에게 다가갔다. 친구는 얼굴이며 몸뚱어리가 참담했고 한동안 일어나지 못했다.

아들은 학원에 왔을 때 이미 영어 수업이 시작되었다. 그는 강의실로 들어가기 전 휴대전화를 꺼냈다. 카톡이 수십 개 와 있었다. 모두 그가 영웅이 된 것을 축하하는 글들이었다. 동영상도 하나 있었는데 친구가 올린 것이었다. 아들은 휴대전화를 끄고 강의실로 들어가려다가 동영상을 플레이시켰다. 아이들이 몸을 흔드는 모습에 웃음소리가 들렸다. 가까이서 찍어서 그런지 누가 누구인지 분간이 되지 않았다. 그래도 좋았다. 갑자기 내 세상이 된 것 같았다. 남의 세상이 아니라 내 세상에서 내가 사는 것 같았다. 누가누가 잘하나 게임하는 것처럼 아이들은 힘차게 몸을 흔들고 있었고 새로운 영웅의 탄생을 축하하는 아이들의 웃음소리에 아들은 자신도 모르게 몸을 부르르 떨었다.

그 새끼 오늘 복수하러 가자.

그래 오늘 학교 마치고 혼내주러 가자.

아이들의 웃음소리에 섞여 나오는 말에 아들은 귀를 기울였다. 편의점이 어떻고 알바비가 어떻고 하는 소리가 희미하게 들렸다. 아들은 고개를 끄덕였다. 며칠 전 한 아이가 편의점에서 알바를 했는데 5일 하고 사정이 생겨 못하게 되었다. 그런데 주인은 한 달 하기로 한 계약을 어겼다고 5일 치 아르바이트비를 시급을 줄여서 주었다고 했다. 아마도 그 편의점 주인에게 복수하러 가자는 말인 것 같았다. 그래그래 가서 비싼 거 많이 훔쳐 와라. 아들은 동영상을 보며 주문처럼 외웠다. 그러자 자신과 아이들이 갑자기 정의의 용사가 된 것처럼 경이롭게 느껴졌다.

그는 밝은 표정으로 오피스텔을 나왔다. 아들 일이랑 차가 긁힌 것에 대해 무척이나 화가 났지만, 윤양과 함께 한 시간으로 한결 기분이 전환되었다. 윤양은 오피스텔과 매월 일정한 용돈을 주는 대신 언제든 그가 부르면 오게 되어 있었다. 윤양은 이제 대학 3학년이었는데 첼로를 전공하고 있었다. 잘하면 대학원까지 후원해주겠다고 약속했다.

"잘 가, 오빠."

윤양은 오피스텔 입구에서 그의 뺨에 키스했다. 그가 오피스텔 밖에까지 배웅하지 말라고 했기에 윤양은 입구에서 배웅했다.

"그래. 잘 지내거라. 몸은 괜찮지?"

그는 윤양의 엉덩이를 두드리며 말했다. 기분 전환이 필요해 윤양을 거칠게 다루었기에 그는 따로 용돈을 주었다.

"괜찮아요, 오빠."

윤양은 한쪽 눈을 찡긋하며 윙크를 보냈다.

"내가 이 눈 때문에 발걸음이 안 떨어진다. 한 번 더 할까?"

그가 오른손으로 윤양의 뺨을 꼬집자 윤양은 그의 등을 떠밀었다.

"벌써 열두 시가 넘었어요. 내일 시장 만나 공사건 마무리 지어야
한다면서요. 어서 가서 쉬셔요."

"오냐."

그는 아쉬운 듯 윤양을 바라보다 승강기를 탔다. 잠은 항상 집에서
잤다. 나름대로 철칙이었다. 새벽이라도 집에서 잔다는 것, 그리고 소
문나지 않도록 조심하는 것, 나름 자신을 관리하는 방법이었다. 그런
데 아들 녀석은 칠칠치 못하게 나쁜 애들과 어울려 그런 일에 엮이다
니. 그는 승강기에서 내려 주차장으로 걸어가며 아들을 떠올렸다. 성실
하고 착한 애가 어떻게 그런 짓을 하다니. 도저히 이해되지 않았다. 유
학을 보낼까도 생각했다. 나쁜 애들이랑 못 어울리게 하는 방법은 그
것밖에 없는 것 같았다.

쩝. 당장 유학을 보내야지.

그는 차의 긁힌 자국을 보며 또다시 아들의 얼굴이 떠올라 인상을 찡
그렸다. 그는 차에 올라 시동을 걸었다. 윤양이 미리 알아본 바로는 시
외에 있는 그의 집으로 가는 길에는 오늘 음주단속을 하지 않는다고
했다. 그는 시동을 건 채 담배를 꺼내 물었다. 늦은 밤이어서 그런지
주위가 고요했다. 지금까지 살아오면서 몹시 어려움을 겪지 않았다는
생각이 들었다. 돈은 돈이 벌었다. 땅이 돈을 벌어주었고 시장 등 공
무원들이 돈을 벌어주었다. 돈이 나가는 액수보다 더 큰 돈이 들어왔

다. 그러니까 돈을 벌려면 돈만 잘 관리하면 되는 것이었다. 내일 시장을 만나면 또 큰 건이 계약될 것이었다. 또한 도의원 출마 건도 확약을 받을 작정이었다. 시장이 지역 국회의원보다 중앙당에 발이 더 넓다는 것은 그에게 큰 행운이었다. 시장이 3년 전 당선될 때 그가 많은 돈과 조직을 동원한 것을 시장도 잘 알고 있었다.

그는 담배를 창밖으로 던지곤 가속페달을 밟았다. 시내를 벗어나면 집으로 가는 4차선 길이 나올 터였다.

어쨌든 시장과 담판을 지어야 하고…… 아들 녀석 건은 교육장과 교장의 입막음을 했기에 잘 될 것이고……

그는 휘파람을 불며 창을 열고 바람을 쐬었다. 시원한 바람이 얼굴을 부드럽게 감쌌다. 술이 깨는 것 같았다. 마치 비행기 활주로 같은 4차선 도로에는 다니는 차가 없어 시원한 느낌을 주었다. 룸미러로 보니 뒤에는 흰색 승용차가 따라올 뿐이었다. 그는 담배를 피울까 싶어 상의를 손으로 뒤지는데 뒤쪽에서 갑자기 콰쾅! 하는 굉음이 났다. 깜짝 놀라 백미러를 보니 몇 대의 오토바이가 요란한 불빛을 빛내며 달려오고 있었다. 그는 인상을 찡그리며 다시 상의에 손을 넣어 담배를 꺼내 입에 물었다. 이 도로는 외곽지역에 있고 직선 도로라 밤늦은 시간이면 폭주족들이 자주 출몰했다.

참 여러 가지로 한다, 젊은것들이.

그는 한심하다는 듯 쯧쯧, 혀를 차며 담배에 불을 붙이는데 차 옆에서 쿵, 하는 소리와 함께 오토바이가 차 옆을 스치고 지나가고 있었다. 그는 하마터면 불붙은 담배를 떨어뜨릴 뻔했다.

뭐야, 이거.

그는 옆을 돌아보는데 옆 오토바이 한 대가 빵! 굉음을 지르며 지나갔다. 귀가 먹먹해 잠시 아무것도 들리지 않았다. 두 놈이 타고 있었다. 뒤이어 따라온 오토바이는 그의 차 앞에서 갈지자로 오토바이를 몰았다. 역시 오토바이엔 두 놈이 타고 있었다. 그는 엉겁결에 브레이크를 밟아 속도를 낮췄다.

이놈들이.

그는 속도를 내 따라가 혼을 낼까 하다가 참았다. 술도 마신 데다 늦은 밤이고 예전 골목에서 친구가 당했던 생각이 나 그냥 조용히 가고 싶었다. 그때 또다시 꽈앙! 굉음이 들리며 오토바이가 차를 스치듯 지나갔다. 하마터면 차와 부딪칠 뻔했다. 참 미친놈들 많구나. 그는 담배를 창밖으로 던지며 중얼거렸다. 뒤에 따라오는 흰색 차량도 겁을 먹었는지 천천히 운행하고 있었다. 오토바이가 모두 지나가자 그는 조금 속도를 높였다. 속이 후련했다. 그때 멀리서 오토바이 몇 대가 다시 돌아오는 게 보였다.

밤에는 집에 오는 길이 폭주족들의 세상이니 일찍 다니세요.

언젠가 아내가 했던 말이 생각났다.

이놈들 두고 보자.

그는 이를 악물고 가속페달을 밟았다. 하지만 오토바이가 바로 앞까지 왔다가 갑자기 핸들을 꺾어 돌아갔기에 다시 브레이크를 밟지 않을 수 없었다. 뒤에 따라오는 흰 차에도 마찬가지였다. 룸미러로 자세히 보니 흰 차의 운전자는 여자였다. 그는 화가 났지만 참을 수밖에 없었다. 고위 경찰로 근무하는 지인에게 당장 전화하고 싶었지만 이런 일로 전화할 수는 없었다. 오토바이는 또다시 그의 차와 흰 차를 지나서 뒤로 달려갔고 그는 다시 가속페달을 밟았다. 빨리 벗어나고 싶었다. 악몽이로구나. 그는 가속페달에 힘을 주는 순간 또다시 오토바이가 뒤에서 굉음을 지르며 달려왔다. 그런데 이번엔 달랐다. 오토바이 세 대가 그의 차 바로 앞으로 차선을 바꾸더니 뒤에 탄 녀석들이 뒤로 돌아서서 바지와 팬티를 내리는 것이었다.

뭐야.

그는 경적을 울렸다. 그러자 꽈앙! 하며 더 큰 굉음이 들려왔고 곧이어 뒤에 탄 녀석들이 성기를 잡고 자위를 하기 시작했다.

이럴 수가.

그는 순간적으로 뒤의 흰 차를 돌아보았다. 흰 차의 운전자는 50대로 보였는데 어찌할 줄을 몰려 했다. 차가 술 취한 것처럼 이리저리 움직였다. 그럴수록 녀석들은 득의양양한 웃음을 지으며 빠르게 손을 움직였고 오토바이 경적은 커졌다. 지나가는 차라도 있으면 좋으련만 하나도 보이지 않았다. 여전히 녀석들은 그의 차 바로 앞에서 자위하며 천천히 운행했고 그는 앞을 보지 않으려 해도 운전 때문에 볼 수밖에 없었다. 룸미러로 보니 흰 차의 여자 운전자도 마찬가지였다. 고개를 반쯤 숙이고 눈을 겨우 치켜뜬 채 갈지자로 운전하고 있었다. 저들의 세상이었다. 마치 세상을 점령한 듯한 저들의 표정은 순간, 어찌할 수 없는 거대하게 보였다. 그는 자기 자신이 그렇게 초라하게 느껴본 적은 처음이었다.

그는 차를 급히 세웠다. 두려웠다. 끼익, 소리가 나더니 쿵 하며 그의 차가 휘청거렸다. 뒤차가 그의 차를 박은 것이었다. 녀석들은 경적을 울리며 여전히 자위하며 그의 차와 흰 차 주위를 맴돌았다.